AF301877

Juli Hex ist eine kreative Seele, vernarrt in Worte, dunkelbunte Ästhetik und das Meer.

Das Schreiben begleitet Juli schon das gesamte Leben lang. Es begann mit Kurzgeschichten und Songtexten, ging weiter mit Fanfictions, Rollenspielen und ersten, nie beendeten Geschichte, bis der Mut groß genug für „Crush" war.

In Julis Büchern sind queere Repräsentation, Diversity, Mental Health und alle Facetten von Liebe zentrale Themen, die sich auch gerne mal über Genregrenzen hinaus wagen.

a Slice of your Life

JULI HEX

Erstausgabe Juni 2022

Copyright © 2022 dp Verlag, ein Imprint der
dp DIGITAL PUBLISHERS GmbH
Made in Stuttgart with ♥
Alle Rechte vorbehalten

A Slice of your Life

ISBN 978-3-96087-683-3
E-Book-ISBN 978-3-96087-537-9

Covergestaltung: ARTC.ore Design
Umschlaggestaltung: ARTC.ore Design
Unter Verwendung von Abbildungen von
shutterstock.com: © G-Stock Studio
Lektorat: Liam Erpenbach
Satz: dp DIGITAL PUBLISHERS GmbH
Druck und Bindung: Books on Demand GmbH, Norderstedt

Das Werk darf – auch teilweise – nur mit
Genehmigung des Verlages wiedergegeben werden.

Prolog

Kennst du das Gefühl, in die Vergangenheit reisen zu wollen, um dein früheres Ich einfach mal kräftig ins Gesicht zu schlagen? Dieser Wunsch kommt mir in letzter Zeit immer öfter in den Kopf.

Ich weiß, ich weiß: Wir sind alle nur Menschen. Alles, was uns passiert ist, hat uns zu dem gemacht, was wir heute sind. Und aus Fehlern lernen wir schließlich. Aber sind diese Fehlschläge wirklich immer die besten Lehrmeister?

Sehen wir uns einmal Vergangenheits-Phil an, der gerade in eine wunderschöne Maisonette-Wohnung eingezogen ist, noch kein Internet im neuen Zuhause und erst recht nicht genug Sozialkompetenzen hat, um sein Problem mit einem Anruf zu lösen.

Vergangenheits-Phil steht also in diesem Hausflur, fix und fertig vom Umzug und davon, dass einer der Umzugsleute, die heute seinen Kram von einer Stadt in die nächste gebracht haben, ein ehemaliges Grindr-Date war. Ein insgesamt ziemlich peinliches Wiedersehen. Und den Kommentar *Das ist das Schlafzimmer, aber hier kennst du dich ja aus* hätte er sich sparen sollen. Im Nachhinein betrachtet war das nämlich nicht open-minded und schlagfertig, sondern nur oberpeinlich, fast schon verbittert. Denn der Umzugskerl war damals direkt abgehauen, obwohl er gesagt hatte, er würde schnell duschen gehen.

Nach diesem Erlebnis will Vergangenheits-Phil also nur eines: Pizza.

Denn Pizza ist Leben, Pizza ist Liebe. Und an einem Tag, an dem jemand, der ahnen kann, in welcher Kiste sich das Sexspielzeug befindet, auch noch deinen Kleiderschrank aufgebaut hat, ist Pizza die einzige Lösung, um dieses Ereignis bestmöglich zu verdauen.

Nicht ahnend, dass er von einem Vorfall in den nächsten stolpert, klingelt Vergangenheits-Phil bei seinem Nachbarn, um zu fragen, ob er dessen WLAN kurz nutzen darf, um sich eine Pizza zu bestellen.

Tja, blöd nur, wenn dieser kein siebzigjähriger Cat Lord ist, sondern ein superheißer Typ, der genug Selbstbewusstsein besitzt, um nur mit einem Handtuch bekleidet die Wohnungstür zu öffnen.

Was soll ich euch sagen? Vergangenheits-Phil ist damals einige Stunden später zufrieden, aber hungrig zurück in seine neue Wohnung gestolpert. Denn Pizza gab es an diesem Abend keine mehr, dafür aber eine Kostprobe davon, was sich unter dem Handtuch verborgen hat.

Mal abgesehen davon, dass man einen Nachbarn für gewöhnlich mehrmals im Leben sieht, weshalb es grundsätzlich eine dumme Idee ist, mit einem solchen zu schlafen, ist es eine noch dümmere, das immer und immer wieder zu tun.

Seit drei Jahren mittlerweile. Regelmäßig.

Und wisst ihr, was ein noch größerer Fehler ist? Den Nachbarn, den man ständig sieht, immer wieder zu vögeln und nicht einmal *dann* die Reißleine zu ziehen, wenn man bemerkt, dass man Gefühle für diesen Kerl entwickelt.

Würde ich also sagen, dass er auf den echt lahmen Anmachspruch *Du kannst hier auch noch ganz anders satt werden, Kleiner* nicht hätte eingehen sollen? Um stattdessen angewidert auf dem Absatz kehrtzumachen und das Haus zu verlassen? Wo ihn, oh Wunder, eine Imbissbude auf der anderen Straßenseite erwartet hätte? Eventuell wären die angebotenen Pommes und Pizzen nicht nach seinem Geschmack gewesen, aber vielleicht wäre er dann nicht auf Arthur reingefallen.

Arthur, in dessen Armen Gegenwarts-Phil nun liegt, weil Vergangenheits-Phil ein Trottel ist.

Und Gegenwarts-Phil, das bin ich. Leider ein genauso großer Totalversager wie Vergangenheits-Phil, allerdings mit dem Unterschied, dass Gegenwarts-Phil weiß, was für eine Scheiße er baut. Damit aber auch nicht aufhört und stattdessen Arthurs Nähe genießt, solange dieser döst und nicht mitbekommt, wie ich mich in seine Arme schmiege.

Arthur, der mir klargemacht hat, dass es zwischen uns nur ein praktisches Sex-Arrangement gibt, und ich ihm deshalb nicht mal Vorwürfe machen kann, weil ich so blöd bin und mich darauf eingelassen habe.

Vergangenheits-Phil hätte sich nach dem Umzugskerl eine Instant-Nudelsuppe machen sollen und wäre am nächsten Tag nicht so schwach gewesen, um auf die doch sehr unkreative Anmache von Arthur reinzufallen.

Jetzt ist das Kind schon in den Brunnen gefallen und ich kann den Geruch von Arthurs Haut genießen, bis er aufwacht und ich wieder so tun muss, als wäre ich ganz cool mit unserem Arrangement.

Arthur ist ein verdammter Fehler.

Ein verdammt heißer Fehler.

Und egal, wie tief ich gerade schon drinstecke, in diesem Fehlerkreislauf, so leicht komme ich da nicht mehr raus.

Also genieße ich es einfach und hoffe, dass ich noch irgendeine andere Weisheit aus dieser Situation ziehen kann, außer, dass es sich echt beschissen anfühlt, sich jeden Tag aufs Neue das Herz brechen zu lassen.

Zumindest so lange, bis in frühere Zeiten zu reisen und Vergangenheits-Phil mit einem Kinnhaken zurück zwischen seine Umzugskisten zu befördern, eine reale Option ist.

Nachrichten von Noah

03. Oktober 2018

Noah:
Kadir? Absoluter Notfall!

Kadir:
*Dir ist hoffentlich klar, was absoluter Notfall bedeutet.
Wenn das jetzt wieder so ein Sexspielzeug ist, das
beim Nachbarn gelandet ist und ich abholen muss,
weil du dich schämst, dann raste ich aus, Mann.
Ich raste aus!*

Noah:
Die Sache sitzt tief, oder?

Kadir:
*Bei dir hoffentlich auch, damit es sich wenigstens ge-
lohnt hat.
Wer bestellt denn auch bitte bei Dildoparadies 3000?
Diskretion steckt da nicht gerade im Namen.*

Noah:
Tut mir leid. War ein Impulskauf.

Kadir:
Gab es bei dir nicht gerade noch einen absoluten Notfall?

Noah:
Ich bin gerade dem tollsten Typen der Welt begegnet.
** **
–

Kadir:
Wie? Ich dachte, du bist arbeiten.

Noah:
Bin ich auch. Es war ein Kunde. Ich hab ihm Pizza gebracht.

Kadir:
Okay ...

Noah:
?

Kadir:
Ich warte darauf, wie es weitergeht.

Noah:
Das war's schon.
Ich hab ihm Pizza gebracht.
Und ich glaube, ich habe noch nie einen so süßen Typen gesehen.
Er hat so ein Lächeln ... Es war warm und vertraut, aber auch irre schön, weil er dabei richtig strahlt, weißt du?

Kadir:
Habt ihr geflirtet, Nummern getauscht? Irgendwas?

Noah:
Nein, ich war einfach nur hingerissen.

Kadir:
Hingerissen ... mehr nicht.
Da bringt einen also das Dildoparadies 3000 hin.
Du bist also so ausgeglichen, dass du einen echten Kerl
nur hinreißend findest, statt direkt was zu unterneh-
men?

Noah:
...
So würde ich das jetzt auch nicht ausdrücken.

Kadir:
Und was hast du jetzt vor?

Noah:
Keine Ahnung, Mann.
Hoffen, dass er mit der Pizza zufrieden ist?

Kadir:
Machst du dann vielleicht was? Eine Nummer lässt
sich auch ganz easy auf die Pizzaschachtel schreiben.

Noah:
Wir wissen doch beide, dass ich das nicht tun werde.

*Verdammt, ich kriege dieses Lächeln nicht aus dem
Kopf.*
Wie kann man nur so lächeln?
Aber wahrscheinlich steht er gar nicht auf Typen.
Man weiß das ja einfach nicht.
*Fuck, ich muss mir seine Adresse aufschreiben. Und
dafür sorgen, dass ich auch seine nächsten Bestellun-
gen ausliefere.*
Vielleicht finde ich dann mehr über ihn raus.
Aber was dann?
Wir wissen ja, wie das mit mir ist.
Dieses Lächeln … OMG.
Kadir?
Sagst du vielleicht auch mal was dazu?

Kadir:
Eigentlich möchte ich nichts mehr sagen.
*Denn das hier klingt für mich wie dieser Disney-
Scheiß von der Liebe auf den ersten Blick.*
Besorg dir einfach mal ein echtes Date, du Dussel.

Kapitel 1

Ein Finger, der sich in mein Brustbein bohrt und dort einen stechenden Schmerz hinterlässt, reißt mich aus meinen Gedanken.

»Aua!«

Der Vorgang wiederholt sich, doch dieses Mal traue ich mich nicht, meinem Leid noch einmal Ausdruck zu verleihen. Denn der Blick meiner besten Freundin ist ganz schön böse.

»Hörst du mir überhaupt zu? Oder denkst du nur an Arthurs perfekten Arsch? Im Ernst, Phil, es ist verdammt schwer, einen Termin in dieser Klinik zu bekommen. Aber weißt du, was noch schwerer ist? Eine Begleitperson mitbringen zu dürfen.«

Betreten sehe ich erst zu Emma und dann auf die Picknickdecke, auf der wir sitzen. »Entschuldigung.«

Sie seufzt. »Weißt du überhaupt, wovon ich die ganze Zeit geredet habe?«

Endlich kann ich auftrumpfen, auch wenn der ein oder andere Gedanke tatsächlich zu Arthurs Hintern abgeschweift ist. »Deinen Möpsen.« Ein Lächeln schleicht sich wieder auf ihre Lippen und ich greife nach ihrer Hand. »Ich weiß, wie wichtig dir die Operation ist. Und auch wenn mir nicht ganz klar ist, wie ich als schwuler Mann da meine Expertise beisteuern kann, bin ich bei dir. Gedanklich, physisch, emotional.«

Deutlich kann ich die Rührung in ihrem Gesicht sehen und spüre, wie sie den Druck auf meine Hand erwidert.

Emma ist trans. Sie hat zum Glück ein unterstützendes Umfeld um sich gehabt, weshalb sie seit der zweiten Klasse als Mädchen lebt und ihre Eltern alles dafür getan hatten, ihr eine männliche Pubertät zu ersparen. Aber die anderen Kinder haben das damals nicht so wirklich verstanden.

Mir war es immer gleich. Für mich war sie von Anfang an Emma und ich habe sie von der ersten Sekunde an geliebt wie eine Schwester. Alles, was ich immer wollte, war, sie dabei zu unterstützen, um all ihre Wünsche in Erfüllung gehen zu lassen. Dazu gehörte damals auch, ihr bei allen Schlachten beizustehen, die sie auszufechten hatte. Oft habe ich sie dafür bewundert, wie stark sie unseren Mitschülern entgegengetreten ist. Sie hatte schon immer ein sehr provokantes, aufbrausendes Wesen. Aber ich war immer bei ihr und habe sie für all ihren Mut bewundert. Bei ihrem Vortrag vor der ganzen Klasse, dass sie ein Mädchen ist und jeden, der sie bei ihrem alten Namen nennen würde, kopfüber ins Klo stecken wird. Oder bei meinem Outing mit fünfzehn, bei dem sie wie ein Pitbull an meiner Seite geklebt hat, um jeden daran zu erinnern, was ihm blüht, wenn man mich dumm anmacht.

Sie ist rabiat, aber effektiv. Denn im Großen und Ganzen hatte ich dank ihr nie Probleme in meinem Umfeld. Na ja, wenn man von Herzschmerz und Verliebt-in-den-Falschen-Szenarien mal absieht. Aber auch dann war Emma immer sofort mit einer großen Packung Eis und den besten Umarmungen der Welt zur Stelle. Und dann war ich im Gegenzug wieder bei ihr, wenn ihre Maske aus Selbstbewusstsein und Mut abgefallen ist. Denn die Worte der anderen prallten nie ganz ohne Folgen an ihr ab.

Jetzt kann ich endlich mal für sie da sein, denn nach langem Überlegen hat sie sich dafür entschieden, sich einer Brust-OP zu unterziehen. Und so hartnäckig wie sie ist, hat sie dafür gesorgt, mich als ihren Beistand mitbringen zu dürfen. Direkt bis in den Aufwachraum. Völlig unabhängig von den Besuchszeiten. Nur im OP bin ich nicht mit dabei.

»Du musst mir noch mal bestätigen, dass ich die richtige Wahl getroffen habe, wie viel gemacht werden muss. Und vor allem musst du bei mir sein, wenn ich aufwache, weil ich dann wieder alles zerdenke. Hätte ich vielleicht lieber mehr machen lassen sollen? Habe ich genug Geduld, um auf das große Reveal zu warten? Du kennst mich doch. Deshalb musst du mich ablenken.« Sie verdreht theatralisch die Augen und bringt mich mit ihrer Aussage zum Lachen. Genau das ist der Grund, warum sie diese Operation so lange hinausgezögert hat. Sie wollte sich absolut sicher sein, über alle Möglichkeiten recherchiert zu haben und die besten Ärzte zu kennen. Und sich die guten Stücke selbst leisten zu können.

Nächste Woche geht der Trip ans andere Ende Deutschlands los und bis dahin müssen wir sehr viel vorarbeiten. Emma und ich sind beide selbstständig und da wir nicht wissen, wie viel Zeit und Fürsorge sie brauchen wird, haben wir alle Termine und Treffen verschoben, um ohne Ablenkung etwas schaffen zu können.

Das ist auch der Grund, weshalb wir uns heute in den Park gesetzt haben, obwohl es Februar und entsprechend kalt ist – die Sonne scheint und die wollen wir genießen, bevor wir uns komplett einigeln.

Ein Seufzen entkommt meinen Lippen, denn leider bedeutet das alles auch, dass ich Arthur heute zum letzten Mal für die nächsten zwei Wochen gesehen habe.

»Das Seufzen sagt mir, dass du schon wieder bei Arthur bist.«

Niedergeschlagen lasse ich mich nach hinten auf die Decke fallen. »Ich werde ihn echt vermissen. Aber weißt du, was das Beschissenste an der ganzen Sache ist?«

»Dass er es vermutlich nur schade findet, niemanden zu haben, den er so leicht flachlegen kann?«

Verdammt. Emma kennt mich und meine Situation nicht nur viel zu gut, sie spricht die Dinge auch sehr unverblümt aus. Und die Wahrheit zu hören, tut weh.

Ich bin nur Sex für ihn. Schnell zugänglich. Einfach zu haben.

Meine beste Freundin scheint zu bemerken, dass sie den Nagel ein bisschen zu genau auf den Kopf getroffen hat, denn sie legt sich neben mich und schmiegt sich in meine Arme. Sie ist so zierlich. Immer wenn ich sie so wie jetzt im Arm halte, fällt mir auf, wie schlank und feingliedrig ihr Körper ist. In einem anderen Leben hätte sie sicherlich eine ganz wunderbare Balletttänzerin abgegeben. In diesem Leben ist sie dafür zu ungeschickt.

Meine Hand verirrt sich in ihre silberblonden Haare, streicht leicht durch die langen Strähnen. Wenn wir so zusammenliegen und ich darüber nachdenke, wie Pas-

santen uns sehen, wird mir immer ein bisschen warm
ums Herz. Sie sehen uns innig beieinander, vertraut, lediglich zwei Menschen, die glücklich wirken. Was sie
nicht erkennen, ist all der Ballast, der unsichtbar über
uns schwebt und uns an manchen Tagen fast zu erdrü-
cken scheint.

Denn weit ab von diesem Bild des perfekten Paares
auf einer Picknickdecke, sind wir Menschen, die anders sind. Menschen, die auch immer anders behandelt
wurden. Wir beide haben uns ein Universum erschaf-
fen, in dem wir die Normalen sind und wo nur zählt,
dass wir glücklich sind. Aber leider halten sich eben
nicht alle anderen an die Regeln, die wir mit neun fest-
gelegt haben.

Es gibt langwierige Gerichtsverfahren, die es Emma
erschweren, ihr Leben selbstbestimmt als Frau zu führen, was schon bei der Änderung im Personalausweis
anfängt. Und es gibt Leute wie Arthur, die der Meinung
sind, dass es eine Schande sei, sich heteronormativen
Beziehungsmustern zu unterwerfen, wenn wir doch
schwul sind. Das bedeutet in diesem speziellen Fall,
dass er an Sex glaubt und nicht an Liebe oder Beziehungen.

»Ich bin selbst schuld. Eigentlich hätte ich ihn schon
nach drei Wochen aus meinem Leben kehren müssen.
Aber da dachte ich noch, es könnte peinlich werden,
wenn wir uns im Hausflur über den Weg laufen. Stell
dir das mal am Briefkasten vor. Oder das eisige Schweigen im Keller, wenn man die Weihnachtsdeko hoch-
holt.«

Emma lacht und ich spüre ihren warmen Atem an meiner Halsbeuge. »Tja, und dann warst du auch schon Hals über Kopf in ihn verliebt.«

Ich ziehe meine Hand zurück und rücke demonstrativ ein Stück von ihr weg. »Mach dich nicht über mich lustig. Ich bin Krebs, wir verlieben uns eben schnell.«

»Und noch dazu schreibst du diese kitschigen Geschichten, in denen du deine absolut unmögliche Vorstellung von Liebe richtig ausleben kannst. Ich glaube, dadurch hast du es doppelt so schwer, denn kein Mann kann diesen Vorstellungen im wahren Leben gerecht werden.«

Vielleicht hat sie damit gar nicht mal so unrecht. Als Autor von queeren Liebesgeschichten neige ich dazu, meinen schusseligen Protagonisten gern den perfekten Prinzen anzudichten. Und eventuell fließen dabei einige Wunschvorstellungen mit ein.

Ich drehe mich auf die Seite, um Emma direkt ansehen zu können. »Aber sieh es mal so, in der Theorie braucht man nur meine Bücher zu lesen, um zu erahnen, welches Beziehungsmodell ich anstrebe und was ich romantisch finde.«

»Du wünschst dir also jemanden, der auf einem Pegasus angeflogen kommt?« Schon im nächsten Moment bricht sie in schallendes Lachen aus.

Sie ist echt unfassbar fies. Da habe ich ein einziges Mal einen kleinen Ausflug in Richtung Fantasy gemacht ...

»Ich lasse dich nie wieder etwas von mir lesen.«

Sie zuckt mit den Schultern. »Dann sind die Dinger aber voller Fehler. Finde mal eine gute Germanistik-

Fee, die sich seitenweise Kitsch und sexy Times durchliest.«

Deutlich spüre ich, wie mein Kopf heiß wird. Das ist mir nämlich echt peinlich. Ich schreibe gern Sexszenen und die kommen bei den Lesenden gut an. Zumindest werden sie in Rezensionen und Privatnachrichten, die ich auf Social Media empfange, immer gelobt. Das ist nämlich die gute Seite an meinem Arrangement mit Arthur, denn wir haben jede Menge Sex, was auch jede Menge Inspiration für diese Szenen bedeutet. Allerdings ist es mir echt unangenehm, dass meine beste Freundin das Lektorat für mich übernimmt, denn sie schreibt mir dann jedes Mal ziemlich obszöne oder teilweise kindische Kommentare neben diese Szenen, von denen *Haha sein großer, breiter Penis* noch das Netteste war.

»Aber«, sagt sie und reißt mich damit wieder aus meinen Gedanken, »hast du mal überlegt, dass Arthur das auch lesen könnte? Und durch das ganze kitschige Geschwafel mitbekommen könnte, dass du verdammt verknallt in ihn bist? Neun von zehn deiner Protagonisten bekommen von dir sehr ähnliche Attribute zugeschrieben, wie sie Arthur hat.«

»Arthur weiß nicht, was ich beruflich mache. Er interessiert sich vermutlich nicht genug für mich als Person, als dass er mich auf Instagram suchen würde.«

Als ich das Mitleid in Emmas Augen sehe, wird mir bewusst, wie traurig das eigentlich ist.

»Ich finde, nachdem wir die Angelegenheit mit meinen Möpsen erledigt haben, solltest du mal wieder jemanden daten. Vielleicht mal über eine dieser Apps.«

Ich lache bitter auf. »Weil die dort alle andere Absichten haben als Arthur? Bei Grindr schreiben sich die Liebesgeschichten ja praktisch von selbst.« Demonstrativ schüttle ich bei der Vorstellung noch einmal den Kopf, denn meine Zeit mit diesen Dating-Apps ist vorbei. »Außerdem stellst du dir das viel zu unkompliziert vor. Matchen, Kontakt herstellen, irgendwie kommunizieren, Treffen vereinbaren. Von den vielen nicht angefragten Dickpics fangen wir lieber gar nicht erst an. Das kostet alles Zeit und Nerven.«

***

Am Absatz der Treppe angekommen, sehe ich Arthur mal wieder halb nackt in seiner Tür stehen. Er lässt den Zettel, den ihm ein fremder Typ entgegenstreckt, in der Tasche seiner viel zu engen Jeans verschwinden.

»Gut, ich bin auch negativ. Dann können wir ja ein bisschen Spaß haben«, sagt Arthur zu dem Kerl in diesem raunenden Tonfall, den er sonst bei mir verwendet.

Ich erlebe hautnah mit, wie unkompliziert Sexdates doch sein können. *Toll.*

Der fremde Kerl geht in die Wohnung, während ich dieses Schauspiel gebannt verfolge.

Arthur bemerkt mich dabei leider. Mit einem Lächeln zuckt er mit den Schultern. »Ist ein Grindr-Date. Du hast ja gesagt, dass du nächste Woche keine Zeit für mich hast. Er ist ganz süß und war bereit, sich vorher testen zu lassen. Dann kann ich ihn in nächster Zeit vielleicht öfter sehen.«

Noch einmal zuckt er mit den Schultern, dann dreht er sich um und geht in seine Wohnung, während ich so verdammt durch den Wind bin, dass ich versuche, mit zitternden Händen und dem Briefkastenschlüssel meine Wohnungstür zu öffnen.

Es tut weh und ich fühle mich gerade, als wäre ich wie ein abgelegtes Spielzeug einfach zur Seite geschoben worden, weil unter dem Weihnachtsbaum etwas Neues lag. Diese blöden Gefühle für ihn kann ich leider nicht wegzaubern, auch wenn er von Anfang an klargestellt hat, wie es zwischen uns laufen wird. Aber nach all der Zeit habe ich wohl wirklich geglaubt, ich wäre auf irgendeine Art besonders für ihn.

Dieser verfluchte Scheißkerl!

Am Morgen habe ich noch in seinen Armen gelegen. Und nur weil ich ihm für die nächste Zeit abgesagt habe, muss er sich am selben Tag ein neues Spielzeug per App bestellen?

Kapitel 2

Wie wild haue ich in die Tasten und bemerke den eingehenden FaceTime-Anruf nur, weil das Symbol der App immer wieder auf meinem Bildschirm aufhüpft.

Ich zögere kurz, denn der Anrufer ist Sascha, mein Bruder. Er wird mich ansehen und wissen, dass etwas nicht stimmt. Lässt sich bei einem Videocall leider nicht vermeiden.

In dem Versuch, noch etwas zu verschleiern, lösche ich die Lampe auf meinem Schreibtisch und zwinge mich zu einem Lächeln, bevor ich den Anruf annehme.

Mein Bruder reagiert anders, als ich erwartet habe, denn ihm fällt das Lächeln direkt aus den Mundwinkeln. »Ach du Scheiße, Philip! Was ist mit deinem Gesicht passiert? Bist du jetzt in der Botox-Phase angekommen?«

Ehrlich gesagt, hatte ich Sorge erwartet. Es muss also schlimmer sein, als ich gedacht habe. Ein Blick auf den kleinen Bildschirm, wo ich mich selbst erkennen kann, macht mir ziemlich deutlich, was ihn so aufregt: Mit dem vom grellen Bildschirm beleuchteten Gesicht und dem festgetackerten Grinsen sehe ich aus, als würde ich direkt aus dem Geisterhaus kommen.

Schnell schalte ich die Lampe wieder an, denn der Lichtschein, den mein Monitor absondert, ist alles andere als schmeichelhaft. »Mit meinem Gesicht ist alles in Ordnung, danke der liebevollen Nachfrage. Mal abgesehen davon, dass ich nicht glaube, dass jemand in meinem Alter mit Botox anfängt.«

Wobei ... ich wurde direkt am selben Tag, an dem ich noch Sex mit meinem Nachbarn hatte, durch einen anderen Kerl ausgetauscht, nur weil ich nicht für das zweite Mal an diesem Tag verfügbar war. Vielleicht sollte ich also doch über Botox nachdenken. Denn was ist, wenn es nicht ausschließlich an der Verfügbarkeit lag, sondern wirklich an meinem Gesicht? Die Reaktion meines Bruders hat gerade ein bisschen an mir gekratzt.

Ich konzentriere mich lieber wieder auf Sascha und erkenne ein gemütliches Feuer, das im Hintergrund in seinem Kamin brennt.

Mein Bruder sieht mich ernst an. »Was ist los? Dein Gesicht ist ein einziges Seufzen.«

»Das ist sehr gut. Denn ich schreibe gerade etwas, was den Arbeitstitel *Scherbenhaufen* trägt. Spoiler-Alert: Es geht um ein gebrochenes Herz. Und genau diese Attitüde brauche ich dafür.«

Nun ist es mein Bruder, der hörbar seufzt und nicht nur so aussieht. »Arthur mal wieder.«

Was genau halte ich eigentlich davon, dass mein gesamtes Umfeld darüber Bescheid weiß? Mein gesamtes Umfeld mit Ausnahme des Kerls, mit dessen Körperflüssigkeiten ich regelmäßig Kontakt habe?

Ich winke ab. »Lass uns nicht darüber reden. Da du anrufst, bist du scheinbar noch nicht von einem Bären gefressen worden.«

Sascha lacht. »Nein, ganz offensichtlich nicht. Ich habe auch noch keinen einzigen gesehen, falls dich das beruhigt.«

Mein Bruder ist nur ein Jahr älter als ich, aber er ist das komplette Gegenteil von mir. Während das Spannendste in meinem Leben die Tatsache ist, dass ich regelmäßig auf Scheißkerle reinfalle und mir von ihnen jahrelang das Herz brechen lasse, ist Sascha ständig unterwegs. Momentan hängt er wegen starken Schneefalls irgendwo in Norwegen fest. Und mit *irgendwo* meine ich eine Hütte mitten im Wald. Was mich beeindruckt, ist seine stabile Internetverbindung, aber die hatte er auch auf dem Machu Picchu. Sascha ist Fotograf. Und zwar leider nicht von süßen Hundewelpen, sondern von eindrucksvoller Natur und unglaublichen Orten. Dafür steigt er auf Berge, springt über Vulkanen aus dem Flugzeug oder pirscht sich in der Serengeti an ein Hyänenrudel an. Dieses Mal ging es um Orca-Kolonien, aber bis dahin ist er nicht gekommen und hängt jetzt fest.

Ich brauche eigentlich nicht zu erwähnen, dass unsere Eltern über meinen Berufswunsch Autor zu werden, wesentlich begeisterter waren, nachdem sie Sascha schon dank einer Drohne live in einem Kanu über einen Wasserfall haben fallen sehen. Schreiben ist dagegen ein regelrecht sicherer Job, wenn man mal von den Einnahmen absieht.

»Weißt du schon, wann du nach Hause kommst?«

»Nein. Ich kriege momentan nicht mal die Tür auf, so hoch liegt der Schnee. Ich muss aus dem Fenster steigen. Stell dir das mal vor!« Er lacht auf und wirkt dabei so glücklich und voller Leben. »Aber ich nutze die Zeit, mache lange Wanderungen und versuche, so viel von dieser wunderschönen, rauen Natur einzufangen wie möglich. Gestern habe ich einen wilden Fluss gefunden; die Aufnahmen sind wirklich unglaublich geworden. Die Wetterlage ist so weit im Norden schwer einzuschätzen. Wenn es weiter so schneit, werde ich eine Weile lang nicht abreisen können. Bis dahin möchte ich genug Material in Reserve haben.«

Ich nicke. Denn auch wenn mir der Gedanke, wie mein Bruder mit seinem gesamten Kamera-Equipment und der Drohne stundenlang durch meterhohen Schnee wandert, missfällt, liebe ich doch die Leidenschaft, mit der er dabei ist.

Eine Idee macht sich in meinem Kopf breit. »Mit den Fotos könntest du vielleicht einen Kalender erstellen und ihn verkaufen. Und ein paar Poster. Damit kommst du sicher eine Weile über die Runden. Na ja, ich könnte auch mal wieder neue Bilder an der Wand gebrauchen.«

Mein Bruder lächelt mich an. Mit diesem Lächeln ziehen sich nicht nur automatisch auch meine Mundwinkel mit nach oben, ich werde auch gleich von einer Welle Sehnsucht überrollt. Ich vermisse Sascha. Bei jeder seiner Reisen. Natürlich bin ich wahnsinnig stolz auf ihn und seine Projekte, aber er fehlt mir sehr. Seine Umarmungen sind die besten. Die haben schon immer jeden Kummer geheilt.

»Dir würde es hier sicher auch gefallen. Es ist schön ruhig und einsam. Die Hütte hat eine kleine Scheune, da könnten wir dir einen Schreibraum einrichten. Niemand würde dich stören und niemand würde dir das Herz brechen.«

Entschieden schüttle ich den Kopf. »Und niemand würde mich inspirieren. Außerdem vergisst du etwas ganz Entscheidendes: Wo bekomme ich in dieser Hütte meine Pizza her?«

»Ach, verdammt. Deinen süßen Lieferanten gäbe es in dieser Einöde vermutlich auch nicht.«

Theatralisch verdrehe ich die Augen. Sascha war einmal hier gewesen, als ich meine samstägliche Pizza bestellt habe, und unterstellt dem Pizzaboten seitdem, er würde auf mich stehen. Aber mal abgesehen davon, dass sein Radar auf dieser Ebene absolut falsch eingestellt ist, ist es auch großer Humbug.

»Meinst du nicht, er hätte mal was gesagt, wenn er wirklich auf mich stehen würde?«

Sascha legt den Kopf leicht zur Seite. »Möglicherweise traut er sich nicht, weil er nicht weiß, ob du schwul bist.«

»Die Gay-Pride-Flagge hängt im Flur direkt gegenüber von der Tür«, sage ich und kann es leider nicht verhindern, dabei sehr schnippisch zu klingen.

Mein Bruder lacht. »Stimmt, du versteckst dich nicht gerade.«

Da kann ich ihm nur voller Stolz zustimmen. »Na ja, aber sobald es um das Thema Beziehungen geht, bin ich offensichtlich der Schwan im Teich der Regenbogen-Enten.«

Ganz deutlich sehe ich, wie sich mein Bruder auf die Unterlippe beißt, wahrscheinlich um sich einen Kommentar über diesen Vergleich zu verkneifen, dann lächelt er mich wieder nur an. »Es wird auch einen anderen Schwan geben. Aber vielleicht musst du dich endlich von dem Gedanken lösen, dass dieser unbedingt Arthur heißen muss.«

Mit einem Seufzen stütze ich den Kopf auf meine Hand, weil er mir auf einmal viel zu schwer erscheint. Da ist sie wieder, die melancholische Stimmung, mit der ich dieses schlimme Herzschmerz-Buch schreiben werde.

»Was gibt es sonst noch so bei dir?«, fragt Sascha, der mich wieder einmal so gut kennt, dass er allein durch diese kleine Geste deutlich sieht, dass ich noch nicht so weit bin und nicht über dieses leidige Thema reden kann.

Ein bisschen richte ich mich wieder auf. »Also die Schreiberei läuft gut. Ein Buch ist gerade im Lektorat. Dank meiner momentanen Situation schreibt sich das nächste wie von selbst. Und in zwei Tagen fahre ich mit Emma nach Bayern, weil sie sich die Brüste machen lässt.«

Nun bin ich es, der beobachten kann, dass meinem Bruder fast die Augen aus dem Kopf fallen.

»Sie … oh, wie schön. Dann richte ich Glück- und Genesungswünsche aus.«

Schon seit mehreren Jahren vermute ich, dass mein Bruder auf Emma steht. Oft hatte ich das Gefühl, sie flirten, besonders, da die beiden wahnsinnig viele Insider haben. Und dann ist da auch noch diese Art, wie Sascha möglichst beiläufig fragt, wie es Emma gerade geht und ob sie jemanden datet. Aber vielleicht schreckt sie ihn mit ihrer passiv-aggressiven Art ab. Beziehungsweise wirkt sie absolut nicht wie jemand, der unbedingt eine Partnerschaft im Leben braucht. Emma braucht nur sich selbst – und Schokolade. Auch ich bin nur eine Nebenfigur. Das kann beängstigend sein.

»Du, sag mal«, beginne ich vorsichtig, um nicht mit der ganzen Tür ins Haus zu fallen. »Ich habe da seit Jahren so eine Vermutung und frage jetzt einfach mal nach: Kann es sein, dass du Emma magst?«

Sascha verdreht die Augen. »Natürlich mag ich sie. Dank dir habe ich sie doch auch mein halbes Leben um mich gehabt.«

»Das meine ich nicht. Eher so auf eine Junge-liebt-Mädchen-Art.«

Wieder entgleiten seine Gesichtszüge. Aber schon im nächsten Moment fährt er die Schutzschilde hoch. »Ich glaube, du verlierst dich ein bisschen zu sehr in deinen Liebesgeschichten.«

Einen Moment lang bin ich geneigt, weiter in meiner Vermutung rumzustochern, bis er mir Antworten gibt. Dann fällt mir wieder ein, wie sensibel er seit drei Jahren mit mir zusammen um das Thema Arthur herumtanzt.

Ein wenig niedergeschlagen nicke ich. »Ist gut. Aber wenn du da mal Redebedarf haben solltest, dann bin ich für dich da. Sie ist zwar meine beste Freundin, aber du bist mein Bruder. Von mir würde sie kein Wort erfahren.«

Er seufzt so laut und so schwer, als würde er das für die ganze Welt übernehmen. Wenn er mir von allem, was gerade in ihm vorzugehen scheint, etwas abgeben würde, hätte ich wirklich jede Menge Stoff, über den ich schreiben könnte. Und erst jetzt wird mir so richtig bewusst, dass mein Bruder da irgendwo in Norwegen hockt und ganz allein ist. Egal, wie gern ich wissen will, ob meine Vermutungen bezüglich Emma stimmen oder nicht, darum sollte es gerade nicht gehen. Denn sicherlich ist er in seiner Hütte manchmal sehr einsam.

»Sag mal, wollen wir den Abend über FaceTime zusammen verbringen, gemeinsam essen und vielleicht einen Film gucken?«, frage ich direkt. Ich mag es, allein zu sein, habe aber jederzeit die Möglichkeit auf reale Kontakte, wenn mir danach ist. Auf Arthur, auf Emma oder andere Freunde. Bei Sascha allerdings hat sich nicht mal ein Bär blicken lassen. Mir ist klar, dass das ein Teil seines Jobs ist. Er ist oft an entlegenen Orten, wandert durch Wüsten und Schneelandschaften, aber er hatte bislang immer die Aussicht auf das Ende eines seiner Projekte, und damit die Chance, wieder nach Hause zu kommen. Zu seiner Familie und seinen Freunden.

Gerade hat er nur diese Hütte im Wald.

Doch er sieht mich skeptisch an. »Wolltest du nicht noch ein Buch schreiben oder so? Eins, wo du jede Menge Seufzer und Herzschmerz brauchst?«

Ein Lachen entkommt meinem Mund. »Das kann ich auch morgen noch machen. Denn weißt du, bei Arthur gehen jeden Tag drei Grindr-Dates ein und aus. Mir tut also genug das Herz weh, um dieses Lebensgefühl noch eine Weile aufrechtzuerhalten. Aber vielleicht würde ich gern ein bisschen Zeit mit dir verbringen.« Tief hole ich noch einmal Luft, denn er soll nicht denken, ich will nur aus Mitgefühl mit ihm den Abend verbringen. »Ich habe Angst, dass du dich allein fühlst.«

Kurz sieht er mich einfach nur an, dann schleicht sich ein sanftes Lächeln auf seine Lippen. Es ist dieses typische Großer-Bruder-Lächeln, was mir irgendwie zeigt, dass er stolz auf mich ist. Auch wenn ich nicht genau weiß, wofür.

»Das ist lieb von dir, Phil. Ich gucke gern mit dir zusammen einen Film. Aber mach dir nicht zu viele Sorgen, ja? Ich stürze mich gerade in Arbeit und habe praktisch ein kreatives Hoch. Vielleicht tut mir ein bisschen Einsamkeit mal ganz gut. Du kennst das ja.«

Mit einem Nicken stimme ich ihm zu. Denn ich hätte theoretisch auch weiterhin mit Emma und ihrer Schwester in einer WG wohnen können, so wie während unseres Studiums, aber ich wollte unbedingt allein leben. Für mich. Und für meine Arbeit. Manchmal brauche ich die Möglichkeit, nächtelang durchzuschreiben, in Worten zu versinken und mich an ihnen zu nähren, ohne dass sich jemand sorgt. Dann brennt dieses kreative Feuer am besten, wenn es in mir drin ein bisschen schmerzt. Gefühle, die man selbst fühlt, kann man so am glaubwürdigsten vermitteln. Da kann es wirklich helfen, ein wenig zu vermissen, zu sehnen, zu hoffen, während ich mich von einer neuen Geschichte verschlingen lasse.

Noch bevor ich auf die Aussage meines Bruders eingehen kann, klingelt es an der Tür. »Meine Pizza!«

Ich springe vom Stuhl auf und renne die Treppe nach unten in den Flur, stolpere dabei vor lauter Aufregung fast über eine Teppichfalte.

Jeden Samstagabend gibt es eine Familienpizza. Nur für mich allein. Da kann mir sogar Arthur gestohlen bleiben.

Schnell schaue ich noch einmal in den Spiegel und öffne aufgeregt die Tür.

Wie jedes Mal steht der gleiche Typ davor. Er ist einer dieser Menschen, deren Lächeln auch ihre Augen erreicht. Und die sind so hellbraun, dass sie fast golden schimmern, und denen sieht man sehr deutlich das Lächeln auf seinen Lippen an. Heute ist aber etwas an seiner Kleidung anders. Einen Moment lang lenken mich seine nackten Oberarme, deren Bizepse die kurzen Ärmel seines Oberteils herausfordern, von der eigentlichen Sache ab.

Pizza annehmen, lieb Danke sagen, mich ins Koma fressen.

Der Typ räuspert sich. »Hey! Na, was gibt es diese Woche für einen Film dazu?«

Ich habe ihm mal von meinem Ritual erzählt: Pizza futtern und Trashfilme gucken. Seitdem fragt er ab und zu nach meiner Filmauswahl, während er das Essen aus der Warmhaltebox herausnimmt.

Auch jetzt stellt er, direkt nach seiner Frage nach dem Film, die Box zwischen uns ab und bückt sich, um den Deckel zu öffnen.

»Weiß noch nicht. Mein Bruder und ich wollen heute digital etwas zusammen gucken. Den kann ich leider nicht für den dritten Teil von *Deep Blue Sea* begeistern, fürchte ich.«

Der Pizzabote stoppt kurz in seinen Bewegungen und sieht zu mir auf. »Es gibt einen dritten Teil? Wow. Der zweite war schon echt abgrundtief.«

»Das klingt für mich wie ein ziemlich großes Kompliment.«

Er lacht auf und während er am Verschluss der Thermobox nestelt, murmelt er etwas, das ich aber nicht verstehen kann.

»Wie bitte?«

Er schüttelt den Kopf. »Nicht so wichtig. Du kannst mir ja nächste Woche erzählen, für welchen Film ihr euch entschieden habt.«

Wieder liegt da dieses Lächeln auf seinen Lippen – und in seinen Augen. Wenn er lächelt, verändert das sein gesamtes Gesicht. Irgendwie wirkt er dann so nahbar und sensibel.

Ich könnte ihn jedenfalls stundenlang anstarren.

In Gedanken versunken nehme ich die Pizza an und registriere verwirrt die Packung Eis, die obendrauf steht. »Habe ich aus Versehen einen Nachtisch bestellt?«

Wieder schüttelt er den Kopf. »Du weißt doch, Stammkunden bekommen manchmal ein kleines Extra.« Er zwinkert mir auf eine Weise zu, die ich als wahnsinnig sexy empfinde.

Sofort ist da dieses aufgeregte Kribbeln in meiner Magengegend und ich stelle mir mehr Situationen vor, in denen er mir diese Seite von sich zeigen könnte. Und das auch nicht zum ersten Mal. Klar ist er mir aufgefallen, aber ich habe gefühlstechnisch schon genug mit Arthur zu tun. Außerdem ist er der Pizzabote. Ich habe keine Ahnung, ob er überhaupt auf Kerle steht. Vielleicht flirtet er generell gern, wenn er merkt, dass es ankommt. Das hält die Kunden im Haus.

»Aber letzte Woche gab es doch schon Tiramisu.« Jetzt, wo ich genau darüber nachdenke, fällt mir auf, dass es davor auch schon Mousse au Chocolat gab ... und davor Käsekuchen. Mir ist das nur noch nie so richtig aufgefallen und ich habe das einfach nach der Pizza verputzt.

Seine Oberarme spannen sich an, als er die Box wieder aufhebt. Dann zuckt er mit den Schultern. »Und es gibt ganz sicher auch nächste Woche wieder etwas. Bis bald.«

Verwirrt, aber auch ein bisschen kribbelig drehe ich mich um, schließe die Tür mit einem kräftigen Tritt und gehe wieder nach oben zum Arbeitsplatz, wo mein Bruder geduldig auf mich wartet. »Sascha? Ich glaube, der Pizzabote hat heute vielleicht doch ein bisschen geflirtet.«

Nachrichten von Noah

- 2021 –

Kadir:
Meinst du, du bringst heute wieder Restpizzen mit? Ich hab so einen Hunger, kann mich aber nicht mehr bewegen.

Noah*:*
*Vorlesungsfreie Zeit tut dir echt nicht gut.
Wieder so ein Video von Pamela Reif?*

Kadir*:*
Jap. Diese Work-outs von ihr killen mich.

Noah*:*
Warte, ich bin jetzt wieder bei ihm.

Kadir*:*
*>.<
Bei ihm.
Als dein bester Freund muss ich dir sagen, dass das so langsam echt oberpeinlich ist.
Wie lange rennst du dem Kerl jetzt hinterher?
Ach ja, 3 JAHRE!*

*Und wie gut kann er mittlerweile aussehen, wenn er
seit drei Jahren jeden Samstag eine Familienpizza isst?*

Noah:
ER HAT NACH DEM EIS GEFRAGT!

Kadir:
Ach, das machst du immer noch?

Noah:
*Ja, jede Woche ein anderer Nachtisch.
Aber er hat es registriert.*

Kadir:
*Das ist ja ein riesiger Erfolg.
Mensch, und das hat nur drei Jahre gedauert.*

Noah:
*Das klingt ganz schön sarkastisch.
Aber ich habe ihm nicht gesagt, dass ich ihm die Des-
serts dazukaufe.*

Kadir:
*Ich möchte durchs Handy springen und dich würgen!
Wenn das in dem Tempo weitergeht, tauscht ihr dann
in 9 Jahren Nummern aus.
Echt Mann, du stellst dich an.*

Noah:
*Ich weiß.
Aber ich habe ihm zugezwinkert und dann hat er mich
richtig angelächelt.*

Ich bin so was von verloren.

Kapitel 3

Die letzten Tage sind anstrengend und aufregend zugleich gewesen. Während Emma sieben Tage stationär betreut wurde, bin ich fast die gesamte Zeit über bei ihr gewesen. Wenn sie geschlafen hat, habe ich geschrieben, ansonsten haben wir viel geredet, philosophiert oder ganz klassisch Karten gespielt. Erst wenn ihr Abendessen ins Zimmer gebracht wurde, bin ich zurück in mein Hotelzimmer gegangen. Es ist schön gewesen, dass ich für sie da sein konnte, doch für mich war es auch sehr viel mehr Socializing, als es sonst in meinem Alltag vorkommt. Leider ist auch nicht alles so gelaufen, wie wir das in mühsamer Kleinarbeit in Vorbereitung auf Emmas OP geplant haben. Was wir nämlich nicht mit einberechnet haben, ist Emmas Umgang mit Schmerzen. Sie sagt, ihr sei klar gewesen, dass es schlimm wird, aber sie sagt auch, dass sie die ganzen Erfahrungsberichte zu locker genommen habe.

Jetzt sitzt meine beste Freundin unglücklich auf der Couch und scrollt durch das Netflix-Menü. Wir sind erst seit zwei Stunden von der großen Reise zurück, und Emma geht es nicht wirklich gut. Sie hat starke Schmerzen, kann kaum schlafen oder sich auch nur ansatzweise bewegen. Da möchte ich sie ungern in ihre Wohnung zurückschicken und hoffen, dass sie klarkommt. Vor der Abfahrt hatte sie zu einem stärkeren

Schmerzmittel gegriffen und war davon bei unserer Ankunft verwirrt genug gewesen, dass sie erst im Treppenhaus gemerkt hat, dass wir nicht zu ihr gefahren sind.

»Ich finde es immer noch blöd, dass du mich praktisch gekidnappt hast«, sagt sie und verzieht im nächsten Moment das Gesicht, als sie sich ein winziges Stück zur Seite bewegt.

Immer wieder sehe ich von meinem Handy und unserer abendlichen Pizzabestellung auf, um sie genau zu beobachten.

Der Arzt hat gesagt, dass Schmerzen in der Heilungsphase normal seien. Ob das, was sie da durchmacht, wirklich so normal ist und sie die Sache nur vollkommen unterschätzt hat, weiß ich nicht. Deshalb beobachte ich das jetzt ein paar Tage und schleppe sie, wenn es nötig wird, persönlich zum Arzt.

Ich lege mein Handy beiseite. »Kidnappen sieht ganz anders aus, Liebling. Denn ich pflege dich die nächsten Tage gesund.«

»Und was ist mit deinem Schreibkram? Du hast in den letzten Tagen so manisch auf deinen Laptop eingehauen, da will ich dich nicht noch weiter davon abhalten.«

Ich verdrehe die Augen und reiche ihr ein Glas Cola. »Du hältst mich von nichts ab. Außerdem hast du gerade den Tagesrhythmus eines Koalas. Ich kann also in Ruhe arbeiten, während du schläfst.«

Sie will etwas dazu sagen, das sehe ich ganz deutlich, aber die Türklingel kommt ihr dazwischen.

Hä? Das kann unmöglich die Pizza sein, die habe ich immerhin erst vor wenigen Minuten bestellt.

Verwirrt und mit dem undeutlichen Gemecker meiner besten Freundin im Ohr, gehe ich nach unten und öffne die Tür.

Es ist wirklich nicht die Pizza.

»Arthur? Was machst du denn hier?« Völlig überrumpelt sehe ich ihn an.

Er wedelt mit seinem Handy vor meiner Nase und kommt in den Flur. Dabei schiebt er sich so eng an mir vorbei, dass sich unsere Oberkörper berühren und ich ihn riechen kann. Verdammt, er riecht so gut. Mir war bewusst, dass ich seine Nähe vermisst habe, aber *wie* sehr, wird mir jetzt erst so richtig klar.

»Ich habe mir extra im Kalender markiert, wann du wieder da bist, Baby.« Ganz ohne auf mich zu achten, knöpft er sich das Hemd auf.

Gedankenverloren lasse ich die Tür ins Schloss fallen. Und ich bin einen Moment lang so wahnsinnig abgelenkt von seinem unfassbar schönen Körper, dass ich viel zu spät reagiere. »Stopp! Du kannst dich doch nicht einfach so selbst einladen. Ich bin gerade erst seit zwei Stunden wieder hier. Hättest du dir nicht auch für heute Abend ein Date besorgen können?«

Er sieht mich verständnislos an. »Warum sollte ich mich um ein Grindr-Date bemühen, wenn ich dich nebenan habe? Immerhin weiß ich, was ich hier bekomme.«

Er kommt näher. Sein Körper strahlt unglaublich viel Wärme aus, die sofort auf mich überspringt, und auch die Küsse, die er mir jetzt auf den Hals haucht, machen es mir nicht leicht, streng mit ihm zu sein.

Aber ich muss.

Denn egal wie sexy er die Worte gehaucht hat, sie tun ganz schön weh. Ich bin praktischer als ein Grindr-Date und hier weiß er wenigstens, was ihm geboten wird. Wenn es für mich doch auch nur so verdammt leicht wäre wie für ihn.

Ich schiebe ihn bestimmt von mir weg. »Arthur, so läuft das nicht. Ich bin müde von der Reise, habe schrecklichen Hunger und Emma liegt oben im Wohnzimmer. Etwas, das ich dir vielleicht hätte sagen können, wenn du dir nicht direkt die Kleider vom Leib gerissen hättest.«

Einen Moment lang sieht er mich nur an. Irgendwie entsetzt. Vermutlich hat er nicht damit gerechnet, dass er jemals einen Korb von mir bekommen könnte. Ist ja auch sein erster. Normalerweise springe ich immer sofort, wenn er eine Nachricht schickt. Manchmal besteht diese nur aus zwei Emojis – einer Aubergine und den Spritzern.

Mann, er hat es echt so was von verdient, einen Korb von mir zu kriegen.

»Also willst du jetzt keinen Sex?«, hakt er nach. Es sieht wirklich so aus, als hätte ihn das tief getroffen.

Seufzend lasse ich den Blick noch einmal über Arthurs Körper wandern. Wie er dasteht, mit seinem offenen Hemd, den definierten Bauchmuskeln und den verwuschelten Haaren, die immer ein bisschen so aussehen, als wäre er gerade erst nach einer heißen Nacht aus dem Bett gestiegen. Es fällt mir schwer, hart zu bleiben und nicht hart zu werden. »Nein, jetzt gerade will ich nur meine Pizza und mich um meine beste Freundin kümmern.«

Arthur blinzelt. Er dachte wirklich, dass es so einfach wird. Dass er rüberkommt und ich mich nach ihm verzehrt habe, dass wir es am besten gleich hier im Flur tun.

Umso mehr Genugtuung fühle ich jetzt. Aber da ist auch ein bisschen Angst, dass meine Abfuhr zu sehr an seinem Ego kratzt. Wenn ich eine Sache aus den drei Jahren Bettgeschichte mit ihm gelernt habe, dann, dass man sein Ego immer schön aufpolieren muss.

Deshalb trete ich wieder näher an ihn ran, lege meine Hände auf seinen durchtrainierten Oberkörper und streiche leicht darüber. »Hör zu, ich melde mich bei dir, wenn es Emma wieder besser geht, okay? Aber jetzt gerade habe ich echt viel um die Ohren.«

»Tja, Phil. Vielleicht habe ich das dann auch, wenn du dich das nächste Mal meldest.« Mit einem deutlich eingeschnappten Gesichtsausdruck schließt er zwei seiner Hemdsknöpfe.

Ich massiere mir seufzend die Schläfen. »Jetzt sei kein Arschloch, Arthur. Du hattest wahrscheinlich die ganze Woche über unzählige Dates. Du wirst es ja wohl schaffen, heute ohne Sex ins Bett zu gehen.«

»Warum hältst du mir eigentlich immer meine Dates vor? Dir ist doch klar, dass wir nicht exklusiv sind. Was soll dann also dieser ätzende Tonfall?«, fragt er und bringt mich damit in Bedrängnis.

Ich kann ihm ja jetzt schlecht sagen, dass es wegen mir sehr gern exklusiv sein könnte. In meinem Kopf jagen sich die Gedanken und Formulierungen regelrecht.

Die Türklingel läutet und ich gehe die zwei Schritte zur Seite, die mich vom Summer trennen. »Ich habe keinen ätzenden Tonfall. Du kannst tun und lassen, was du willst. Aber vielleicht habe ich die Nase voll davon, nur deine bequeme Lösung zu sein, wenn du Druck hast. Mein Gefühlsreichtum ist weitaus größer als der einer Tomatenpflanze.«

»Weißt du was, Phil? Mir wird das alles zu kompliziert mit dir.« Arthur reißt die Tür auf und rennt beinah den Pizzaboten über den Haufen, der nur wenige Meter vor meiner Tür steht. Er geht rüber und knallt seine Wohnungstür zu.

Der Pizzabote zuckt genauso zusammen wie ich.

Er sieht zwischen Arthurs Tür und mir hin und her. In seinen Augen blitzt etwas auf, was ich nicht ganz deuten kann. »Ärger mit dem Freund?«

Ich schüttle den Kopf. »Das da ist ganz sicher nicht mein Freund, sondern nur ein verdammtes Arschloch, was meinen Wert nicht zu schätzen weiß!« Ich hoffe wirklich, laut genug zu sein, damit Arthur mich hört. Aber dann wird mir bewusst, dass da noch immer der Schnuckel mit meinen beiden Familienpizzen steht. »Sorry, ich wollte nicht, dass du jetzt mein Drama abbekommst.«

Sein Gesichtsausdruck verändert sich und seine Augen haben wieder diesen liebenswürdigen Schimmer. »Dann passt es ja gut, dass ich dir heute die große Dose Eis mitgebracht habe. Veganes Kokoseis. Sollte bestimmt über einiges hinweghelfen.«

Zu sagen, ich wäre verwundert, beschreibt nicht mal annähernd, wie ich mich gerade fühle.

»Ich dachte, das bekommen Stammkunden zufällig dazu.«

In meinem Kopf rechne ich all die Male nach, die ich schon einen Nachtisch dazu bekommen habe. Sie sind immer vegan, aber das habe ich darauf geschoben, weil ich ja auch nur vegane Pizza bestelle.

Der Typ wird rot. So rot, dass sein Gesicht fast die Farbe seines Shirts annimmt. »Ähm ... ja, natürlich. Ich ... ich meine, ich bin ja nur der Bote. Also zum Glück habe ich es dabei.« Im Anschluss an seine Worte lacht er nervös auf, während er immer wieder von einem Bein aufs andere tritt. Er ist sichtbar angespannt.

Und leider finde ich das wahnsinnig süß.

»Flirtest du mit dem Pizzaboten oder warum dauert das so lange? Ich hoffe, er ist heiß, Phil. Damit es sich wenigstens lohnt.« Emmas Stimme durchdringt die Stille zwischen uns. Ihre Worte machen die Situation unfassbar unangenehm.

Als meine beste Freundin neben mir auftaucht, macht es ihr Pfeifen nur noch schlimmer. »Holla! Der ist aber wirklich zum Anbeißen. Gibt es dich zufällig als Snack dazu? Unser Phil hier ist nämlich single und könnte mal wieder einen Leckerbissen vertragen.«

Während ich meinen Kopf am liebsten tausendmal gegen den Türrahmen hämmern will, reißt der Kerl vor uns einfach nur die Augen ganz weit auf. Schließlich wirft er uns die beiden Pizzakartons und den Eisbecher regelrecht zu, dreht sich um und rennt die Treppe runter.

Und ganz ehrlich? Ich kann es ihm absolut nicht verübeln. Ich würde auch am liebsten wegrennen.

Stattdessen drehe ich mich mit der Pizza in den Händen um und flüchte nach oben, um die Kartons auf dem Couchtisch abzustellen und mich in einer Ecke des Sofas zu einer Kugel zusammenzurollen, und drücke mir eines der Kissen ins Gesicht.

Ich glaube, wenn es wirklich möglich ist, an Peinlichkeit zu sterben, bin ich gerade auf einem guten Weg dahin.

Den leisen Schritten nach zu urteilen, kommt Emma nun ebenfalls die Treppe hoch. »Was ist denn jetzt wieder los?«

»Wieso?! Wieso musst du so was sagen?!« Noch immer habe ich das Kissen im Gesicht, aber so laut und schrill wie meine Stimme klingt, versteht sie mich mit Sicherheit trotzdem ausgezeichnet.

Als ich kurz aufsehe, zuckt meine beste Freundin nur mit den Schultern. »Ich finde, dass sowohl du als auch der Pizzabote vollkommen übertrieben reagiert habt. Man wird doch mal fragen dürfen!«

Ich liebe Emma.

Ich liebe sie wirklich, aber manchmal fehlt ihr eine Portion Feingefühl. Sie geht immer mit dem Kopf durch die Wand. In den meisten Fällen wird das mit Erfolg belohnt, aber es hat eben zur Folge, dass viele Menschen eine gewisse Angst vor ihr und ihrer Direktheit haben.

Und ich gehöre jetzt dazu.

Selbst wenn wir die Tatsache ignorieren, dass so ein Anmachspruch höchstens in einem sehr schlechten Groschenroman Erfolg hätte, ist die Chance, dass ich den Kerl wiedersehe, enorm hoch.

Die Couch neben mir senkt sich ein Stück, aber ich lasse meinen Kopf lieber noch ein wenig im Kissen versteckt.

Leider bin ich einer dieser Menschen, die noch zehn Jahre später von peinlichen Momenten aus der Vergangenheit um den Schlaf gebracht werden können. Ein

Vorfall in Disneyland verfolgt mich zum Beispiel bis heute: Ich war gerade mal sieben, mit der ganzen Familie in Paris und weil ich nicht nach vorn geschaut habe, bin ich mitten in Winnie Puuh gerannt. Der umgefallen ist und nicht wieder hochkam. Mein Vater und ein paar andere Männer mussten helfen, den armen Menschen in diesem Bärenkostüm wieder auf die Beine zu bringen. Und ich saß heulend hinter einem Busch und wäre am liebsten nicht mehr rausgekommen, so sehr habe ich mich geschämt. Noch heute kommen diese Erinnerung und die überwältigende Scham manchmal vor dem Einschlafen wieder hoch.

Wie lange mich also der Vorfall mit dem Pizzakerl einholen wird, ist absehbar. Das wird mich sicher bis ins Grab verfolgen.

Emmas Hand streichelt sanft über meinen Rücken. »Es tut mir leid. Manchmal sage und tue ich Dinge, ohne darüber nachzudenken, wie sie ankommen. Die meisten Menschen finden das mutig und bewundernswert, aber ich weiß ja, wie schambehaftet du dabei bist, deine Wünsche zu äußern. Ich hätte die Klappe halten sollen.«

»O ja, das hättest du.« Obwohl ich lieber den Rest meines Lebens mit einem Kissen im Gesicht verbringen würde, richte ich mich auf und traue mich wieder, sie anzusehen.

Ich bin nicht sauer. Die Scham überwiegt eindeutig. Aber das kommt eben davon, wenn man sich mit einem so extrovertierten Menschen wie Emma umgibt.

Aber dann sehe ich sie wieder an, wie sie schuldbewusst auf den Boden schaut und dabei mit den Fransen der Decke spielt, in die ich sie bis eben noch eingewickelt hatte.

»Ich würde jetzt gern sagen, dass es an den Schmerzmitteln liegt, aber leider brennt mein gesamter Brustkorb im Moment so sehr, dass das eine eiskalte Lüge wäre.«

Ich beuge mich leicht nach vorn und hauche ihr einen Kuss auf die Stirn. »Du bist eben, wie du bist. Und dafür liebe ich dich eigentlich auch – wenn du mich nicht gerade in Verlegenheit bringst.« Ich stehe von der Couch auf und drücke ihr einen der Pizzakartons in die Hände. »Hier, ich hole dir noch eine Schmerztablette, dann fressen wir uns ins Pizzakoma. Wenn dem Kerl die Sache genauso peinlich ist wie mir, sucht er sich einen neuen Job und ich kann nächsten Samstag wieder ganz sorglos bestellen. Oder ich mache mal eine Woche Pause.«

Emma schüttelt den Kopf. »Oder du machst nicht so ein Drama draus. Immerhin bin ich hier die peinliche Person. Du warst nur ein Opfer.«

»Als ob das ausreichen würde. Du weißt es, ich weiß es, Winnie Puuh weiß es. Das lässt mich nie wieder los. Aber wenigstens bin ich erwachsen genug, um mir deshalb nicht für immer die Pizza entgehen zu lassen.«

Sie lacht. »Oder zu süchtig.«

Darauf gehe ich überhaupt nicht ein und suche aus ihrer Handtasche lieber die Packung mit den Schmerzmitteln raus.

Kapitel 4

Der Abend ist nicht lang geworden. Wir sind beide müde von den aufregenden letzten Tagen gewesen, Emma hat noch immer Schmerzen und die Pizza hat uns in eine angenehme Müdigkeit umgeleitet.

Während des Duschens ist es nicht die Situation mit dem Pizzakerl, die mich nicht mehr loslässt, sondern Arthur. Verdammt, ich habe es echt ganz schön versaut. Vielleicht lag es an dem Abstand der letzten vierzehn Tage, vielleicht daran, dass ich in meiner ablenkungsfreien Woche vor Emmas OP immer wieder mitbekommen habe, wie nebenan mehrmals täglich Kerle ein und aus gingen. Oder die Sorge um Emma hatte mir komplett das Hirn vernebelt.

Egal, weshalb ich mich so benommen habe: Jetzt bereue ich es ganz gewaltig.

Denn ich gestehe es mir nicht gern ein, aber Fakt ist, dass ich in ihn verliebt bin. So sehr und auf so dämliche Weise, dass ich diese Sache zwischen uns seit drei Jahren laufen lasse. Klar, der Sex ist gut, und ja, auch für mich ist es angenehm, durch ihn leichten Zugang zu menschlicher Nähe zu haben. Aber tief in mir drin ist da auch immer noch diese dumme, naive Hoffnung, dass ihm irgendwann bewusst wird, dass ich mehr bin als nur ein Fick.

Dass er sich fragt, was ich beruflich oder in meiner Freizeit mache, er heimlich meine Bücher liest und sich damit beschäftigt, was ich mag. Dass er merkt, wie interessant und langweilig ich zugleich bin und wie schön es doch wäre, zusammen auf der Couch zu sitzen und den trashigen fünften Teil irgendeines Schrottfilms zu gucken.

Ich tue das alles. Ich folge ihm heimlich auf Instagram, sehe mir genau an, was ihn beschäftigt. Besonders leicht ist das nicht, denn online ist er genauso distanziert wie im echten Leben. Dabei möchte ich so gern alles über ihn erfahren.

Seufzend schnappe ich mir mein Handy und tippe zwei Zeichen in das Nachrichtenfeld bei Arthur: Aubergine, Spritzer.

Wenn er es so einfach haben will, dann will er sicherlich auch keine Entschuldigung hören.

Um nicht wie ein liebestoller Teenager auf das Display zu starren und sehnsüchtig darauf zu warten, ob er online kommt, sehe ich kurz nach nebenan ins Gästezimmer.

Emma schläft tief und fest. Dieses Zimmer ist eigentlich inoffiziell ihres, denn mal von meinem Bruder abgesehen, bekomme ich nicht unendlich viel Besuch. Sie hat deshalb auch einen ihrer Lieblingsteddybären hier deponiert. Den gleichen habe ich drüben bei mir im Bett. Und nun liegt sie wie ein Burrito eingerollt in ihre Decke da, hält den Bären fest und gibt ein leises Schnarchen von sich.

Schnell mache ich noch einen Abstecher in die Küche und stelle ihr eine Flasche Wasser und ein Glas auf den

Nachttisch, damit sie nicht aufstehen muss, wenn sie wach wird.

Sanft schließe ich hinter mir die Tür des Gästezimmers und gehe wieder in mein Schlafzimmer.

Auf dem Handy blinken mir zwei Nachrichten entgegen.

Arthur:
Bei mir?

Statt ihm zu antworten, gehe ich direkt so, in einer Jogginghose und einem ausgewaschenen Supermann-Shirt, nach drüben. Ihm ist egal, wie ich aussehe, Hauptsache, ich ziehe mich für ihn aus.

***

»Wie kann jemand, der so viel Sexbesuch hat, nur so oft hintereinander?«

Ausgelaugt lasse ich mich neben Arthur aufs Bett fallen, der leider immer noch nicht aus der Puste ist. Stattdessen gibt er mir sogar noch einen Klaps auf den Po und grinst mich süffisant an.

»Ich arbeite eben hart an meiner Ausdauer.« Elegant steigt er aus dem Bett, um unsere Klamotten, die auf dem Boden liegen, zu sortieren. »Willst du jetzt schon wieder über meine Sexdates reden?«

Ein paar Sekunden lang vergrabe ich das Gesicht in seinem Kissen und atme tief ein. »Nein. Du kannst von mir aus so viele davon haben, wie du willst.«

Wenn ich das so ins Kissen sage, klingt es regelrecht überzeugend.

»Aber?«, fragt Arthur nun doch nach.

Ich seufze. »Aber ich verstehe nicht, wie du das alles organisierst. Ich meine, du gehst arbeiten, ins Fitnessstudio und was weiß ich noch. Man muss doch auch mit den Dates schreiben, es muss passen, und dann kann man nur hoffen, dass die Typen auch sauber sind. In jeglicher Hinsicht.«

Arthur zuckt mit den Schultern. »Ich schreibe ehrlich gesagt nicht sehr viel. Immerhin will ich Sex und keinen Museumsbesuch. Und was den Gesundheitsaspekt angeht: So ein Risiko haben wir doch irgendwie alle. Außerdem lasse ich mich durch meinen Job regelmäßig auf alles Mögliche testen.«

Ich bin ganz kurz davor, einfach nur *Ach so* zu sagen und mich wieder auf dem Bett zusammenzurollen, aber da beginnt es in meinem Kopf zu rattern. Durch seinen Job macht er regelmäßige Check-ups?

Offensichtlich kann er sehen, wie es hinter meiner Stirn arbeitet, denn er setzt sich lachend neben mich auf das Bett. »Ich bin Rettungssanitäter, da besteht immer ein gewisses Risiko. Deshalb behalte ich das im Blick.«

Meine Augen müssen die Größe von Untertellern angenommen haben, denn ich spüre, wie sie mir fast aus dem Kopf fallen.

Rettungssanitäter? *Oje.* Das heißt nicht nur, dass er medizinisches Wissen hat, sondern auch, dass er anderen Menschen hilft. Er ist ein verdammter Held.

»Warum starrst du mich denn so an? Hast du mir das nicht zugetraut?«

Überfordert schüttle ich den Kopf, nicke und zucke daraufhin mit den Schultern. Endlich, nach so vielen Jahren, habe ich mal ein paar Krümel Information über ihn bekommen und dann ist es ausgerechnet so etwas. Aber statt mich jetzt verliebt in seine Arme zu werfen, muss ich cool bleiben.

»Keine Ahnung, was ich gedacht habe, was du machst. Aber das ist ziemlich heldenhaft … und irgendwie heiß.«

Arthur lacht auf. »Gut, dass du das so siehst. Die meisten finden nur Feuerwehrmänner sexy.«

Wenn er wüsste, wie leicht ich zu beeindrucken bin, würde er mich vermutlich auslachen.

»Wir kennen uns jetzt seit drei Jahren, da hättest du mir das ruhig mal erzählen können«, sage ich und versuche, möglichst unbeteiligt zu klingen.

Arthur zieht eine Augenbraue hoch und lässt sich wieder neben mir ins Bett sinken. »Warum das denn?«

Okay, Phil, jetzt ganz cool bleiben.

»Na ja, ich bin ein echt miserabler Koch und habe entsprechend viele Küchenunfälle. Zu wissen, dass ein Sanitäter nebenan wohnt, wäre manchmal sehr hilfreich gewesen.«

Seine Hand wandert über meinen Rücken und lenkt mich davon ab, ihn unbeteiligt anzusehen, also lasse ich den Kopf lieber wieder ins Kissen sinken.

»Bestellst du deshalb so viel Pizza? Ich dachte immer, das machst du nur, weil der Lieferant so heiß ist.«

Ach du Scheiße! Ihm ist zum einen aufgefallen, dass ich viel Pizza bestelle, und zum anderen das wirklich anleckenswerte Aussehen des Pizzaboten. Keine Ahnung, was mich gerade mehr beschäftigt. »Hauptsächlich bestelle ich so viel Pizza, weil ich Pizza liebe. Nichts auf der Welt ist besser als Pizza. Aber um mal wieder auf das Sanitäter-Thema zurückzukommen: Vielleicht ist das ja eine heimliche Fantasie von mir und du hättest mir die schon längst erfüllen können.«

Ich sehe wieder vom Kissen auf und kann so sein dreckiges Grinsen sehen.

»Ist das so?«

»Finde es doch heraus.«

Statt zu antworten, steht Arthur vom Bett auf und geht zielstrebig an seinen Schrank.

Als ich mich umdrehe, um ihn besser sehen zu können, erkenne ich, wie er eine rote Weste mit Reflektoren und der Aufschrift *Rettungssanitäter* auf dem Rücken überzieht, und sich zu mir dreht. Er ist bis auf diese Weste komplett nackt.

Scheiße, selbst wenn man keine schmutzige Fantasie in diese Richtung hat, ist das einfach nur heiß. Beinah ein bisschen zu viel, denn ich finde ihn in diesem Moment noch mal viel schärfer als ohnehin schon.

»Sie haben den Rettungsdienst gerufen. Was fehlt Ihnen denn?«

Geistige Notiz an das letzte bisschen Hirn, welches noch durchblutet wird: Eine sexy Geschichte mit einem Sanitäter schreiben.

Er überrascht mich mit dieser Aktion, aber nicht genug, um darauf nicht eingehen zu können. »Unterhalb der Hüfte ist alles ganz hart und steif.«

Mit einem dreckigen Grinsen auf den Lippen setzt er sich auf die Bettkante und legt eine Hand auf meinen Unterschenkel, lässt sie leicht darüber wandern. »Hier?«

»Höher.«

Seine Finger wandern über mein Knie zu meinem Oberschenkel. »Vielleicht hier?«

Ich schüttle den Kopf. »Noch ein bisschen höher.«

Arthurs Hand gleitet über die Innenseite meiner Schenkel nach oben, bereitet mir eine Gänsehaut. Und als er dann an seinem Ziel ankommt, lasse ich stöhnend den Kopf zurück ins Kissen sinken.

***

Während ich das Frühstück zubereite, tappt Emma gähnend in meine Küche und lässt sich schwerfällig auf einen der Barhocker an der Kücheninsel fallen.

»Weißt du, was ich echt erstaunlich finde? Ich nehme so viele Schmerzmittel und Melatonin-Tabletten zum Einschlafen und trotzdem höre ich noch, was für Sexspiele dein Nachbar mit irgendeinem Kerl treibt.«

Schnell drehe ich mich um und reiße den Kühlschrank auf, nur damit ich Emma jetzt nicht ansehen muss. Aber leider kennt sie mich viel zu gut.

»Nein, Philip. Nein! Bitte sag mir nicht, dass du bei dem Gestöhne der letzten Nacht dabei warst.«

Wie gern würde ich jetzt direkt in den Kühlschrank kriechen. Wo man da wohl rauskommt? Wenn ein Schrank nach Narnia führt, lande ich dann durch die Rückwand des Kühlschranks vielleicht beim Weihnachtsmann am Nordpol?

Eine Mandarine segelt direkt an mir vorbei. Zum Glück ist meine beste Freundin schlecht im Werfen.

»Rede mit mir!«

Auch nach der dritten Inspektion ist nichts weiter als Licht und Senf in meinem Kühlschrank, und es offenbart sich mir auch kein magisches Tor hinter der leeren Käsebox. Also muss ich mich umdrehen. »Ich weiß jetzt, was Arthur beruflich macht.«

Kurz lässt sie sich vom eigentlichen Sexthema ablenken. »Wow, nach drei Jahren Auberginen-Emojis und Sextalk hat er also auch mal mit dir geredet.«

Gerade als ich zu einer ebenso sarkastischen Antwort ansetzen will, schlägt sie sich die Hand vor den Mund. »O mein Gott, was ist es? Zwischen dem Stöhnen waren auch immer wieder Wortfetzen, aber so genau habe ich es leider nicht verstanden.«

Da mich der Kühlschrank nicht verschluckt und sich leider auch kein Loch im Boden auftut, komme ich nicht an ihr vorbei. Emma wird nicht lockerlassen, und im Gegensatz zu ihr habe ich alle Sätze und Wortfetzen mitbekommen, die gefallen sind. Gestern war das alles irgendwie noch sexy. Bei Tageslicht möchte ich mich am liebsten selbst ohrfeigen, das alles initiiert zu haben. Und zwar nur, damit er nicht merkt, wie viel Verliebtheit dazugekommen ist, nur weil ich jetzt weiß, dass er Menschenleben rettet. Mir ist bewusst, dass das albern ist, aber in meinem blöden, romantischen Kopf hat er jetzt etwas Heldenhaftes.

»Also? Was macht er denn nun beruflich? Ist er Pharmavertreter oder so was?«

»Nein, Rettungssanitäter.«

Emma sieht mir einen Moment lang tief in die Augen. »Du stehst jetzt noch mehr auf ihn, oder?«

Seufzend nicke ich nur, nehme die warmen Brotscheiben aus dem Toaster und schiebe ihr das Körbchen über den Tresen.

Emma ist plötzlich ganz ruhig, während sie sich Erdnussbutter auf ihr Brot schmiert.

»Warum sagst du denn nichts mehr?«

»Keine Ahnung, Phil. Ich würde dich gern kräftig schütteln und dir sagen, dass er trotzdem ein Arschloch ist und du dir endlich jemanden suchen sollst, der dich verdient. Aber das ist irgendwie aussichtslos. Manchmal habe ich den Eindruck, du willst, dass es wehtut.«

Auch ich schnappe mir ein Brot und beginne damit, es in kleine Rechtecke zu schneiden. »Was habe ich denn sonst für Optionen?«

»Den Pizzaboten?«

»Haha. Der ist mit dem Lieferfahrrad sicherlich gegen den nächsten Baum gefahren, nachdem du uns gestern so in Verlegenheit gebracht hast.«

Sie sieht mich an, schüttelt dann allerdings den Kopf und beißt in ihr Erdnussbutterbrot. »Ich bin der Meinung, dass du mich in die Auswahl deiner Partner mehr einbinden solltest. Schließlich habe ich einen erlesenen Männergeschmack.«

Da muss ich direkt lachen. »Du hast doch so gut wie nie ein Date.«

»Aber ich könnte jede Menge davon haben. Vor allem jetzt, mit den schönsten Brüsten auf der Nordhalbkugel.«

Wir lachen beide auf und ich sehe sie einen Augenblick lang nur an. Meine beste Freundin ist unangenehm ehrlich, viel zu selbstbewusst und meiner Meinung nach auch ganz schön besserwisserisch, aber wer außer ihr – abgesehen von meinem Bruder – kennt mich sonst so gut? Sie weiß alles über mich und mein Leben, war immer da und hat sich schon so oft für mich eingesetzt, als ich dachte, dass niemand mir helfen kann. Und egal, wie heiß es gestern Nacht mit Arthur war, im Grunde war es wirklich nur eine schmutzige

Fantasie. Denn mehr als das werde ich nicht bekommen. Zumindest aktuell nicht.

Natürlich denke ich jeden Tag, dass sich Arthur ändern könnte. Dass er sieht, dass ich ein guter Kerl bin. Und wie viel mehr Spaß außerhalb des Betts wir noch miteinander haben könnten, wenn es ernster zwischen uns wäre. Aber das ist sicherlich genauso unwahrscheinlich wie all die Liebesgeschichten, mit denen ich meine Miete bezahle.

»Okay, du darfst dich einmischen. Aber nur ein bisschen, in Ordnung?«

Eine Sekunde lang habe ich Angst, dass Emma an ihrem Brot erstickt, denn sie reißt die Augen auf und sieht mich schockiert an. Dann wirft sie den Toast auf den Teller, springt auf und rennt um die Mücheninsel herum, um mich zu umarmen. »Du wirst diese Entscheidung nicht bereuen, das verspreche ich dir.«

»Gut. Vor allem bin ich gespannt, wie du das alles anstellen willst.«

Sie löst sich von mir. Ihr Lächeln könnte auch das eines Superschurken in einem Comic sein. »Uh, Phil ... dafür müssen wir ein bisschen von deinen Routinen abweichen. Wir fangen nämlich damit an, dass es diese Woche auch mal an einem Sonntag Pizza geben wird.«

***

Der ganze Tag stand unter dem dunklen Schatten ihrer Versprechungen und es wurde auch nicht besser, als sie vor einer halben Stunde vom Sofa aufgestanden ist, um mir zu sagen, sie habe Pizza bestellt und würde jetzt ein ausgiebiges Bad nehmen.

Ich würde sagen, dass ich jetzt genau weiß, wie sich ein Lemming fühlt, kurz bevor er über die Klippe springt, als es an der Tür klingelt.

Noch immer habe ich die Hoffnung, dass *mein* Bote, insofern ich ihn überhaupt so nennen sollte, heute einfach nicht arbeitet. Diese Hoffnung ändert aber nichts daran, dass ich einen prüfenden Blick in den Spiegel werfe und mir mit den Fingern durch die Haare fahre, nachdem ich den Summer betätigt habe.

Sie verpufft direkt nach dem Öffnen der Tür. Da steht er wieder.

Wir sehen uns an wie verschreckte Tiere und ich könnte es ihm nicht verübeln, wenn er mir die Pizzakartons vor die Füße wirft und, so schnell wie ihn seine Beine tragen, wegrennt.

Aber stattdessen verändert sich der Ausdruck seiner Augen minimal und er wirkt amüsiert. »Pizza am Sonntag? Du kannst mich nach drei Jahren doch nicht so überraschen.«

Verdammt. Er ist wirklich süß.

»Manchmal bin ich eben für Überraschungen gut.« Ich versuche, lässig zu wirken und zucke mit den Schultern. »Außerdem wollte ich mich für gestern entschuldigen. Diese laute, unangenehme Person ist meine beste Freundin und eigentlich sehr nett. Aber sie hat eine Operation hinter sich und ich befürchte, weil sie so angeschlagen ist, spricht sie schneller, als sie darüber nachdenkt, wie das auf alle Beteiligten wirken könnte.«

Emma würde jetzt sicherlich die Gelegenheit nutzen und einen Kommentar über ihre neuen Brüste abgeben.

Der Pizzabote zuckt ebenfalls mit den Schultern. »Nicht so schlimm. Ich sollte mich vielleicht auch entschuldigen, weil ich so schnell die Flucht ergriffen habe.«

»Wenn es dich beruhigt, du bist nur die Treppe runtergesprintet, ich habe mir ein Kissen ins Gesicht gedrückt.«

Jetzt lächelt er wirklich, denn die goldenen Sprenkel in seinen Augen leuchten regelrecht.

Wow, so viel haben wir noch nie geredet. Normalerweise fragt er mich nach dem Film des Abends, ich nenne ihm den Titel, und wir verabschieden uns ein bisschen unbeholfen. Aber irgendwie finde ich ihn gerade noch mehr zum Anbeißen als ohnehin schon.

Er hebt leicht die Pizzakartons auf seinen Händen an. »Du hättest nicht unbedingt Pizza bestellen müssen, nur um dich zu entschuldigen. Das hätte auch bis nächsten Samstag warten können.«

»Na ja, ich will es nicht kleinreden, ich habe wohl ein kleines Pizza-Problem. Und meine beste Freundin hat darauf bestanden.« Auch ich lächle ihn an. Noch immer tue ich so verdammt cool, aber eigentlich versinke ich gerade in seinen Augen und in mir drin herrscht absolutes Chaos. Denn ich würde jetzt am liebsten jeden Sonntag Pizza bestellen, weil ich ihn dann an noch einem Tag sehen könnte.

Er reicht mir die Kartons, auf denen ein Alubehälter steht.

»Vegane Brownies. Die sind sonst immer sofort ausverkauft. War also vielleicht keine schlechte Idee, sonntags zu bestellen.«

Mein Lächeln wird breiter. »Das ist ja mal ein Service.«

»Wenn du etwas anderes als Nachtisch dazu haben willst ...«, er hält kurz inne, wendet den Blick ab und räuspert sich. »Na ja, dann kannst du es ja in die Kommentar-zur-Bestellung-Spalte schreiben.«

Wir sehen uns ein paar Sekunden in die Augen, dann sacken seine Worte so richtig zu mir durch.

Bei uns beiden, denn genau wie gestern reißt er plötzlich erschrocken die Augen auf.

Bezog er sich damit auf Emmas Frage, ob es ihn auch als Snack dazu geben würde?

»Also, ich muss dann«, sagt er mit dünner Stimme, dreht sich auf dem Absatz um und geht eilig die Treppe nach unten.

Ich wiederum scheine mich nur noch in Zeitlupe bewegen zu können, denn erst als ich höre, wie vier Stockwerke tiefer die Haustür ins Schloss fällt, drehe ich mich um. Nur um fast einen Herzinfarkt zu bekommen, weil Emma direkt hinter mir in dem kleinen Flur steht.

»Na, das lief doch ganz gut, oder?«

»Wie lange stehst du denn schon da? Und wie bist du so leise aus dem Bad gekommen?«

Sie grinst mich an. »Ich bewege mich eben mit katzenartiger Geschmeidigkeit. Und jetzt lenk nicht ab. Ich stehe lange genug hier, um zu sehen, wie ihr geturtelt habt.«

Schnell schüttle ich den Kopf. Ja, ganz kurz habe ich auch gedacht, dass er flirtet. Aber ich will diese drei Sätze, die wir hier ausgetauscht haben, echt nicht überinterpretieren.

Das mache ich schon bei Arthur ständig. Ich muss also nicht auch noch einen heimlichen Crush auf meinen Pizzaboten haben.

»Du fehlinterpretierst die Situation. Hier hat niemand geflirtet.«

Tief in mir drin höre ich ein ganz leises Stimmchen, was mich fragt: *Und was ist, wenn doch?*

Nachrichten von Noah

Noah:
Kadir? Hast du kurz Zeit zum Schreiben?
Ich habe etwas Dummes gemacht.

Kadir:
Bitte sag mir, dass es nichts mit irgendeiner Online-Be-
stellung zu tun hat.
Ehrlich, Mann, ich sitze lieber wieder eine Stunde an
deinem Bett und überlasse dir mein Heizcape, während
du schmilzt wie ein verdammtes Marshmallow in der
Mikrowelle.
Wenn du das jetzt aber überkompensierst, werde ich
keine Pakete mehr abholen.
Ich hoffe, das ist dir klar.

Noah:
Alter, das Paket ist ja wirklich ein schlimmes Trauma.
Tut mir leid.
Aber ich habe nichts bestellt, falls dich das tröstet.

Kadir:
Dann bin ich wirklich gespannt.
Also, was ist das Drama des Tages?

Noah:
Ich war heute wieder bei ihm.

Kadir:
An einem Sonntag? o.O

Noah:
Ja, ich war auch überrascht, als die Bestellung einging.

Kadir:
*Komm endlich zu dem Punkt, an dem du was Dummes
gemacht hast.*

Noah:
Ich hab mit ihm geflirtet.

Kadir:
Hahahahahahahahaha

Noah:
Was soll das denn jetzt?

Kadir:
*Na, so wie du flirtest, kann das doch niemand ohne Un-
tertitel verstehen.*
*Du umwirbst den Kerl ja schon seit drei Jahren mit den
Nachspeisen und er hat es erst jetzt erkannt. Weswegen
man ihm übrigens keinen Vorwurf machen kann.*

Noah:
*Was, wenn ich mich praktisch als Nachspeise fürs
nächste Mal angeboten habe?*

Kadir:
NEIN?!
Hast du nicht! Oder?

Noah:
...

Kadir:
Wow ... ich kann es nicht fassen.
Mann, Noah! Ich bin richtig stolz auf dich.

Noah:
Auf den Schreck brauche ich heute Abend bestimmt
noch mal dein Heizcape.

***

Noah:
Ich bin jetzt wieder bei ihm.
Er hat keine Anmerkung hinterlassen.

Kadir:
Es ist eine Woche her, vielleicht hat er gerade andere
Dinge im Kopf.
Oder es bedeutet vielleicht nur, dass du nicht direkt ge-
nug warst.

Noah:
Wie direkt soll ich denn noch sein?
Soll ich die Pizza nackt ausliefern?
Mit dem Penis klingeln?

Kadir:

Schreib vielleicht erst mal nur deine Nummer auf den Karton.

So, wie wir es letzte Woche besprochen haben.

Noah:

Ich halte das immer noch für eine blöde Idee.

Kadir:

Versuch es doch einfach.

Bei dem Plan kann eigentlich nichts schiefgehen.

Und schick mir ein Beweisfoto, dass du es getan hast!

Noah:

Oh Gott ... da steht jetzt wirklich meine Handynummer auf dem Pizzakarton!

Kadir:

Süß. Sogar mit Herzchen dahinter.

Und jetzt schieb deinen Arsch hoch! Wenn die Pizza kalt ist, schmeißt er den Karton sonst direkt weg.

Kapitel 5

Durcheinander. Ich glaube, das beschreibt am besten, wie ich mich gegenwärtig mit dem Chaos in meinem Kopf fühle. Es gibt gerade so viel, um was ich mir Gedanken mache, aber egal wie sehr ich es im Kopf hin und her wälze, komme ich doch zu keinem Ergebnis. Ich hätte gern ein dramafreies Leben.

In dem Moment, wo ich diesen Gedanken zu Ende denke, müsste ich eigentlich in Gelächter ausbrechen. Wenn ich das wirklich wollen würde, hätte ich den Kerl nebenan niemals das Handtuch lüften lassen sollen.

Und wenn ich ganz genau darüber nachdenke, ist mein Leben schon vor Arthur und dem mit ihm einhergehenden Herzschmerz nicht frei von Drama gewesen. Selbst dann nicht, wenn ich alle komischen Kerle, an die ich schon geraten bin, aus meinem Leben ausklammern würde. Da ist Emma, da ist mein Bruder, und ich will ehrlich sein, meine Eltern sind ebenfalls nicht unbedingt die Angepasstesten. Irgendwas ist immer in deren Leben los.

Na ja, und ein bisschen Drama würde ich von ganz allein anziehen, denke ich. Es ist ja auch irgendwie essenziell für meinen Job, immerhin bringt es eine gewisse Würze in meine Geschichten.

Die Geschichten, die ich seit vier Stunden kläglich vernachlässige, weil ich zu viel nachdenke.

Heute Morgen ist Emma nach Hause gegangen. Sie hat zwar noch immer Schmerzen, aber welche, die ich als normal für einen so großen Eingriff bezeichnen würde. Und sie hat mir einen sehr langen Vortrag darüber gehalten, dass wir beide in den letzten Tagen mehr als genug Zeit miteinander verbracht haben.

Sie hat recht. Ich habe sie gern um mich, aber das Alleinsein ist meine größte Inspirationsquelle. Ich mag es, wenn es um mich herum ganz still ist, kein einziges Geräusch auf die Anwesenheit eines anderen Menschen hindeutet. Vielleicht wäre ein ähnlich ruheorientierter und introvertierter Mensch auch noch okay, aber Emma ist davon sehr weit entfernt. Genau wie Arthur.

Seit Emma also ihre Sachen gepackt hat, habe ich das Gefühl, mich wieder ein bisschen mit meinem Alleinsein arrangieren zu müssen. Ich habe geputzt und etwas für mich gekocht. Es hat sicherlich nicht mal halb so gut geschmeckt, wie es in dem Instagram-Reel, was ich nachgekocht habe, ausgesehen hat. Danach habe ich mich an die Arbeit gesetzt. Das Buch mit der Attitüde eines menschgewordenen Seufzens muss fertig geschrieben werden.

Leider starre ich diesen miesen, blinkenden Strich auf dem Bildschirm nun schon seit Stunden an. Jedes Wort, mit dem ich versucht habe, das neue Kapitel anzufangen, habe ich Sekunden später wieder gelöscht. Es ist ein bisschen so, als sei es zwar um mich herum endlich ganz still, dafür schreien mich meine Gedanken nahezu an.

Und das ist, ich kann es leider nicht schöner ausdrücken, absolut Emmas Schuld. Denn bis jetzt fand ich den Pizzaboten nur süß, aber da ich nun auch endlich begriffen habe, dass er wirklich flirtet, bekomme ich seine Augen nicht mehr aus dem Kopf. Genauso wie die Frage, was ich jetzt machen soll. Soll ich überhaupt was machen?

Seufzend fahre ich mir durch den Schopf, nur um im nächsten Moment die dabei herausgerissenen rosa Haare vom Tisch zu pusten.

Jemand muss das Gleiche mit meinem Kopf machen, was ich mit meiner Wohnung gemacht habe: Großputz und Ausmisten.

Also klicke ich das Dokument auf dem Rechner weg und öffne FaceTime, um Sascha anzurufen. Er bringt immer ein bisschen Ruhe in mein Chaos, und sein Anblick reicht oft schon aus, um mich zu beruhigen. Weil er immer mein Zuhause ist und diese wohlige Ausstrahlung hat.

»Hey, Kleiner«, sagt er und ich erschrecke.

»Um Gottes willen, Sascha ... du hättest den Anruf auch einfach ablehnen können.«

Auf dem Bildschirm sehe ich meinen Bruder. Auf seiner Kapuze liegt eine Menge Schnee. Sein Bart und die Haarspitzen sind angefroren.

Er lacht und hält eine kleine Tüte nach oben. »Ich war ein paar Lebensmittel besorgen. Der Nachbar hat so ein Schneekettenmobil. Anders kommt man hier gerade nicht weg. Es ist herrlich.«

»Du bist ganz schön aus der Puste.«

»Na ja, der Nachbar wohnt acht Kilometer von mir entfernt und ich laufe praktisch gegen den Sonnenuntergang an.«

Es gibt so Momente, da höre ich meinen Bruder etwas sagen und möchte am liebsten einen Suchtrupp nach ihm ausschicken. Aber stattdessen atme ich tief durch und versuche, mich an all die gefährlichen Situationen zu erinnern, die er schon hinter sich hat. Statt also in Sorge zu verfallen, mache ich es wie unsere Mutter und versuche, das Positive zu sehen: Er hat genug zu essen, hatte heute schon Kontakt zu einem offenbar hilfsbereiten Menschen und er war an der frischen Luft.

»Soll ich dich zurückrufen? Wenn du hoffentlich dick eingemummelt vorm Kamin liegst und was zu essen auf dem Herd auf dich wartet?«

Er schüttelt den Kopf. »Alles gut, Phil. Ich habe es nicht mehr weit. Und so ganz Ton in Ton ist es hier auch echt trist, ich freue mich über ein Gespräch mit meinem kleinen Bruder. Also, was ist los?«

Kurz bin ich irritiert. »Woher willst du wissen, dass etwas los ist?«

»Es ist diese Sorgenfalte in deinem Gesicht. Wie bei Papa, wenn er ein Sudoku löst.«

Schnaubend verschränke ich die Arme vor der Brust, auch wenn er das gar nicht sehen kann. »Dieser Vergleich ist ja wohl eine absolute Frechheit.«

Er sieht ernst in die Kamera und hebt eine der eingefrorenen Augenbrauen, eine Antwort bleibt jedoch aus.

Ich seufze. »Okay, okay. Emma hat mir Probleme bereitet.«

»Hat es was mit der Rundmail über ihre Brüste zu tun? Mama hat auch eine bekommen und sie hat erfahren, dass unsere ehemalige Geschichtslehrerin ebenfalls im Verteiler war.«

Tja, davon wusste ich zumindest nichts.

Entsprechend schockiert blicke ich jetzt zu meinem Bruder.

Er lacht wieder. »Okay, also hat sie dir davon nichts gesagt. Ich bin jedenfalls froh, dass sie offensichtlich noch eine Art Stützverband tragen muss, und habe gleichzeitig Angst, dass sie ganz andere Bilder mitschicken wird, wenn erst einmal alles verheilt ist.«

»Und ich habe mich noch gewundert, warum sie mir so in den Ohren lag, dass ich ihr dabei helfen soll, einen neuen Bikini auszusuchen. Sie hat mir unendlich viele Links geschickt. Dabei ist es kalt draußen.«

»Wem sagst du das.« Sascha lässt kurz den Kamerabildschirm schweifen. Das ist echt verdammt viel Schnee. »Okay, wenn es nichts damit zu tun hat, was hat sie dann angestellt?«

Einmal tief Luft holen und es aussprechen, egal, wie dämlich es sich anhört: »Sie hat den Pizzaboten verdorben.«

»Den Süßen?«

Ich nicke.

»Wie das denn?«

Wieder entkommt ein Seufzen meinen Lippen. »Sie hat am Samstag echt blöde Kommentare abgegeben und dann haben wir gestern noch mal Pizza bestellt und er hat geflirtet. Richtig und so, dass ich es auch bemerkt habe.«

Sascha sieht einen Moment lang auf den Weg vor sich, dann wieder auf das Display. »Phil, ich sage jetzt etwas, wofür du mir vielleicht böse bist: Jeder Mensch auf der Welt ist besser als dein verkorkster Nachbar. Also krieg den Arsch hoch und krall dir den Pizzakerl.«

Ich weiß gerade nicht, ob ich darüber lachen oder weinen soll, aber tief in mir drin ist mir klar, dass ich gar keinen Grund hätte, böse auf meinen Bruder zu sein. Denn Arthur *ist* verkorkst. Und ja, vermutlich ist alles besser als das, was mit Arthur läuft.

»Was ist, wenn er genauso tickt? Sich pro Auslieferung ein bisschen Trinkgeld zusätzlich verdient, weil er viel flirtet oder es manchmal auch in Naturalien annimmt?«

Hinter Sascha wird der Himmel immer dunkler. »Zum einen kannst du das nur herausfinden, wenn du es ausprobierst. Zum anderen ist da aber auch noch die Tatsache, dass dir der Kerl seit drei Jahren Nachtisch mitbringt und jetzt mal einen kurzen Vorstoß aus seinem Schneckenhaus gemacht hat, was eindeutig gegen deine Theorie spricht.«

Ich stutze. Dass ich vermute, dass der Nachtisch nicht von der Pizzeria kommt, sondern von *ihm*, habe ich Sascha noch gar nicht erzählt.

Scheinbar kann er in meinem Gesicht ganz gut lesen, denn mein Bruder lächelt mich milde an. »Es ist eigentlich ziemlich offensichtlich. Welches Restaurant gibt so viele Nachspeisen aus?«

»Eins mit erstklassigem Kundenservice?«

»Guck mal, Kleiner: Deine Pizza kostet um die dreizehn Euro. Die verdienen echt nicht genug an dir, um dir da für die Hälfte des Einkaufs Zucker ins Gesicht zu schmieren.«

Leider hat er mit dieser Rechnung gar nicht mal so unrecht. Ich habe diese Faktenlage jahrelang ignoriert.

Beziehungsweise gar nicht gesehen. Der Typ muss mich echt für dämlich halten, wenn ich so viele Jahre lang stillschweigend meinen Nachtisch schnabuliere, den er mir wahrscheinlich selbst ausgibt.

»Das ist wirklich eine sehr subtile Art zu flirten. Mach dir keinen Kopf, nur weil du es nicht bemerkt hast.«

»Soll ich überhaupt noch mit dir reden oder liest du weiterhin einfach meine Gedanken?«

Das Bild wackelt bedenklich und für einen kurzen Moment befürchte ich, dass Saschas Handy gleich im Schnee landet.

»Warte mal, ich bin an meiner Hütte angekommen und schließe schnell auf.«

Während ich auf der anderen Seite nur das Dunkel von Saschas Hosentasche sehe und ihn leise fluchen höre, denke ich darüber nach, ob wir nicht ein bisschen viel in die Nachspeisengeschichte hineininterpretieren. Dann driften meine Gedanken wieder zu Arthur ab und wie viel ich da in kleine Gesten hineininterpretiere.

Nach einer gefühlten Ewigkeit taucht das Gesicht meines Bruders wieder auf dem Bildschirm auf. »Also? Was machst du jetzt mit dem Pizzakerl?«

Diese Frage überfordert mich. »Was soll ich denn machen?«

Sascha fläzt sich auf sein Sofa. »Wir müssen einen Weg finden, wie du ihn näher kennenlernen kannst, um abzuchecken, ob er nicht nur optisch, sondern auch charakterlich ein Leckerbissen ist.«

In diesem Moment bin ich voller Dankbarkeit. Denn so mit meinem Bruder zu reden, ist ein Privileg. Nicht jeder hat so viel Verständnis.

Seufzend lasse ich mich tiefer in meinen Stuhl sinken und versuche, so zu denken, wie ich die Geschichte schreiben würde. »Weißt du, was süß wäre? Wenn ich *ihm* beim nächsten Mal einen Nachtisch schenken würde. Irgendwas Selbstgebackenes oder so.«

»Das ist wirklich eine gute Idee!«

»Allerdings kann ich nicht backen. Zumindest nicht, ohne dass ich danach einen Sanitäter brauche ... Apropos Sanitäter! Ich muss dir ja noch erzählen, dass Arthur –«

Sascha schneidet mir mitten im Satz das Wort ab. »Wenn du jetzt sagst, dass Arthur Sanitäter ist und du dadurch noch verknallter in ihn bist, dann reite ich auf einem Elch nach Hause und muss dich ordentlich durchschütteln.«

Schnell presse ich die Lippen aufeinander und halte mich zurück, das neu erworbene Arthur-Wissen so begeistert zu teilen. Denn eigentlich haben Sascha und Emma recht: Bei anderen Menschen mag er vielleicht Gutes vollbringen, aber zu mir ist er ein ganz schöner Arsch.

Sascha akzeptiert mein Schweigen und lässt das Thema vorerst fallen. »Okay, du kannst nicht backen. Aber mittlerweile gibt es doch für alles Tutorials auf YouTube, oder? Es muss ja auch kein Meisterwerk werden, die Geste zählt.«

Ein bisschen zweifle ich daran, dass mir Tutorials helfen können, denn ich befürchte, es scheitert schon an den Basics. Doch dann sagt mein Bruder: »Was hältst du davon, wenn wir uns ein paar angucken und dann gemeinsam ein Rezept für deinen Pizza-Boy raussuchen.«

Tatsächlich macht es nicht nur wahnsinnig viel Spaß, mit meinem Bruder die verschiedensten Formate zu gucken, sondern es gibt mir auch das Selbstbewusstsein, zu glauben, dass diese Aktion nicht in einer furchtbaren Katastrophe endet. Das Gute ist, ich habe eine Woche Zeit, mich vorzubereiten. Schlimmstenfalls schmeckt es nicht oder es sieht so grauenhaft aus, dass es nicht süß, sondern gemein wäre, ihm das zu überreichen. Im letzteren Fall esse ich es dann eben selbst.

Nach zwei Stunden intensiver Recherche habe ich drei grundlegende Dinge gelernt: Wie man Buttercreme macht, dass man die Backformen gut einfetten sollte und dass ich definitiv weder Fondant noch Modellierschokolade benutzen werde.

Also suche ich mir ein relativ simples Cupcake-Rezept aus dem Internet raus.

Es ist Donnerstag und bis ich ihn wiedersehe, habe ich genug Zeit, noch einen zweiten oder dritten Versuch zu starten. Doch bevor ich überhaupt dazu komme, klopft es an meiner Tür.

Ein Klopfen ist kein gutes Zeichen.

Ein Klopfen bedeutet Arthur.

Ich gehe zur Tür, auch wenn ich das weiß. Denn nur, weil ich erkenne, was für ein Arsch er ist, und ich versuchen möchte, jemand anderen mit Muffins an Land zu ziehen, ändert sich in seiner Gegenwart leider sehr wenig an meinen Gefühlen für ihn.

Die Tür schwingt auf und er sieht mich einen Moment lang mit diesem Blick an. Sexy, irgendwie düster und gleichzeitig vielversprechend. Aber dann betrachtet er mich eingängig und fängt an zu lachen. Laut und so, wie ich ihn noch nie habe lachen hören.

Irritiert sehe ich an mir hinunter. Vielleicht wäre die Kochschürze mit Hasen-Print nicht meine erste Wahl gewesen, aber als das Teil gestern ankam und ich gesehen habe, dass Sascha es für mich bestellt hat, fand ich es rundum süß.

Außerdem ist der Hase rosa und passt damit perfekt zu meinen Haaren.

Arthur hat sich noch immer nicht eingekriegt. »Du siehst absolut dämlich aus.«

Mein erster Impuls ist, in sein Lachen einzustimmen – dann dringen seine Worte zu mir durch. Es fühlt sich falsch an, von jemanden so behandelt zu werden, dem man, auf welche Weise auch immer, nahesteht. In mir drin steigt eine Menge Enttäuschung auf. »Tja, Arthur. Das ist es eben, was ich bin. Ein alberner, rosa Hase. Und wenn das alles ist, weshalb du an die Tür klopfst, dann kannst du gleich wieder verschwinden.« Demonstrativ schließe ich die Tür direkt vor seiner Nase, immerhin hat er es dank seines Lachanfalls nicht mal über die Schwelle geschafft.

Offensichtlich überrascht ihn meine Reaktion, denn draußen wird es plötzlich ruhig.

Ehrlich gesagt, bin ich auch ein bisschen über mich erstaunt. Vor ein paar Monaten hätte ich es einfach über mich ergehen lassen. Da hätte ich peinlich berührt mitgelacht, die Schürze ausgezogen und wahrscheinlich nie wieder benutzt. Aber jetzt, nachdem ich weiß, dass ein Kerl mir drei Jahre lang Nachtisch zu meiner Pizza mitbringt, obwohl wir nie mehr als ein paar Sätze miteinander wechseln, sieht die Lage irgendwie anders aus. Denn da hat sich jemand Mühe und Gedanken gemacht, wollte mir mit einer kleinen Aufmerksamkeit, die ich nicht einmal gecheckt habe, den Abend versüßen, obwohl nichts von mir zurückkam.

Arthur kann sich nicht mal einen gemeinen Kommentar verkneifen.

Ich mag die Schürze. Sie kommt von meinem Bruder, und mal abgesehen davon finde ich sie auf so alberne Art süß, dass ich sie nur mögen kann. Dem Pizzakerl habe ich auch schon in den unmöglichsten Aufzügen die Tür aufgemacht und der hat nicht mal gelacht, als ich einen Einhorn-Pyjama getragen habe.

Es klopft erneut an die Tür.

»Phil.« Arthurs Stimme dringt leise durch das Holz zu mir. »Jetzt sei nicht zickig. Ich habe ab morgen Spätdienst. Wenn wir noch etwas voneinander haben wollen, sollten wir den Abend nutzen.«

Etwas voneinander haben wollen.

Wie schön das klingt.

Und wie scheinheilig das eigentlich ist, denn alles, was er will, ist Sex.

Mit einem Seufzen öffne ich die Tür. »Erstens: Ich bin nicht zickig. Du hast mich ausgelacht und damit verletzt. Also wirst du dich dafür entschuldigen.«

Er blinzelt verdutzt. Diese Version von mir scheint ihm nicht wirklich zu gefallen. Aber ich habe die Nase voll davon, nach seinen Regeln zu spielen und dabei auf der Strecke zu bleiben.

Noch immer hat er keinen Ton gesagt, also schiebe ich die Tür langsam wieder zu.

Im letzten Moment tritt er einen Schritt vor und verhindert so, dass sie ins Schloss fällt.

»Tut mir leid. Das war unsensibel von mir. Ich habe nicht darüber nachgedacht, dass es dich vielleicht verletzen könnte.«

Noch nicht wirklich überzeugt, trete ich zur Seite, damit er hereinkommen kann.

»Und was ist zweitens?«

»Zweitens habe ich gerade keine Zeit für Sex, weil ich backe.« Ich gehe zurück in die Küche und lasse ihn im Flur stehen. Wenn er etwas zu sagen hat, wird er mir schon folgen.

So war ich in all der Zeit noch nie zu ihm gewesen. Und auch wenn die Angst, dass er mir gleich den Laufpass gibt, durchaus vorhanden ist, bin ich stolz auf mich.

Während ich damit fortfahre, meine Backzutaten auf der Kücheninsel bereitzustellen, betritt Arthur den Raum.

»Ich wusste nicht, dass du noch so spät beschäftigt bist, deshalb dachte ich, wir nutzen die Zeit noch miteinander.«

Wie er das, was wir für gewöhnlich miteinander tun, umschreibt.

Ich würde am liebsten schreien. Aber da ist leider dieses dumme Herz, das genau solche Phrasen unbedingt hören muss, um sich weiter einzubilden, dass er vielleicht doch etwas für mich empfinden könnte.

»Hör mal, Arthur. Es ist ja alles schön und gut, wenn wir nur vögeln, aber nach drei Jahren habe ich ein bisschen mehr Respekt verdient. Oder einen Funken Interesse.«

Für einen kurzen Moment glaube ich, so etwas wie Reue über sein Gesicht huschen zu sehen. Ich kann ihn

so nicht sehen, weil ich sonst schwach werde, also
wende ich mich wieder meinem Tablet zu, auf dem das
Rezept gespeichert ist.

Arthurs Arme schlingen sich von hinten um mich,
ziehen mich an seinen Körper. »Tut mir leid, das war
wirklich blöd von mir. Ich mache es wieder gut.« Er
platziert einen Kuss unter mein Ohr und wandert langsam weiter in meinen Nacken.

Verdammt, ich schmelze, dabei sollte das heute eigentlich nur die Butter tun. »Und wie?«

»Ich könnte damit anfangen, dir etwas Leckeres zu
kochen. Denn was du nicht über mich weißt, ist, dass
ich das echt gut kann.« Er haucht die Worte regelrecht
in mein Ohr, während seine Hände über meinen Oberkörper wandern. »Und dann werde ich dich aus dieser
Schürze schälen und dich hier in der Küche nehmen.
So wie du es magst. Hart und gleichzeitig langsam. Damit du jeden einzelnen Zentimeter genießen kannst.«

Ich wünschte, ich könnte mich dazu überwinden, ihn
rauszuwerfen, weil er voraussetzt, dass das der Weg ist,
wie man etwas wiedergutmacht. Er hätte es verdient.

Aber leider bin ich schwach und zu verknallt. Rauswerfen ist daher keine Option. Also lehne ich mich nur
weiter gegen ihn. »Dann lass uns das Essen doch lieber
gleich überspringen.«

Kapitel 6

Schäme ich mich dafür, dass Arthur mich mit den einfachsten Tricks immer wieder in seinen Bann zieht? Auf jeden Fall.

Wünsche ich mir die Stärke, beim nächsten Mal konsequenter zu sein? Definitiv.

War es trotzdem gut? Verdammt, ja.

Wenigstens habe ich es noch geschafft, rechtzeitig ein paar Cupcakes zu backen, die nicht nur hübsch anzusehen sind, sondern auch schmecken. Ich habe einige davon gestern an Emma verfüttert und sie war begeistert. Nicht nur von meiner Fähigkeit, mich an ein Rezept zu halten, sondern auch von dem Plan, den Pizzaboten auf diese Weise ein Signal zu senden.

Jetzt, so kurz nach meiner samstäglichen Bestellung, weiß ich allerdings nicht mehr, ob das wirklich alles so eine gute Idee gewesen ist. Denn zum einen schwirrt mir auch noch nach zwei Tagen durch den Kopf, wie Arthur und ich die Küche entweiht haben. Zum anderen weiß ich nicht, ob die geplante Aktion nicht doch zu peinlich ist.

Mein Bruder und Emma deuten diese Zeichen, die der Pizzakerl angeblich aussendet, ja nur aus meinen Erzählungen. Wer weiß, ob er nicht lediglich ein netter Kerl ist ... In diesem Fall werde ich gleich mit einem Cupcake in Form eines Hais – eine Anspielung auf *Deep*

Blue Sea – in der Tür stehen und mich ganz furchtbar blamieren.

Aber warum sollte er mir sonst Nachtisch mitbringen, der überhaupt nicht zum Menü gehört? So stottern und Dinge auf eine Art sagen, die eventuell flirten sein könnte? Ist das vielleicht ein Sozialexperiment, wann sich der schwule Junge aus der Blumenstraße 138a Hals über Kopf in den Pizzaboten verliebt?

Nein, Phil, jetzt reiß dich verdammt noch mal zusammen!

Die Zeit mit Emma hat mir echt nicht gutgetan. Denn nach den unzähligen Realityshows, die wir gemeinsam gesehen haben, drehe ich im Kopf schon meine eigene. Mit mir in der Hauptrolle des unschuldigen Opfers, das dann doch keinen Prince Charming abbekommt, sondern nur den sexwütigen Frosch von nebenan, den ich noch Tausende Male küssen kann, ohne dass sich etwas an ihm oder seiner Einstellung zu Beziehungen verändert.

Tief durchatmend sehe ich in den Spiegel neben der Garderobe. Ich habe mir tatsächlich ein Hemd angezogen. Es ist hellblau mit Flamingos drauf. Es passt zu meinen Haaren und ich gefalle mir darin sehr, auch wenn es für ein Hemd ein bisschen viel zu sagen hat. Und natürlich ist es total übertrieben, so etwas anzuziehen, nur weil man eine Pizza erwartet. Der Kerl hat mich immerhin schon in allen möglichen und unmöglichen Aufzügen gesehen. Nur den klassischen Move mit dem Handtuch um die Hüfte habe ich nicht drauf, denn sonst hätte ich mir wahrscheinlich die Aktion mit dem Cupcake sparen können und wüsste schon mehr.

Wieder drehen sich meine Gedanken unerbittlich im Kreis. Liegt vermutlich daran, dass es absolut bescheuert ist, sich eine Stunde lang dafür fertig zu machen, um Pizza zu bestellen, nur um dann im Flur auf die Lieferung zu warten. Normalerweise dauert es nämlich zwanzig bis dreißig Minuten, bis die da ist. Bis dahin bin ich schon so tiefe Gräben in den Boden gelaufen, dass ich den Nachbarn unter mir auch einen Cupcake anbieten kann.

Einem Gedanken nach dem anderen hinterherzujagen, frisst offensichtlich viel Zeit, denn ich zucke fürchterlich zusammen, als es plötzlich klingelt.

Mein Herz beginnt zu rasen, als ich den Summer drücke.

Ich Trottel! So schnell wie ich reagiert habe, wird er wissen, dass ich hinter der Tür gelauert habe.

Da jetzt eh alles zu spät ist, öffne ich schon mal die Tür. Der Cupcake wartet noch auf dem kleinen Abstelltisch neben mir; ich will ihn damit nicht direkt überfallen. Stattdessen versuche ich, möglichst gelassen am Türrahmen zu lehnen und unwiderstehlich zu lächeln. Gar nicht so einfach. Und da wird mir auch bewusst, dass der Kerl viel länger braucht, die Treppen hochzugehen als sonst. Die Schritte klingen ganz anders, nicht so dynamisch.

Scheiße. Was ist, wenn ich hier stehe, in meinem albernen Flamingohemd, was thematisch total am Cupcake vorbeigeht, und heute beliefert mich jemand anderes? Was ist, wenn ihm diese ganze Sache mit mir zu komisch geworden ist und er meine Bestellung nicht mehr ausliefern will?

Die Enttäuschung wischt mir das Lächeln von den Lippen, aber dann taucht er auf der Treppe auf. Er läuft ein bisschen schwerfälliger, aber als er mich sieht, lächelt er wieder dieses Lächeln, was sich so unglaublich warm anfühlt.

Und ich versuche, es irgendwie zu erwidern, und hoffe, es kommt halbwegs bei ihm an.

»Hey. Sorry, dass du warten musstest. Ich habe es gestern beim Sport übertrieben und habe das Gefühl, bei jeder einzelnen Treppenstufe zu sterben.«

»Ach, du machst Sport?«

Was, Philip, ist das denn bitte für ein dämlicher Kommentar? Natürlich macht der Kerl Sport. Das sieht man sogar vom Weltall aus.

»Also ... klar. Sieht man ja. Ich meine, solche Oberarme kommen ja nicht nur vom Pizzatragen.«

Um diese gestotterte Ergänzung noch unangenehmer zu machen, setze ich noch ein panisches Kichern obendrauf.

Seine Augen strahlen aber weiterhin sehr viel Wärme aus.

»Na ja, mein Mitbewohner ist aktuell auf einem Pamela Reif Trip. Eigentlich boxen wir beide, aber unser Studio hat gerade wegen Umbaumaßnahmen geschlossen, also müssen wir uns irgendwie zu Hause fit halten. Ich hätte nach dem Tanz-Work-out aufhören sollen.«

Und *ich* sollte damit aufhören, mir vorzustellen, wie er in Sportshorts durch ein Wohnzimmer tanzt. Bevor ich noch anfange zu sabbern, versuche ich lieber, die Konversation aufrechtzuerhalten. »Ich habe noch nie so ein Video angeschaut. Schon die Thumbnails machen mir Druck, sofort eine sportliche Person sein zu müssen. Und ich befürchte, ich bin eher die Pizza-Person.«

Die kleinen Lachfältchen um seine Augen werden tiefer. »Damit scheinst du ja ziemlich gut zu fahren. Ich meine, du siehst echt gut aus.«

Im nächsten Moment werden seine Augen wieder ein wenig größer, und ich weiß wenigstens, dass ich mir das nicht nur einbilde. Er flirtet wirklich. Aber er ist darin genauso schlecht wie ich. Das ist irgendwie sehr beruhigend.

Er streckt mir den Pizzakarton entgegen und ich sehe, dass seine Hände zittern. Ob das nun an mir oder an Pamela liegt, weiß ich nicht. Aber da ist ein bisschen Angst in seinen Augen, die mir Mut macht. Wenn er so große Angst hat wie ich, können wir uns doch eigentlich in der Mitte treffen und uns miteinander wohlfühlen.

Ich nehme den Karton an und stelle ihn achtlos auf die Kommode. Einsatz Hai-Cupcake. »Ich habe heute etwas für dich. Pamela Reif würde sicherlich mit dir schimpfen, aber ich wollte dir auch mal einen Nachtisch spendieren.«

Die Worte klingen nur halb so souverän wie erhofft, aber auch nicht ganz so zittrig, wie ich befürchtet hatte.

Ich reiche ihm den Cupcake.

Einen Moment lang ist es ganz still, er sieht den kleinen Kuchen in seiner Hand an und dieser Ausdruck in seinen Augen lässt irgendetwas in mir schmelzen.

»Hast du den selbst gemacht?«

Stolz nicke ich. »Ich habe sogar schon ein Probeexemplar an meine laute, peinliche beste Freundin verfüttert. Er ist also auch essbar.«

»Wow, das ist echt unglaublich. Jetzt habe ich direkt Lust, mir doch den dritten Teil von *Deep blue Sea* zu geben.«

Okay, das hier ist meine Chance. »Na ja, vielleicht sollten wir das ja zusammen machen.« Noch während ich die Worte nuschle, klingelt ein Gerät an seiner Hüfte ganz laut und penetrant. Ich befürchte, es hat meine Worte geschluckt.

Der Pizzabote seufzt und sieht auf das Gerät. »Eine neue Lieferung.«

Ich winke betont gleichgültig ab, eigentlich wollte ich mich gerade dazu überwinden, ihn endlich nach seinem Namen zu fragen. »Alles klar. Ich hoffe, der Cupcake schmeckt.«

Er sieht unglücklich zwischen mir und dem kleinen Hai-Kuchen hin und her, dann nickt er und dreht sich zum Gehen um.

Ich will bereits die Tür schließen und meinen Kopf immer wieder dagegen schlagen, als er sich noch einmal umdreht. Und dann schenkt er mir ein Lächeln, was tausend Schmetterlinge in meinem Bauch aufscheucht. Es ist ein so echtes und unfassbar schönes, dass ich für einen Moment sprachlos bin.

»Danke. Und lass uns bitte auf das Date mit dem dritten Teil zurückkommen, ja?«

Zum Sprechen bin ich gerade nicht mehr in der Lage, deshalb schaffe ich auch nichts weiter, als zurückzulächeln und zu nicken.

Schließlich schaffen wir es, die Blicke voneinander zu lösen, und er dreht sich zur Treppe um.

Ich schließe, vollkommen überflutet von Glücksgefühlen, die Tür und lehne mich dagegen. Jetzt muss ich bloß warten, bis er unten angekommen ist, dann darf ich laut seufzen, wie ein Teenager, der das verschwitzte Shirt eines BTS-Members gefangen hat.

Aber schon im nächsten Moment höre ich etwas, was mich komplett aus meiner Euphorie drängt.

Ein lautes Rumpeln und Poltern, gefolgt von einem noch lauteren Fluchen.

Sofort reiße ich die Tür wieder auf und da sehe ich ihn am Fuß der Treppe liegen. Der Cupcake klebt auf seinem Pullover und an der Wand, gegen die er gekracht ist. Das Gerät, was ihm die Lieferungen anzeigt, liegt in Einzelteilen auf dem Boden, und er sieht leider gar nicht mehr so glücklich aus wie eben.

Alles, was in den letzten Minuten passiert ist, ignorierend, hechte ich regelrecht die Stufen nach unten. »Hast du dir den Kopf gestoßen? Hast du jetzt Gedächtnisverlust? Ich bin übrigens der Kerl, der jeden Samstag eine Familienpizza frisst und dich gerade mit einem Hai-Cupcake ganz irre beeindrucken wollte.«

Ein gequältes Lächeln erscheint auf seinen Lippen, wird aber sofort wieder von einem ziemlich schmerzhaften Gesichtsausdruck abgelöst. »Ich habe mir nicht den Kopf gestoßen. Aber mein Knie ... na ja ...«

Ich wende den Blick von seinem Gesicht ab und mir dreht sich fast der Magen um. Gerade bereue ich die ganze Aktion sehr. Durch den Stoff der Hose hindurch sehe ich das wohl Gruseligste, was ich jemals gesehen habe. Ich sehe praktisch, wie sich sein Unter- und Oberschenkelknochen treffen. Nur eins scheint zu fehlen: die Kniescheibe.

Alles in mir gerät in Panik und mein Blick wandert direkt zur Tür neben meiner. Jetzt wäre ein Sanitäter echt von Vorteil. Aber zum einen hat Arthur Nachtschicht und ist schon seit Stunden außer Haus und zum anderen möchte ich die Begegnung der beiden lieber vermeiden.

Himmel, was denke ich da überhaupt, der Typ vor mir vermisst seine Kniescheibe.

»Ich hol schnell mein Handy, dann rufen wir den Rettungsdienst.« Ich springe auf, aber da hält er mich am Hosenbein fest.

»Keine Panik. Mir ist die Kniescheibe rausgesprungen. Das habe ich mal bei jemandem im Boxstudio gesehen.«

Am liebsten würde ich ihn schütteln, aber da versucht er schon, sich aufzurichten, nur um im nächsten Moment so fest die Augen und Lippen zusammenzupressen, dass ich Angst habe, es kommt noch ein Herzinfarkt dazu.

Lautstark fluchend legt er schließlich den Kopf in den Nacken, und erst jetzt bemerke ich, dass er beide Beine ausgestreckt hat. Die verlorene Kniescheibe ist wieder da, wo sie hingehört.

»Scheiße, so war das nicht geplant.« Er flucht noch einmal, dann sieht er mich verwundert an.

Und ich bemerke, dass ich ganz unbewusst seine Hand genommen habe. Diesen Fakt muss ich erst mal ignorieren. Stattdessen sehe ich ihm fest in die Augen. »Also rufe ich jetzt den Rettungsdienst, okay? Bevor du dir noch mehr wehtust.« Das minimiert leider nicht die Chance, auf Arthur zu treffen. Als ich mich wieder aufrichten will, spüre ich, wie er meine Hand ein bisschen fester in seine nimmt und mich so daran hindert.

»Kannst du Auto fahren?«

»Ähm … ja.« Ehrlich gesagt, irritiert mich dieser prompte Themenwechsel sehr.

Er nickt. »Würde es dir etwas ausmachen, mich ins Krankenhaus zu fahren? Wegen des Muskelkaters liefere ich heute mit dem Auto aus und es steht unten mit der Warnblinkanlage in der Einbahnstraße. Ich will nicht, dass es abgeschleppt wird.«

Verständlich, und so weit komme ich noch mit, aber es wird wohl ein Problem, ihn überhaupt dorthin zu bringen.

»Rolle ich dich dann den Rest der Treppe einfach so runter oder wie stellst du dir den Weg dahin vor? Versteh diesen sarkastischen Tonfall bitte nicht falsch, ich bin in absoluter Panik und will dir unbedingt helfen. Aber ich weiß ja nicht mal, ob es so klug ist, wenn du jetzt aufstehst.«

Er sieht mich einen Augenblick lang an und legt dabei leicht den Kopf schief. »So weit habe ich tatsächlich auch noch nicht gedacht.«

Ein Lachen kämpft sich meine Kehle nach oben. Das ist so typisch für mich. Entweder suche ich mir einen Typen aus, der das Gefühlsspektrum einer sauren Gurke an den Tag legt oder ich sorge mit meinem albernen Flirtversuch dafür, dass jemand die Treppe runterfällt.

Okay, Phil … kurz nachdenken. Denn leider bin ich nicht derjenige, der vor Schmerzen nur daran denken kann, dass sein Auto vielleicht abgeschleppt wird. »Meinst du, wir schaffen es irgendwie wieder nach oben? Dann könnten wir den Fahrstuhl nehmen.«

Seine Augen weiten sich. »Der Fahrstuhl funktioniert? Im Eingangsbereich steht ein Außer-Betrieb-Schild dran.«

»Das haben wohl ein paar Kinder aufgeklebt. Ist schon länger dran, als ich hier überhaupt wohne. Glaub mir, ich wäre nicht in die vierte Etage gezogen, wenn es keinen Aufzug geben würde. Ist ja schon anstrengend genug, dass ich auch in der Wohnung Treppen habe. O. Mein. Gott. Ich plappere schon wieder, oder? Ich bin gerade echt aufgeregt.«

Er lacht, aber es klingt gleichzeitig gequält. »Na ja, wenn ich nicht die Treppe heruntergefallen wäre, hätte es bestimmt noch sieben Jahre gedauert, bis wir so viel miteinander geredet hätten. Von daher ist es vielleicht gut so, wie es gekommen ist.«

Ich will ihn gerade an seinen Flirt vom letzten Mal erinnern und dass wir so vielleicht nur vier Jahre gebraucht hätten, aber als er meine Hand loslässt und einen erneuten Versuch wagt, um aufzustehen, schaltet mein Hirn wenigstens mit. Ich stehe auf und reiche ihm die Hände, um ihn hochzuziehen. Ein dämliches Unterfangen, denn obwohl er sein Gewicht vollkommen auf sein unverletztes Bein verlagert, ist er echt schwer, und ich habe keine große Chance, hilfreich zu sein. Die folgenden sieben Stufen werden für uns beide wohl die absolute Hölle.

»Du musst ab jetzt kein Held mehr sein. Ich finde dich auch dann noch attraktiv, wenn du vor Schmerzen heulst und jammerst«, sage ich, als wir uns der ersten Stufe nähern und ich noch nicht genau weiß, wie es jetzt weitergehen soll.

»Das ist gut«, murmelt er. »Denn ich werde jetzt sicherlich gleich schreien wie ein Kleinkind, dem man den Lolli weggenommen hat ... Und in drei Stunden kann ich dann vielleicht verarbeiten, dass du gerade gesagt hast, dass du mich attraktiv findest.«

***

Der Kerl ist echt wahnsinnig stark, denn irgendwie schafft er es die Treppe nach oben, während ich nur da bin und nicht weiß, wie ich helfen kann. Und dann schaffen wir es irgendwie in den Aufzug, durch das Haus und zu seinem Auto.

Alles irgendwie, irgendwie.

Wenn ich dann morgen noch mal genauer darüber nachdenken werde, wird mir sicherlich ein bisschen schwindelig. Denn wir sind uns bei dem Prozess so nah, dass ich so alle Muskeln in seinem Körper arbeiten spüre, und muss feststellen, dass er wirklich wahnsinnig gut riecht.

Am Auto angekommen, bin ich etwas überrascht. Ich weiß nicht, was ich mir vorgestellt habe, jedoch keinen Mini Cooper, der so klein wirkt, dass ich mich frage, wie der Typ darin sitzen kann, ohne sich den Kopf zu stoßen. Beim näheren Hinsehen fallen mir die Flammen auf der Seite auf, die sich in grellem Orange vom Gelb abheben.

Leider kann ich nicht alle Details genau betrachten, denn es ist ziemlich schwierig, ihn in diesen Schuhkarton zu kriegen, ohne dass er sich noch mehr verletzt.

Schwerfällig lässt er sich auf den Beifahrersitz sinken, während ich die Tür der Fahrerseite öffne. Einen Moment lang kommt mir der Gedanke, dass dieser

Wagen viel eher zu mir passen würde, und als ich im Inneren dann auch noch den gelben Fellbezug über dem Lenkrad entdecke, der ein bisschen so aussieht, als hätte Bibo von der *Sesamstraße* einen schrecklichen Unfall gehabt, kann ich mir ein Lachen nicht mehr verkneifen. »Ich finde dein Auto wirklich wunderschön.«

»Normalerweise liefere ich die Pizza mit dem Rad aus, aber heute war ich zu schlapp vom Training und musste damit fahren.« Er seufzt. »Ich habe dieses Ungetüm über Kleinanzeigen gekauft und ehrlich gesagt, schäme ich mich bei jeder Fahrt ein bisschen weniger dafür. Aber ich sehe es nicht ein, auch nur einen Cent zu investieren, um es umzulackieren.«

Irgendwie macht ihn das für mich gerade noch interessanter. Ich meine, er ist der Pizzakerl. Im Endeffekt weiß ich gar nichts über ihn. Er hätte auch genauso gut jemand sein können, der auf gigantische, laute Autos steht, in seiner Freizeit daran herumschraubt und viel über diese Leidenschaft reden will. Da hätten wir dann leider nicht so gut harmoniert, aber das alles finde ich gerade erst nach und nach heraus. Stattdessen interessieren ihn Autos nicht nur überhaupt nicht, nein, er fährt auch noch das peinlichste Gerät, was jemals über den Asphalt gerollt ist.

Mit einem Lächeln auf den Lippen drehe ich den Schlüssel in der Zündung und bin zuerst davon überrascht, dass auch das Innere des Wagens leuchtet wie ein besonders kitschiger Christbaum, und dann wird das Bibo-Lenkrad plötzlich ganz warm.

Am liebsten würde ich ihn fragen, was es damit auf sich hat, aber ein Seitenblick auf den Beifahrersitz genügt, damit ich sofort losfahre. Er sieht aus, als hätte er wirklich Schmerzen, wie er so im Sitz hängt und den Kopf gegen die Nackenstütze lehnt.

An der ersten Kreuzung wird mir allerdings bewusst, dass ich keine Ahnung habe, wo hier das nächste Krankenhaus ist. Mein Gehirn arbeitet viel zu langsam. Die Pizza habe ich mir ja nicht nur ausschließlich seinetwegen bestellt, sondern auch, weil ich verdammten Hunger hatte. Und wenn der Hunger da ist, bin ich noch orientierungsloser als ohnehin schon.

Mein Beifahrer sieht mich an, als ich rechts ranfahre und mein Handy zücke, um nach dem Weg zu googeln. Erst da erkenne ich, dass er ebenfalls sein Smartphone in der Hand hält.

»Entschuldige, ich wollte mich erst als Navigationsgerät melden, wenn du irgendwo abbiegen musst.« Er schenkt mir ein Lächeln, was matt und verkrampft aussieht.

Ich stecke das Handy wieder weg und lege den Gang ein. »Hast du schlimme Schmerzen?«

»Es geht.«

Als ich anfahre, zuckt er leicht zusammen und ich nehme wieder seine Hand in meine.

»Ich habe schon einige Verletzungen eingesteckt. Beim Boxen, ein paar Zerrungen beim Training. Der Schmerz ist gerade auszuhalten, aber mein ganzes Bein fühlt sich irgendwie wackelig an. Keine Ahnung, ob das Sinn ergibt.«

»Na ja, ich hatte vorhin eine gute Aussicht darauf, wie es aussehen würde, wenn wir keine Kniescheiben hätten, von daher kann ich mir vorstellen, dass da nicht mehr alles an dem Platz ist, an dem es sein soll.«

Ein paar Minuten lang kehrt Stille ein, nur unterbrochen von seinen Anweisungen, wenn ich abbiegen soll.

Aber beim dritten Mal nach links abbiegen, wird mir plötzlich etwas bewusst. »Da dich meine brillante Backkunst jetzt ins Krankenhaus befördert, ist mir komplett durch die Lappen gegangen, dass ich gar nicht deinen Namen kenne. Also hi, mein Name ist Phil, meine Pronomen sind er/ihm.«

Deutlich spüre ich seinen Blick auf mir liegen. Allerdings muss ich mich auf die Straße konzentrieren, deshalb kann ich nicht deuten, wie er mich ansieht.

Dann aber drückt er meine Hand, die er immer noch hält, ein bisschen fester. Seine Haut ist ganz warm und ein bisschen rau.

»Hey, Phil. Ich bin Noah und meine Pronomen sind ebenfalls er/ihm. Ich muss dich aber leider enttäuschen, denn nicht deine Backkunst war schuld, sondern dein Lächeln. Wenn du mich nicht so angelächelt hättest, hätte ich mich nicht noch einmal umgedreht.«

Ich weiß gerade nicht, ob ich mich geschmeichelt fühlen oder vor Schuldgefühlen im Erdboden versinken sollte.

Nachrichten von Noah

Noah:
Kadir? Bitte nicht ausrasten. Ich bin auf dem Weg ins Krankenhaus.
Hab mir die Kniescheibe ausgerenkt. Oder was auch immer man dazu sagt.
Komme also später nach Hause.

Kadir:
Warum drückst du meine Anrufe weg?
Bist du schon im Krankenhaus?
Wirst du operiert?
Hast du schlimme Schmerzen?
Soll ich irgendwohin kommen?
Scheiße, Noah, jetzt geh ans Telefon oder schreib schneller zurück!

Noah:
Wie soll ich denn schneller schreiben, wenn du mich dauernd anrufst?
Bin jetzt in der Notaufnahme.
Und ich bin nicht allein.

Kadir:
Wie geht es dir?
Wie ist das überhaupt passiert?

Bitte sag mir nicht, dass Pamela und ich schuld sind.
Und wie, nicht allein?

Noah:
Ich war bei Phil, als es passiert ist.
Er hat mich gefahren.

Kadir:
Wer in drei Teufels Namen ist Phil?

Noah:
Mein Phil, DER Phil. Der Kerl, dem ich Pizza und Nach-
tisch bringe.

Kadir:
Kannst du bitte mal ans Handy gehen, damit ich dich
ganz laut und herzlich auslachen kann?
Mann, Noah, das ist ja wie ein Wink des Schicksals.
Ich hoffe, du unterhältst dich jetzt auch mal mit ihm.

Noah:
Wenn das Schicksal irgendwas gemacht hat, dann hat
es mich geschubst.
Bin die Treppe runtergefallen.
Und natürlich rede ich auch mit ihm.

Kadir:
Scheiße, Mann, das klingt echt übel.
Wo bist du? Soll ich vorbeikommen?

Noah:
Musst du nicht, er ist noch da.

Er will mich auch wieder nach Hause fahren.
Wenn ich nicht operiert werden muss.

Kadir:
Also hat er das Auto schon gesehen, ja?
Was tut mehr weh? Das Knie oder die Scham?

Noah:
Knie.
Und er hat das ziemlich locker hingenommen.
Kannst du bitte noch das Abendessen bei meinem Vater absagen?

Kadir:
Schon längst erledigt.
Ich mach mir echt schlimme Sorgen.
Soll ich nicht doch vorbeikommen?

Noah:
Es ist wirklich okay.
Du kannst mich dann zu Hause empfangen und liebevoll umsorgen.

Kadir:
Bringst du DEINEN Phil dann mit hoch?

Noah:
Kann jetzt nicht mehr schreiben, muss zum Röntgen.

Kadir:
Ich hab dich lieb, Bro.

Halt mich bitte auf dem Laufenden, wenn du wieder kannst.

Kapitel 7

Meine Hände sind schwitzig vom Bibo-Lenkrad und mein Magen knurrt ganz laut, als ich den Wagen endlich in eine verdammt kleine Parklücke vor Noahs Wohnhaus gezwängt habe.

Er wohnt am anderen Ende der Stadt, weshalb ich noch nicht so genau weiß, wie ich hier eigentlich wieder wegkommen soll. Aber das ist mir momentan relativ egal, denn Noah geht es nicht besonders gut. Die Schmerzmittel scheinen zu helfen, aber die Unterarmstützen und die Ansage der Ärztin, dass er sich jetzt mindestens sechs Wochen schonen muss, haben seiner Laune einen ordentlichen Dämpfer verpasst.

Seufzend dreht er den Kopf zu mir. Ehrlich gesagt, hatte ich bis eben gedacht, dass er eingeschlafen sei. »So hatte ich mir unser erstes Date nicht vorgestellt.«

Ich zucke mit den Schultern. »Genau genommen hatten wir uns vorhin dazu verabredet, einen scheußlichen Trashfilm zusammen zu gucken. Dieses Erlebnis hier war doch wesentlich spannender.«

Ein Lächeln kehrt auf seine Lippen zurück. »Danke. Du hast heute echt so viel für mich getan ... Ich könnte verstehen, wenn du mich jetzt nie wieder sehen willst.«

»Bist du verrückt? Du hattest einen Unfall und ich konnte dir helfen. Und na ja, ich wäre schön blöd, dich nicht wiedersehen zu wollen, immerhin haben wir uns trotz einer absoluten Krisensituation ziemlich gut verstanden.« Zumindest hoffe ich, dass er das genauso sieht.

Sein Lächeln wird jedenfalls noch ein bisschen wärmer. Noah hat diese Art zu lächeln, die direkt ein ganz warmes Gefühl in meinem Bauch auslöst.

»Kommst du noch kurz mit hoch? Mein Mitbewohner könnte dich nach Hause fahren.«

Ich nicke und spüre, wie alles in mir drin einen Purzelbaum schlägt. »In welcher Etage wohnst du? Ich will mich nicht kleiner machen, als ich bin, aber wenn es nicht im Erdgeschoss ist, werde ich echt Schwierigkeiten haben, wirklich hilfreich zu sein.«

Er zieht sein Smartphone aus seiner Hosentasche. »Ich schreibe meinem Mitbewohner. Wir bewegen uns in Richtung Haustür, dann wird er vermutlich wie eine Löwenmutter angerauscht kommen, um mich im Nackenfell zu packen und in Sicherheit zu zerren.«

Lächelnd beobachte ich ihn dabei, wie seine Finger über das Display huschen. Keine Ahnung, wie man sich verhält, wenn man irgendwie versucht hat, zu flirten und dann gemeinsam in der Notaufnahme landet. So eine Verkettung unglücklicher Umstände kommt nicht einmal in meinen Romanen vor.

Aber die beste Inspiration schreibt ja bekanntlich das Leben.

Ich steige aus, als Noah die Beifahrertür öffnet, nehme die Gehhilfen vom Rücksitz und eile um den Wagen herum, um sie ihm zu bringen. Noch immer sieht er die Krücken an, als wären sie die Personifizierung des Bösen.

Als er sich aus dem Auto hievt und ich wieder nur überfordert danebenstehe, sehe ich mich um. Am Wohnhaus hinter uns öffnet sich die Tür und ich erkenne einen ähnlich groß und breit gebauten, dunkelhaarigen Kerl wie Noah, der die Hände dramatisch über dem Kopf zusammenschlägt, als er uns entdeckt.

»Noah! Verdammt, warum hast du mir nicht eher geschrieben, wie es dir geht. Oder meine Anrufe beantwortet? Ich bin fast umgekommen vor Sorge.«

Ich persönlich würde dieses Verhalten eher einer Glucke statt einer Löwenmutter zuschreiben, denn ganz offensichtlich ist das hier Noahs Mitbewohner.

Noah schnappt sich die Krücken und bewegt sich ein Stück vom Auto weg, damit ich die Tür zuschlagen und abschließen kann.

»Phil, das ist mein Mitbewohner Kadir. Und Kadir, das ist Phil«, sagt Noah, ohne auf den anderen einzugehen. Sie wechseln einen Blick und dann mustert mich der Mitbewohner sehr eingängig.

Ich komme mir zwischen diesen beiden Schränken wirklich sehr albern vor in meinem Flamingo-Hemd.

Kadir schnaubt schließlich. »Ich bin nicht nur sein Mitbewohner, sondern auch sein bester Freund. Deshalb ist es eine Frechheit, dass dieser verletzte Mistkerl mir nicht gesagt hat, wie es ihm geht.«

Noah verdreht die Augen, aber da ist wieder dieses Lächeln auf seinen Lippen. Vielleicht fällt es den Menschen, die sehr viel Zeit mit ihm verbringen, gar nicht mehr so auf, aber ich habe direkt das Gefühl, bei diesem Lächeln von Wärme durchflutet zu werden. Und es sorgt dafür, dass ich mitlächeln muss.

»Phil, magst du noch kurz mit hochkommen? Was trinken oder so? Ich fahre dich dann gern nach Hause, aber ich muss Noah erst mal sicher unter das Heizcape bringen«, sagt Kadir und ich nicke.

Auch wenn ich gern mehr Hilfe anbieten würde, bekommen die beiden das sicher besser hin. Also gehe ich voraus, um die Tür zu öffnen, während Kadir Noah besorgt dabei zusieht, wie er den Weg vom Auto zur Schwelle zurücklegt. Der Mitbewohner sieht ein bisschen aus wie eine Entenmutter, die ihre Kleinen das erste Mal dabei beobachtet, wie sie ins Wasser watscheln.

Irgendwie macht mich die Wahl seiner Freunde jetzt noch neugieriger. Ich will mehr von ihm wissen, ihn näher kennenlernen und alles erfahren, was ihn ausmacht. Verdammt, er ist sicherlich ein großartiger Typ.

***

Unschlüssig stehe ich im WG-Flur und weiß nicht so richtig, was ich mit mir anfangen soll. Noah hat sich ganz allein auf den Unterarmstützen in die dritte Etage gequält, während Kadir nur hinter ihm hergelaufen ist und unqualifizierte Kommentare wie »*Vorsichtig!*« oder »*Mach ganz langsam!*« von sich gegeben hat. Es hat mich ziemlich beruhigt, dass Kadir körperlich in der Lage gewesen wäre, sich Noah notfalls wie den Sack vom Weihnachtsmann über die Schultern zu werfen.

Kurz nachdem wir die Wohnung betreten haben, ist Kadir an mir vorbei durch den langen Flur gesprungen, um mich mit einer Cola zu versorgen und dann wieder Noah zu umsorgen. Dieser wollte, glaube ich, gerade

99

etwas sagen, aber da hat sein Handy geklingelt und er ist, auf nur eine Krücke gestützt, in die Küche gehumpelt.

Nun stehe ich hier und sehe mich um. Die Wände sind in einem hellen, gemütlichen Grünton gestrichen und mit unzähligen Bildern behangen. Es sind abstrakte Gemälde, voller Farben und Struktur. Obwohl sie keine klaren Szenen zeigen, kann ich all die Gefühle, die der Künstler beim Malen hatte, in jedem einzelnen Werk erkennen. Es ist die Kombination aus den verschiedenen Farben und die Art, wie die Pinselstriche gesetzt wurden, die mir so viel verraten.

Kadir tritt neben mich. »Gefallen sie dir?«

Ich nicke. »Sehr. Ich könnte sicherlich stundenlang jedes einzelne betrachten.«

»Danke, das hört man als Künstler wirklich gern.«

Als ich verwundert zu ihm aufsehe, lächelt Kadir ein wenig verlegen. Doch bevor ich näher darauf eingehen kann, wechselt er das Thema. »Noah telefoniert noch mit seinem Vater. Magst du es dir so lange in seinem Zimmer gemütlich machen? Er will sich sicher noch verabschieden, bevor wir fahren.«

»Okay, kann ich machen.«

Er deutet auf die hintere Tür im Flur und ich folge ihm. »Fühl dich wie zu Hause.«

Neugierig betrete ich den Raum. Ich finde es ziemlich spannend, auf diese Weise etwas über Noah zu erfahren. Wie jemand lebt, sagt einiges aus und dank seines Unfalls habe ich schon vor dem ersten Date die Chance auf einen kleinen Einblick in seine Interessen und wie er so lebt.

Ein Gedanke streift durch meinen Kopf, bevor ich tiefer in diesem Zimmer versinken kann. Noah sollte heute nicht mehr allein sein. Er hat zwar Schmerzmittel bekommen, aber ich würde mich wohler fühlen, wenn jemand bei ihm ist. Und ich glaube, dass auch Kadir beruhigter wäre, wenn er für seinen besten Freund sorgen kann. Also zücke ich mein Handy und schreibe kurz mit Emma.

Dann schweift mein Blick sofort wieder durch den Raum. Im Zimmer herrscht etwas, was ich als gemütliche Unordnung beschreiben würde. Es liegt nichts auf dem Boden rum, aber man sieht, dass jemand in diesem Zimmer lebt. Und zwar jemand, der eindeutig viele Interessen hat. In einer Ecke des Raums hängt ein Boxsack von der Decke, die Wände sind voller Bücherregale und auf dem Schreibtisch steht eine uralte Schreibmaschine. An den wenigen freien Stellen an den Wänden hängen weitere Bilder, die denen im Flur ähneln, aber diese hier zeigen ausschließlich sehr warme, irgendwie freundliche Töne.

Ich nähere mich einem der Regale, in dem hauptsächlich Studienbücher stehen. So erfahre ich direkt, dass er Sport und Geschichte studiert. Letzteres erklärt auch ein bisschen die alte Schreibmaschine, denn der Staubschicht darauf nach zu urteilen, versucht er vermutlich nicht, Hemingway nachzuahmen. Mein Blick schweift weiter und es fühlt sich in meiner Brust kurz so an, als hätte mein Herz ein paar Schläge ausgesetzt.

Da stehen *meine* Bücher.

Alle.

Er besitzt jedes einzelne Buch, welches ich jemals geschrieben habe. Deutlich spüre ich meinen Herzschlag.

Immer wieder habe ich mir vorgestellt, wie es wäre, wenn jemand, an dem ich interessiert bin, meine Bücher liest. Aber hey, wie hoch ist schon die Wahrscheinlichkeit, dass so etwas vorkommt? Deshalb bin ich gerade auf eine wundervolle Art überrumpelt. Da ist so ein Kribbeln in meinem Bauch, wenn ich die Buchrücken nebeneinander in Noahs Regal sehe.

»Was?! Du kannst ihn doch nicht da reinlassen … Kadir, er wird mich jetzt bestimmt für einen Stalker halten.« Noahs Stimme dringt aus dem Flur und lässt mich einen Schritt vom Regal wegtreten.

Und ich hatte mir oft vorgestellt, wie es sein muss, jemanden kennenzulernen, der nicht damit anfängt, die Bücher zu lesen, nachdem derjenige mich kennenlernt, sondern der schon vorher ein Lesender meiner Sachen war. Und jetzt weiß ich es: Ich schäme mich ein bisschen. Denn diese Bücher sind teilweise sehr explizit. Wirklich explizit. Was muss er denn nur von mir denken?

Von draußen höre ich noch Kadirs Stimme, kann die Worte aber nicht verstehen, weil er leise redet. Wahrscheinlich ist ihm durchaus bewusst, dass die Türen hier nicht unbedingt schalldicht sind.

Kurz darauf geht die Tür auf und Noah kommt auf die Krücken gestützt herein.

Ein bisschen überfordert lächle ich ihn an. »Du hast wirklich einen sehr interessanten Büchergeschmack.«

Sein Gesicht verfärbt sich sofort rot und er schaut auf den Boden. Peinlich ist das hier offenbar uns beiden.

»Ich habe nicht … also …« Er bricht den Satz ab und atmet einmal tief durch. »Ich sollte wohl ehrlich zu dir sein: Seit der ersten gelieferten Pizza war ich absolut fasziniert von dir und weil ich ein Feigling bin, habe ich nie etwas gesagt. Stattdessen habe ich den Namen gegoogelt, der auf der Bestellung stand, und herausgefunden, dass du schreibst. Na ja, und weil ich eben gern lese ...«

Wie er so dasteht und das mit leicht gesenktem Blick sagt, wird mir bewusst, dass wir uns beide bestimmt viel zu viele Gedanken machen. Irgendwie finde ich es ziemlich süß, dass er mich gegoogelt und danach all meine Bücher gelesen hat.

Einen Moment lang stehen wir nur so da und sehen uns an. Er lächelt und dieses Lächeln springt sofort auf meine Mundwinkel über. Ich kann mich nicht daran erinnern, wann das letzte Mal jemand so eine Wirkung auf mich hatte.

Schließlich ist er derjenige, der den Blickkontakt abbricht und auf den Boden sieht. »Tut mir leid, dass das heute so gelaufen ist. Ich habe mich echt riesig über den Cupcake gefreut und gehofft, dass wir uns vielleicht mal verabreden könnten oder so.«

»Ich würde mich freuen, wenn wir uns trotzdem noch verabreden würden. Also, wenn du noch willst. Denk dran, unsere kleinen Momente mit der Pizza fallen jetzt erst mal weg.« Ich versuche, meine Worte mit einem lockeren Schulterzucken abzutun, befürchte aber, dass das gar nicht so cool wirkt, wie ich mir das denke.

Noahs Lächeln wird noch ein bisschen breiter, wärmer. »Das wäre schön. Ich würde mich sehr freuen.«

Vor der Tür ertönt ein langes, gequält klingendes Seufzen.

»Hört Kadir etwa zu?«

Noah verdreht die Augen und nickt. »Er weiß, wie lange ich schon ... na ja, an dir *interessiert* bin, es aber nicht geschafft habe, dich anzusprechen.«

Dieses Geständnis gibt einen Einblick auf den Menschen, der Noah tief in sich drin ist, und der scheint ziemlich ruhig und introvertiert zu sein. Ich mag all diese Puzzleteile, die ich heute von ihm zu sehen bekommen habe.

Er sieht wieder verlegen zur Seite und räuspert sich. »Jedenfalls wollte ich mich noch bedanken. Dafür, dass du mir geholfen hast.«

»Keine Ursache, so viel habe ich ja auch gar nicht getan.« Mein Blick schweift zu seinem dick bandagierten Knie. »War die Ärztin sehr böse, dass wir nicht den Rettungsdienst gerufen haben? Sicherlich hätte es noch schlimmer enden können.«

Er nickt leicht. »Sie war nicht begeistert und hat geschimpft. Sie meinte, wenn du mich ins Krankenhaus fahren kannst, hättest du auch einfach mein Auto umparken können. An sich hat sie da auch vollkommen recht. Aber zum einen ist mir das in diesem Moment gar nicht eingefallen, und zum anderen hätte ich mich noch mehr für das Auto geschämt, wenn ich dir nicht hätte erklären können, wie ich zu diesem schönen Fahrzeug gekommen bin.«

Ein Lachen perlt aus meiner Kehle, denn sofort muss ich wieder an das Bibo-Lenkrad denken. »Auf diese wirklich logische Idee bin ich auch nicht gekommen. Ich war ziemlich in Panik. Und so peinlich ist das Auto auch wieder nicht. Es hat eben einen ganz besonderen Charme.«

Wenn er wüsste, wie attraktiv ihn dieses alberne Auto in meinen Augen macht, würde er wahrscheinlich *mich* peinlich finden. Denn irgendwie mag ich es, dass er sich nicht drum kümmert, wie das von außen wirkt. Es zeigt, dass er keines dieser Alpha-Männchen ist, die sich durch die Größe und Lautstärke ihres Fahrzeugs definieren. Und das, obwohl diese Vermutung für jemanden, der einer Sportart wie Boxen nachgeht, durchaus naheliegt.

»Also«, sage ich gedehnt. »Wie lange musst du dich schonen?«

»Mindestens sechs Wochen. Ich werde auch bald mit der Physiotherapie anfangen müssen. Und boxen ist wohl für eine Weile auch erst mal nicht drin.«

Mir rutscht das Herz in die Hose. »Können wir uns dann überhaupt treffen?«

»Kommt darauf an, auf welche Art Dates du so stehst. In die Kletterhalle oder zum Fallschirmspringen werde ich es die nächste Zeit wohl nicht schaffen.«

»Dazu werde ich es den Rest meines Lebens nicht schaffen, falls das Dates sind, die du anstrebst.«

Noah lacht und ich will ihn am liebsten noch stundenlang ansehen. Aber mir entgeht auch nicht, dass seine Arme leicht zittern, während er sich weiterhin auf den Gehhilfen abstützt.

»Was für Dates magst du denn so?«, fragt er schließlich und bringt mich damit in Verlegenheit. Ich weiß nicht, wann ich das letzte Mal ein echtes, wirkliches Date gehabt habe, was mir Spaß gemacht hat.

»Möchtest du jetzt eine lockere oder eine ehrliche Antwort?«

»Ehrlich natürlich.«

Seufzend senke ich den Blick. »Ich mag gemütliche Dates. Wo es nicht viele andere Menschen gibt, nur die beiden, die zählen. Keine Ahnung ... Das letzte Mal, als ich so ein Date hatte, war ich neunzehn und bin mit einem Typen nur im Auto durch die Gegend gefahren. Wir haben Musik gehört und gequatscht.«

Da ist wieder dieses besondere Lächeln in Noahs Gesicht. »Das klingt nach etwas, was meinem derzeitigen Gesundheitszustand entspricht. Und falls es dich tröstet, ich glaube, ich mag auch eher gemütliche Dates. Aber ich hatte bislang leider noch keins.«

»Vielleicht entdecken wir das zusammen neu.«

Wir lächeln, dann dringt ein Klingeln durch die ganze Wohnung und wir fahren beide erschrocken zusammen.

Ich versuche, mich direkt wieder auf Noah zu konzentrieren. »Kann ich dann vielleicht ... na ja, deine Nummer haben?«

Sein Gesichtsausdruck verändert sich, er blinzelt ziemlich häufig und wirkt jetzt regelrecht schockiert. »Das hatte ich total vergessen, nach allem, was passiert ist. Ich habe dir meine Nummer auf den Pizzakarton geschrieben.«

»Wow, das ist echt mutig von dir gewesen.«

Verlegen zuckt er mit den Schultern. »Nicht mutiger als der Hai-Cupcake.«

»Okay, also werde ich dir schreiben oder so.« Ich fühle mich ein bisschen unbeholfen, aber gleichzeitig sehr wohl, weil es ihm nicht anders zu gehen scheint. So habe ich mich schon lange nicht mehr gefühlt und irgendwie macht es alles viel einfacher. Ich muss nicht so tun, als wäre ich cool oder selbstbewusst. Muss nicht vorgeben, jemand anderes zu sein. Im Grunde ist der Kerl hier vor mir nur meinetwegen auf Gehhilfen angewiesen und trotzdem will er, dass ich Gebrauch von seiner Nummer auf der Pizzaschachtel mache.

Bevor ich noch etwas sagen oder tun kann, durchbricht Kadirs Stimme das angenehm überforderte Schweigen zwischen uns. »Phil? Hier steht eine Elfe vor der Tür, die sagt, ich solle dich ohne Lösegeldforderung übergeben.«

O nein, Emma.

Noah runzelt die Stirn.

Und ich beeile mich, aus dem Zimmer zu kommen, drehe mich aber noch einmal um, damit ich ihn ansehen kann. »Du erinnerst dich noch an die unangenehme, aber unfassbar tolle beste Freundin?«

Er nickt ein wenig gequält und folgt mir auf den Krücken aus dem Zimmer.

Im Flur sehe ich Kadir lässig gegen den Türrahmen gelehnt stehen, und Emma, die unaufgefordert eintritt.

»Meine Güte, Phil, was machst du nur mit deinen Männern? Das hier«, sie deutet auf Noah hinter mir, »sieht ja fast noch schlimmer aus als der Kerl mit dem Penisbruch.«

Ich höre Noahs Lachen, sehe Kadirs schockierte Miene und ich selbst stehe dazwischen und möchte tot umfallen. Wieso tut sie so was? Und wie rot muss mein Gesicht sein? Es fühlt sich nämlich an, als würde es in Flammen stehen.

»Emma! Musst du so was hier und jetzt sagen? Außerdem war sein Penis nicht gebrochen und der Kerl war selbst dran schuld.«

Emma setzt zu einer Antwort an, aber Kadir kommt ihr zum Glück zuvor. »Ist das jetzt der Moment, wo ich dir sagen sollte, dass du Noah gefälligst gut behandeln und ihm nicht wehtun sollst?«

Noah humpelt an mir vorbei und schlägt mit der linken Unterarmstütze nach seinem Mitbewohner. »Hältst du bitte die Klappe?«

Ihm und mir ist die Situation wahnsinnig und gut sichtbar unangenehm, unsere besten Freunde aber grinsen sich an.

Emma hebt schließlich abwehrend die Hände. »Sorry, das war wohl wieder so ein Moment, in dem ich hätte nachdenken sollen, bevor ich rede. Na komm, Süßer. Ich bringe dich nach Hause.«

Kadir legt den Kopf schief und grinst. »Fandest du Noahs Auto so peinlich, dass ich dich damit nicht auch noch heimfahren sollte?«

»Nein, das Auto ist voll in Ordnung. Aber ich dachte, wir können beide ein bisschen beruhigter sein, wenn du bei Noah bleibst und dich um ihn kümmerst.«

In Kadirs Gesicht verändert sich etwas. Sein Lächeln wird ganz warm und so, wie er dann Noah ansieht, scheine ich mit meinem Abholservice doch etwas richtig gemacht zu haben.

Wieder weiß keiner von uns so richtig, wie es weitergehen soll, und wir stehen zu viert schweigend im Flur.

»Also ... ähm ... ich melde mich. Höchstwahrscheinlich werde ich erst die Pizza essen und mich dann melden. Tut mir leid, dass der Tag so gelaufen ist.«

Noah lächelt, ihm ist aber deutlich anzusehen, wie müde er eigentlich ist. »So schlimm war der Tag gar nicht. Danke für alles, was du getan hast. Ich freue mich, von dir zu hören.«

Wieder sehen wir uns nur an und Emmas Seufzen unterbricht uns. »Das zwischen euch ist so süß, man kann ja gar nicht hinsehen. Aber lass uns jetzt besser nach Hause gehen, Casanova. Bevor es noch mehr Treppenstürze gibt.«

Ich folge Emma aus der Tür, sehe noch mal zurück und winke Noah, bevor sich die Tür schließt.

Als wir die Treppe hinuntergehen, denke ich darüber nach, wie peinlich, chaotisch und katastrophal dieser Tag eigentlich gelaufen ist. Ich meine, ich hatte Angst, dass ein Cupcake in Form eines Hais und mein Hemd womöglich zu viel sein könnten, und habe dann einen sehr anschaulichen Einblick in die Anatomie eines Knies bekommen, einen Abstecher in die Notaufnahme gemacht und herausgefunden, dass Noah meine Bücher liest. Und das, obwohl ich doch nur ein bisschen mit ihm flirten wollte.

Das Allerschlimmste steht mir auch noch bevor, denn irgendwie glaube ich nicht, dass Emma mich nur zu Hause absetzen wird. Sie wird jedes einzelne Detail dieses Abends aus mir herauspressen.

Vielleicht sollte ich auf der Fahrt noch eine weitere Pizza bestellen.

Kapitel 8

Es ist ruhig im Wagen. Emma sagt kein Wort und auch ihr Auto ist im Vergleich zu Noahs Gefährt ein einziges Schweigen. Ich weiß nicht so richtig, wie ich anfangen soll, aber meine beste Freundin ist ebenfalls auffällig still.

Das hat meistens nichts Gutes zu bedeuten.

»Emma? Geht es dir heute nicht gut? Hast du noch Schmerzen von der OP?«

Sie sieht kurz zu mir, richtet ihren Blick dann aber wieder auf die Straße. Und bleibt mir eine Antwort schuldig.

»Habe ich etwas falsch gemacht?«

Nun endlich schüttelt sie wenigstens den Kopf. »Nein, Quatsch. Du hast nichts falsch gemacht. Ich bin nur ein bisschen durcheinander.«

Sanft lege ich meine Hand auf ihre, die locker auf dem Schalthebel liegt. »Ist irgendwas passiert?«

Sie atmet mehrmals tief ein und wieder aus. Emmas gesamte Körperhaltung wirkt auf mich angespannt und ich mache mir zunehmend Sorgen.

»Ich hab was echt Dummes gemacht. Na ja, eigentlich zwei dumme Sachen, immerhin habe ich dich schon wieder vor deinem Pizzakerl bloßgestellt.«

»Der kennt das jetzt nicht anders von dir. Aber was ist die erste dumme Sache.«

Wieder seufzt sie. »Keine Ahnung, wie ich dir das sagen soll, ohne dass du womöglich sauer auf mich sein wirst.«

Jetzt bin ich vollends verwirrt. Denn ich habe keine Ahnung, was noch schlimmer sein kann, als dass sie mich immer wieder vor besagtem Pizzakerl bloßstellt – und da bin ich ihr ja auch nicht böse. Was könnte denn noch schlimmer sein?

Bevor ich weiter ins Blaue raten muss, fährt sie fort. »Bitte raste nicht aus, okay? Aber ich habe deinem Bruder ein Paket nach Norwegen geschickt.«

»Wieso sollte ich denn da ausrasten? Ist doch schön, wenn er Post von zu Hause bekommt.«

Sie seufzt schon wieder schwer. Ein bisschen so, als würde die ganze Last der Welt auf ihren Schultern liegen und als sollte sie dringend einen tragischen Liebesroman schreiben. »Ich habe eine Postkarte dazugelegt, in der ... Dinge standen.«

Sie startet direkt vor meiner Haustür ein Einparkmanöver und ich möchte sie am liebsten an den Schultern packen und schütteln. Emma ist absolut nicht der Mensch dafür, sich derartig kryptisch auszudrücken. Das ist meine Rolle in unserer Beziehung.

»Stand etwas Anzügliches drin? Ansonsten verstehe ich weiterhin nur Bahnhof.«

»Mann, Phil!« Sie schlägt frustriert auf das Lenkrad, so stark, dass ein Hupen erklingt. »Ich habe ihm geschrieben, dass ich schon immer zu ihm aufgesehen habe und vielleicht auch schon immer ein bisschen verknallt in ihn war. Und dass ich in letzter Zeit oft an ihn denke, weil er so ein besonderer Mensch ist. Ich hab echt ganz schön um den heißen Brei herumgeredet und ich fürchte, Sascha wird nicht mal verstehen, was ich überhaupt damit sagen möchte.«

Ich schlage die Hände vor den Mund. »Du stehst voll auf meinen Bruder!«

»Ein bisschen Verknalltheit, Phil. Raste bitte nicht gleich aus.«

»Aber du hast ihm einen Liebesbrief geschrieben!«

Sie rollt mit den Augen. »Ja. Einen, der praktisch von dir oder dem viel zu subtilen Pizzakerl kommen könnte.«

Einen Moment lang ist nur das Piepen der Einparkhilfe zu hören, dann zieht Emma schließlich den Schlüssel aus der Zündung.

In dem Auto ist es jetzt verdammt still und ich sehe ihr an, wie schlecht es ihr gerade zu gehen scheint.

Ich drehe mich auf dem Sitz und strecke meine Hand nach ihr aus.

Sie löst den Gurt und tut es mir gleich. »Was ist, wenn er mich nur als eine Art kleine Schwester sieht?«

»Dann würde er dir das auf sehr rücksichtsvolle Art und Weise sagen. Du kennst ihn doch auch dein ganzes Leben lang und weißt, wie er ist.«

Sie nickt, ein paar silberblonde Strähnen fallen ihr in die Stirn. »Oder wenn er ...«

»Wenn er was?«

Emma sieht auf und ich bemerke, dass ihre Augen glitzern. »Was ist, wenn er mich nicht als Frau sieht? Wenn er kein Interesse an mir hat, weil ich trans bin?«

Ohne länger zu zögern, beuge ich mich über die Mittelkonsole und umarme meine beste Freundin, so gut es auf diese Weise eben geht. »Warum denkst du so was? Hat dir jemand in letzter Zeit wehgetan? Emma, du bist die schönste Frau im ganzen Universum. Sascha ist doch nicht irgendein Idiot aus einer Bar. Ich glaube nicht mal, dass das überhaupt ein Thema für ihn ist. Er kennt dich und er kennt den Weg, den du gegangen bist.«

»Das ist ja vielleicht das Problem. Ach, keine Ahnung.« Sie schiebt mich ein Stück von sich, um sich ein paar Tränen von den Wangen zu wischen. »Es ist doch dumm, oder? Ich habe heute mit meiner Schwester ein paar Sachen aussortiert und da haben wir ein altes Fotoalbum von uns beiden gefunden. Am Anfang habe ich sie nur damit aufgezogen, dass sie ein echt fettes Baby war, aber dann ist mir ins Auge gefallen, was neben einem meiner Bilder stand: *Was für ein hübscher Junge.* Als hätte mich das blöde Ding angeschrien. Ich bin ausgerastet. Kurz davor hatte ich dieses dumme Paket nach Norwegen losgeschickt. Und dann ist so viel Schmerz wieder hochgekommen.«

Emma lässt sich nach vorn sinken, sodass sie wieder in meinen Armen landet.

Ich kann ihr gerade nur sanft durch die Haare streicheln und muss selbst die Tränen hinunterschlucken. Ich habe sie auf ihrem gesamten Weg begleitet und sie dabei so selten weinen gesehen, dass es mir eigentlich hätte Sorgen bereiten müssen. Sie hat so viel Schmerz und unzählige Beleidigungen einfach an sich abprallen lassen. Zumindest hat es danach ausgesehen. Sie jetzt so zu sehen, tut mir auch weh, denn ich will nicht, dass sie nur einen einzigen Gedanken in diese Richtung verschwendet.

Ich nehme ihr Gesicht in beide Hände, um sie ansehen zu können. »Du weißt, das ist ewig her. Als es geschrieben wurde, kannten deine Eltern noch nicht alle Fakten. Und es gibt niemanden in deinem Familien- und Freundeskreis, der so denkt. Du bist Emma. Das warst du immer und wirst es auch immer sein. Und wenn mein Bruder sich daran stören würde, was auf deiner Geburtsurkunde steht, dann wäre er der größte Trottel auf der Welt.«

Endlich lacht sie wieder auf. »Keine Ahnung, was gerade los ist ... Oder warum ich diese Aktion gebracht habe. Irgendwie sehe ich, dass alle um mich herum jemanden finden. Meine Schwester ist jetzt seit acht Jahren mit demselben Kerl zusammen, du hast dieses komische Ding mit Arthur und backst dich gleichzeitig ins Herz von dem Pizzakerl. Ich habe Angst, dass ich irgendwann allein sein werde und mir das nicht gefallen wird.«

Diesen Gedanken kann ich verdammt gut nachvollziehen. Nur mit dem Unterschied, dass ich mich in meiner Version der Geschichte mit einem Wellensittich allein in meiner Wohnung sitzen sehe, denn meine Dating-Erfolge sind nicht unbedingt der Hammer.

»Du wirst nie allein sein, weil ich immer bei dir bin. Und wenn wir ehrlich sind, ist die Chance, dass *du* es zu einer längerfristigen Beziehung schaffst, wesentlich höher. Ich hingegen lasse mich wahrscheinlich auch noch in dreißig Jahren von Typen wie Arthur ausnutzen. Aber wieso hast du plötzlich Sascha im Visier?«

Sie zuckt mit den Schultern. »Wie gesagt, ich war schon immer ein wenig in ihn verknallt. Aber du kennst mich ja. Ich bin unabhängig, und wenn ich es mit deinem Bruder versaue, entgeht mir auch das Weihnachtsessen bei dir zu Hause. Darauf kann ich nicht verzichten. Das ist meine liebste Tradition, vor allem seitdem dein Vater angefangen hat, Weihnachtslieder aus anderen Ländern zu singen.«

Ich verdrehe die Augen. »Ich werde niemals das isländische *O Tannenbaum* vergessen.«

»Siehst du, das sind Highlights, die man viel zu selten geboten bekommt. Das alles wollte ich nicht riskieren und hab es deshalb nie versucht. Aber momentan läuft es bei mir ziemlich gut. Ich hab einen Job, der mir Spaß macht, verdiene nicht schlecht, kann mir alles leisten, was ich gern hätte. Ganz ehrlich, ich bin eine gute Partie. Und sieh dir nur meine Brüste an!« Demonstrativ rückt sie den Ausschnitt ihres Shirts ein bisschen zurecht. »Außerdem wäre dein Bruder perfekt für mich. Er reist viel, ist nicht oft da. Und ich denke, wir sind beide Menschen, die diese Mischung aus Freiheit und Unabhängigkeit gut mit gemeinsamer Zeit verbinden könnten.«

Nickend sehe ich sie an. »Es klingt trotzdem so, als würde da noch ein Aber kommen.«

»Das kommt auch noch. Denn mal abgesehen davon, dass ich mir sicher bin, dass ich es nicht versauen würde, und wir, wenn überhaupt, in einem Verhältnis auseinandergehen würden, das mir nicht die Weihnachtslieder deines Vaters und die falsche Gans deiner Mama verderben würde, was ist, wenn er Kinder will?«

Ich zucke mit den Schultern. »Dann adoptiert ihr welche. Außerdem glaube ich nicht, dass mein Bruder so scharf darauf ist, Vater zu werden. Wie will er denn mit einem Kleinkind in der Serengeti Löwen fotografieren?«

Sie lacht wieder auf und sieht schon gar nicht mehr so traurig aus wie eben. »Du findest es also nicht schlimm, dass ich ihm diese Postkarte geschickt habe?«

»Natürlich nicht. Mir würde die Vorstellung sehr gefallen. Aber warum hast du ihm nicht einfach eine E-Mail geschrieben? Bis dieses Paket in seiner eingeschneiten Hütte in Norwegen ankommt, ist er sicherlich fast schon wieder zu Hause.«

»Na ja, manchmal kann ich eben genauso ein Feigling sein wie du.« Sanft knufft sie mir in den Bauch.

Ich kann darüber leider nur lachen, denn wahrscheinlich hätte ich es nicht anders gemacht. Sehr wahrscheinlich sogar. Wenn ich überhaupt *irgendwas* gemacht hätte.

»Kommst du mit hoch? Ich habe noch ein paar Hai-Cupcakes und eine Pizza, die ich teilen würde.«

»Aber natürlich. Ich will ja jedes einzelne Detail über dein heutiges Date in der Notaufnahme erfahren.«

Und da wären wir wieder bei meinen ganzen Katastrophen.

***

Egal, wie lange ich auf mein Handy starre, es schreibt die Nachricht an Noah einfach nicht von selbst. Der Pizza-Karton mit seiner Nummer liegt anklagend auf dem Couchtisch und macht mich darauf aufmerksam, dass ich schon wieder nicht aus dem Knick komme.

Nachdem Emma gestern Nacht nach Hause gefahren ist, erschien nämlich eine andere Nachricht auf meinem Display. Und die kam von Arthur.

Arthur:
Hi. Könnte dich am Sonntag wieder so richtig durchnehmen.
Hast du Zeit?

Ich habe noch nicht darauf geantwortet, denn ich weiß nicht, was ich darauf sagen soll. Genauso wenig, wie ich weiß, was ich Noah schreiben soll.

Nach dem Besuch in der Notaufnahme und allem, was danach passierte, ist mir klar geworden, was für ein netter Kerl er ist. Ganz im Gegensatz zu Arthur.

Soll ich mich nach den Tagen der Funkstille darüber freuen, dass er wenigstens fragt, ob ich Zeit habe und mir nicht bloß wieder eine Aubergine schickt?

Seufzend lasse ich meinen Kopf in das weiche Sofakissen hinter mir sinken. Sex mit Arthur ist echt nicht das, was ich momentan brauche. Also auf rein körperlicher Ebene vielleicht schon, aber nach gestern habe ich keine Lust, mich nur wie ein Objekt behandeln zu lassen. Weil Noah mir bereits in so kurzer Zeit gezeigt hat, dass es auch anders geht.

Okay, Phil, was schreiben die Protagonisten in deinen Büchern so, wenn sie die Nummer ihres Love-Interests abstauben?

Es fühlt sich an, als wäre mein Gehirn gar nicht in der Lage, mehrere Worte aneinanderzureihen. Als wären all diese Liebesgeschichten, die ich mir sonst in meinem Kopf zusammenreime, so weit weg vom echten Leben, dass ich darauf gar nicht zurückgreifen kann. Dabei tue ich doch eigentlich nichts anderes. Meine Charaktere lernen süße Typen kennen, es kribbelt überall, sie kommen sich näher und verabreden sich zu Dates.

Der Knackpunkt ist nur, dass ich mich absolut nicht als Protagonist für irgendwas eignen würde. Denn die Jungs, die ich sonst beschreibe, haben diese Sachen mit dem Flirten drauf. Warum kann ich das nicht einfach adaptieren?

Kurz schließe ich die Augen, dann setze ich mich mit einem Ruck auf und öffne den Messenger, um eine neue Nachricht an Noah zu schreiben. So kompliziert kann es ja wohl nicht sein, oder? Immerhin habe ich durch seine Verletzung einen guten Gesprächsaufhänger.

Hey, hier ist Phil.
Wie geht es deinem Knie? Ich hoffe, das lag gestern nicht nur am Einfluss der Schmerzmittel, dass du mich wiedersehen willst.
Gute Besserung.

Und abschicken.
Seufzend starre ich auf mein Handy und spüre die Panikattacke regelrecht in mir aufsteigen. Dass das absoluter Quatsch ist, ist mir auch bewusst. Aber leider ist Rationalität gerade nicht meine Stärke. Es ist doch eigentlich kein Wunder, dass ich nur auf Nullnummern reinfalle. Ich bin selbst auch nicht gerade der Hauptgewinn, immerhin kann ich nicht mal eine Nachricht senden.

Als hätte das Schicksal meine Gedanken gelesen, klingelt es an der Haustür.

Ich bin überhaupt nicht in der Stimmung, mich gerade mit irgendeinem Menschen zu unterhalten, weil ich mich lieber noch ein bisschen in dem Bereuen suhlen möchte, dass ich Noah wirklich geschrieben habe. Aber es könnte auch Emma sein. Wenn sie etwas auf dem Herzen hat, kommt es vor, dass sie nicht Bescheid sagt, bevor sie vorbeikommt. Und nach gestern kann ich sie unmöglich vor der Tür stehen lassen.

Schwerfällig watschle ich zur Haustür und bin dabei so langsam, dass es noch ein zweites Mal klingelt. Schnell drücke ich den Summer und öffne die Tür. Doch da erwartet mich nicht Emma, sondern Arthur.

Ein ziemlich zerknittert aussehender Arthur.

»Hi«, sagt er und versucht sich an diesem Lächeln, was sonst total charmant und sexy aussieht, aber in Kombination mit den Augenringen und dem müden Blick eher traurig wirkt.

So habe ich ihn wirklich noch nie gesehen und irgendwie weiß ich nicht, was ich davon halten soll. »Hi ... Was machst du denn hier?«

»Du hast nicht auf meine Nachricht geantwortet.«

»Sollte vielleicht ein Zeichen sein, dass ich keine Zeit habe.«

Er mustert mich einen Moment lang und mir wird bewusst, dass ich noch meinen Schlafanzug trage. Es ist dieses flauschige Teil mit Einhörnern drauf. Arthur verzieht leicht das Gesicht, aber nachdem er schon mit der Backschürze ins Fettnäpfchen getreten ist, hält er sich wenigstens jetzt mit einem Kommentar zurück.

Mir fällt das leider nicht so leicht. »Du siehst müde aus.«

»Ich kann mich ja ein bisschen ausruhen, nachdem wir es die erste Runde miteinander getrieben haben.«

Da ist der Arthur, den ich kenne, auch schon wieder.

In meinem Kopf überhitzt wohl irgendeine Sicherung, denn ich sage den nachfolgenden Satz schneller, als ich ihn überhaupt denken kann. »Ich habe keine Lust mehr auf bedeutungslosen Sex mit dir.«

Arthur fällt das Grinsen aus dem Gesicht.

Und bei mir kommt langsam an, was ich da gerade eigentlich mache. Es ist ein bisschen so, als würde ich mir aus der Ferne dabei zusehen, wie ich alles in den Sand setze.

»Was soll das heißen?«

Seufzend sehe ich auf den Boden. »Vielleicht ist das nicht der richtige Zeitpunkt für so ein Gespräch ...« Definitiv nicht, ich trage immerhin einen Einhorn-Pyjama. »Aber für mich gehen die Gefühle über den Orgasmus hinaus und ich habe keine Lust mehr, mich dadurch verletzen zu lassen. Der Sex ist ganz nett, aber ich möchte mich nicht mehr auf ein Sexobjekt reduzieren lassen.«

Ich bin schon kurz davor, die Tür zu schließen, um einer Konfrontation aus dem Weg zu gehen, aber Arthur schlüpft durch den Türspalt. Jetzt sieht er auch wieder einigermaßen wach aus.

»Was soll das heißen, der Sex ist nur *ganz nett*?«

Ich verdrehe die Augen. »Ist das echt alles, was bei dir angekommen ist? Arthur, ich bin verknallt in dich, das hier ist jetzt also der Moment, wo du schreiend wegrennen und dir ein Date bei Grindr organisieren musst.«

»Du bist *was*?!«

Okay, vielleicht habe ich mit dieser Aktion nicht nur mein eigenes Gehirn gegrillt.

Arthurs Blick wirkt auf mich völlig verwirrt, immer wieder schüttelt er den Kopf und fährt sich dann mit der Hand durch das verstrubbelte Haar. Er ist überfordert von meinem Geständnis – genauso wie ich.

Tief atme ich ein und wieder aus. Die Sache mit Emma gestern geht mir nicht aus dem Kopf. Besonders nicht ihre Worte darüber, dass sie Angst hat, irgendwann allein und damit unglücklich zu sein. Damit hat sie mir sehr zu denken gegeben, denn im Gegensatz zu ihr wünsche ich mir schon lange eine richtige Beziehung. Ich bin ein Beziehungsmensch und stehe auf kitschige Romantik. Ich will einen festen Freund, der mich und mein langweiliges Leben mag, der mich unterstützt und der verdammt noch mal meine Bücher liest. Aber aktuell tue ich absolut nichts dafür, an dieses Ziel zu kommen.

Ich bin genauso bequem wie Arthur.

»Ich habe Gefühle für dich. Und die möchte ich nicht mehr unterdrücken. Also entweder sagst du mir jetzt, dass du auch unsterblich in mich verliebt bist oder du gehst lieber.«

Mir ist ein bisschen komisch und das Gefühl wird nur noch schlimmer, als Arthur noch einmal tief einatmet, den Mund öffnet, als wollte er noch etwas sagen, aber wieder nur den Kopf schüttelt. Dann geht er einfach aus dem Raum und schließt die Tür hinter sich.

Ich hab die Sache mit Arthur, glaube ich, soeben beendet. Ich hab es wirklich beendet! Und alles, was dazu geführt hat, waren ein paar Sätze von Emmas Weisheit und die Tatsache, dass Arthur komplett müde von einer Woche Nachtdienst doch wieder nichts anderes vorhat, als zu vögeln, und ich ihm da praktischerweise ohne großen Aufwand zur Verfügung stehe.

Scheiße, was ist nur mit mir los?

Fast schon ein bisschen panisch renne ich nach oben zu meinem Handy und will eigentlich sofort Emma oder Sascha anrufen. Oder am besten gleich eine Krisen-Videokonferenz mit den beiden und meiner gesamten Familie einberufen.

Aber als ich das Handy in die Hand nehme, ist da eine neue Nachricht. Von Noah. Er hat mir direkt geantwortet. Und mir sogar ein Selfie von sich und einem ziemlich durchgeknuddelten Plüscheinhorn geschickt.

Noah:
Habe zum Glück das perfekte Pfleger-Einhorn. Es heißt Hank. Falls du es mal brauchst. Es ist nämlich auch super bei Erkältungen.

Solltest du dich jetzt fragen, warum ich dir mein Plüschtier vorstelle, können wir das ja auf den Einfluss von Schmerzmitteln schieben, oder?
Oder darauf, dass mir wahnsinnig langweilig ist.

Kennst du vielleicht einen Autor, der mir eine Geschichte erzählen könnte?

Diese Panik, die mich bis eben komplett durchflutet hat, ist plötzlich weg. Dafür musste mir ein Typ nur sein Einhorn vorstellen. Denn da wird mir wieder bewusst, dass es zwar total unüberlegt und irgendwie viel zu spontan war, was ich abgezogen habe, aber dass es auch richtig war. Wenn ich mit jemanden zusammenkommen will, muss ich daten. So funktioniert das in meinen Büchern und auch in der Realität führt da kein Weg dran vorbei.

Für den Moment bereue ich meinen spontanen Ausraster zumindest nicht, also stürze ich mich lieber gleich auf die Vorlage, die Noah mir netterweise gegeben hat.

Ich finde Hank ziemlich süß.

Vielleicht willst du ja die Geschichte seiner medizinischen Ausbildung hören?

Sofort erscheint der Hinweis *schreibt ...* unter Noahs Namen. Gerade fühlt sich alles, was in den letzten vierundzwanzig Stunden passiert ist, einigermaßen richtig an.

Nachrichten von Noah

Kadir:
Schreibt ihr immer noch über das blöde Einhorn?

Noah:
Nein, und das ist das Problem.

Kadir:
Du siehst immer Probleme, wo eigentlich keine sind, weißt du das?
Sei froh, dass ich in der Bibliothek bin, sonst würde ich dich wahrscheinlich schütteln.
Du bist momentan immerhin ein leichtes, wehrloses Ziel.
Aber gut, ich will es ja verstehen: Was genau ist das Problem?

Noah:
Wir reden darüber, uns morgen zu treffen.

Kadir:
Das ist doch schön, oder?

Noah:
Ich hab Angst, dass ich es versaue.

Das mit Hank war schon heikel, aber da konnte ich es auf die Medis schieben.
Was, wenn ich morgen etwas Dummes sage?

Kadir:
Noah, der Kerl hat deine luxierte Kniescheibe UND dein Auto gesehen.
Ich wage mal zu behaupten, dass den so schnell nichts mehr schockiert.

Noah:
Du weißt echt, wie man einer Seele in Not hilft.

Kadir:
Ist das gerade Sarkasmus? Denn dann geht es dir eindeutig schon wieder gut genug, um heute Abendessen zu kochen.
Hallo?
Noah?
Ignorierst du mich jetzt?
Nur damit du es weißt, ich habe dir damals dieses Einhorn geschenkt. Ohne mich hättest du nichts. Ich verdiene deinen berühmten Kartoffelbrei so sehr, dass es gar nicht mehr in Worte zu fassen ist.

***

Phil:
Also falls du es aus deinem Zimmer rausschaffst, könnte ich dich abholen. Emma würde mir ihr Auto leihen, das ist vielleicht ein bisschen komfortabler als dein Gefährt.

Noah:
*Sorry, dass ich nicht gleich geantwortet habe, ich hab
ein bisschen Panik bekommen.
Aber das klingt alles gut.
Ich schaffe es auch raus. Bin mit den Unterarmstützen
schon echt gut unterwegs. Da zahlt sich das ganze Training wenigstens mal aus.*

Phil:
*Panik? Warum?
Wenn du nicht willst, ist das echt nicht schlimm, Noah.*

Noah:
*Doch, ich will. Unbedingt sogar und deshalb habe ich ja
Panik.
Ich kann mich manchmal ziemlich blöd anstellen.
Beweisstück A sind die letzten drei Jahre voll stummer
Nachtische.*

Phil:
*Du bist echt süß.
Ich hole dich dann so gegen drei ab, ja?*

Noah:
Ich freue mich drauf.

Kapitel 9

Mit Noah ist alles ganz leicht. Seitdem ich ihn abgeholt habe, haben wir ununterbrochen miteinander geredet. Zuerst über Hank das Einhorn, dann darüber, wie gut sich Kadir eigentlich als Krankenpfleger macht, und irgendwann sind wir dazu übergegangen, unsere Handys mit dem Autoradio zu verbinden und unsere peinlichsten Playlists miteinander zu teilen.

Noahs Boxplaylist ist ein Highlight, denn irgendwie kann ich mir nicht so ganz vorstellen, wie er fokussiert auf einen Boxsack einprügelt, während er *The Ketchup Song* oder *Bohemian Rhapsody* hört. Wir lachen viel miteinander und währenddessen fahre ich einfach so rum. Ich fahre durch die Stadt und zeige ihm bestimmte Punkte, wie die erste Wohnung, in der ich mit Emma und ihrer kleinen Schwester zusammengewohnt habe, oder das Kino, aus dem meine beste Freundin inklusive mir herausgeworfen wurde, da sie einen Streit mit einem Kind angefangen hat, weil dieses lautstark den Film kommentieren musste.

Zwischendurch gibt auch Noah immer wieder besondere Punkte ins Navi ein. Das Boxstudio seines Vaters, in dem er trainiert, oder die alte Bibliothek, in der er im vergangenen Jahr eingeschlafen ist, als er für eine Hausarbeit recherchiert hat und dann mitten in der Nacht dort festsaß.

Bei einem Drive-in besorgen wir uns vegane Burger und eine ganze Menge Pommes, bevor ich schließlich bei einem Aussichtspunkt halte und wir der Sonne dabei zusehen, wie sie die Stadt beim Untergehen in die schönsten Rot- und Orangetöne taucht.

Kurz herrscht Stille zwischen uns, weil wir hungrig in unsere Burger beißen.

»Wow, ich weiß nicht, wann ich das letzte Mal bei einem Date so viel gelacht habe«, sage ich schließlich.

Noah lächelt mich an. »Ich auch nicht. Du hattest recht, es ist echt schön, ohne konkretes Ziel rumzufahren.« Er dreht den Kopf wieder nach vorn, sieht ein bisschen verträumt aus dem Fenster. »Also, da wir gerade beim Thema sind, was ist deine schlimmste Dating-Story?«

Ich denke einen Moment lang nach und stecke mir eine Pommes in den Mund, um mir mehr Zeit zu verschaffen. Denn leider ist es so, dass die Sache mit Arthur noch eine von den guten Geschichten ist. Genauso wie mein Grindr-Date, was sich als Umzugshelfer entpuppt hat. »Sorry, das sind echt viele Reinfälle gewesen. Okay ... Ich glaube, das Schlimmste hatte ich mit einem Kerl, der mit mir in ein Puppen-Museum gegangen ist.«

»Ein Puppen-Museum?«

»O ja, ich wusste bis dahin auch nicht, dass es so etwas überhaupt gibt. Da war alles voll von gruseligen, alten Porzellanpuppen, die in verschiedenen thematischen Räumen standen. Und er hatte uns extra eine private Führung gebucht. Wir sind also nicht nur durch dieses Museum gegangen, was schon schlimm genug gewesen wäre, wir haben von einer Kuratorin auch jede Puppe und jede Szene ganz genau beschrieben bekommen.«

Noah lacht auf. »Das ist wirklich schrecklich!«

»Warte, das Beste kommt noch! Im letzten Raum durften wir die Puppen für einen neuen Themenraum kämmen.«

»Und du bist nicht einfach gegangen?«

Wahrheitsgemäß schüttle ich den Kopf. »Nope. Ich habe ganz brav siebzig Puppen gekämmt. Erst im Anschluss, als er mit mir essen gehen wollte, habe ich die Reißleine gezogen, denn er wollte mit mir in einen Laden gehen, der *Das Fleischhaus* hieß. Dabei habe ich ihn darauf hingewiesen, dass ich Veganer bin.«

Noah lacht noch immer, aber sein Blick ist voller Mitleid. »Meinst du, der hatte zu Hause selbst solche Puppen?«

»Ich weiß es sogar. Er hat mir von ihnen erzählt. Eigentlich verurteile ich so was gar nicht, weil ich finde, jeder sollte sein Hobby haben. Nur weil ich Puppen nichts abgewinnen kann, ist das ja nichts Schlimmes. Aber genauso will ich auch respektiert werden, selbst wenn es nur beim Essen ist.« Ich zucke mit den Schultern. »Jetzt du. Was war deine schlimmste Dating-Story?«

Noah stöhnt auf. »Da muss ich leider gar nicht lange nachdenken. Ich hatte ein Date mit einem Kerl und das lief eher mittelprächtig. Er war nicht blöd oder so, aber wir hatten uns nicht wirklich viel zu sagen. Na ja, ich bin nicht besonders stolz drauf ... Er hat dann gefragt, ob ich noch mit zu ihm komme.«

»Und natürlich bist du mitgegangen, oder?«

»Natürlich. Der Sex hat sich dann wenigstens gelohnt. Ich bin auf jeden Fall kurz eingeschlafen und als ich wieder wach wurde, war der Typ nicht mehr da. Ich dachte, er ist vielleicht duschen, hab mich angezogen und wollte verschwinden.«

Ich halte den Atem an. »Das klingt, als würde da ein ganz großes Aber kommen.«

»O ja, die Tür war abgesperrt. Nirgendwo gab es einen Schlüssel und der Typ war nicht mehr in der Wohnung. Er hat mir einen Zettel hinterlassen, dass er noch mal ausgegangen ist. Er hat mich eingesperrt.«

»O Gott! Noah, der Kerl hätte gefährlich sein können.«

Er seufzt. »Das habe ich mir auch gedacht. Also bin ich dann über den Balkon geklettert. Er hat zum Glück nur in der ersten Etage gewohnt, deswegen konnte ich runterklettern und verschwinden.«

»O Mann, das ist echt krass. Ich hätte es ja nicht mal den Balkon runtergeschafft, so unsportlich wie ich bin«, gestehe ich und muss mich kurz schütteln, um die Vorstellung wieder loszuwerden.

Noah sieht in die Ferne. »Kadir hat mich danach abgeholt. Der war echt sauer, dass ich überhaupt mitgegangen bin. Aber so läuft das halt manchmal eben, oder?«

Irgendwie hat er recht. Dating ist vielleicht dank Tinder, Grindr und Co. einfacher zugänglich geworden, aber dadurch auch ein Stück weit davon abgerückt, dass man richtig einschätzen kann, auf was man sich einlässt. Denn zum einen geht es sehr vielen nur um Sex, und zum anderen kann ein Typ dir online so ziemlich alles erzählen und dann komisch oder im schlimmsten Falle gefährlich sein. Und trotzdem muss man sich ja irgendwie darauf einlassen.

»Meine Eltern erzählen mir immer wieder, wie das früher abgelaufen ist. Und an sich finde ich das romantisch, mich theoretisch in den Freund eines Freundes zu verlieben oder jemanden an einer Bar anzuquatschen, aber ich würde wahrscheinlich keinen Ton rausbekommen«, erwidere ich.

Noah lacht und sieht mich wieder an. »Ich hätte ja nicht mal genug Freunde, die mir jemanden vorstellen könnten. Aber hey, objektiv betrachtet, haben wir uns ja auch ganz altmodisch kennengelernt.«

»Ja, das stimmt. Aber ich glaube nicht, dass wir es mit der Geschichte direkt in einen Liebesroman schaffen würden.«

Wir lächeln uns einen Moment lang nur an. Genau diese Momente mag ich so mit ihm, denn mal abgesehen davon, dass sein Lächeln wunderschön und warm ist, fühle ich mich dann so wohl. Als müssten wir nicht unbedingt etwas sagen und würden es trotzdem tun.

In diesen Momenten muss ich nicht vorgeben, als wäre ich wahnsinnig interessant oder selbstbewusst. Ich reiche irgendwie, und das ist ein geniales Gefühl.

»Ich denke ja, dass alle funktionierenden Liebesgeschichten jede Menge Chaos beinhalten, aber die Paare das verschweigen. Mein Vater hatte diese Form vom perfekten, reibungslosen Kennenlernen und was hat es ihm gebracht? Er stand direkt, nachdem er sich selbstständig gemacht hat, mit einem Kleinkind da.« Noah erzählt das in einem heiteren Ton, aber ich kann ihm ansehen, dass es noch ein bisschen an ihm nagt.

»Vermisst du deine Mutter?«, frage ich vorsichtig. Denn das sind so Themen, bei denen ich sensibel sein möchte, auch wenn ich ziemlich neugierig darauf bin.

Noah wiegt leicht den Kopf hin und her. »Ich sehe sie ab und zu mal. Sie ist ein sehr freiheitsliebender Mensch, reist um die ganze Welt und lebt von ihrer Kunst. Sie hat mir erzählt, dass sie damals ziemlich Panik bekommen hat, mit Kind und Mann in einem Reihenhaus zu enden und allen erzählen zu müssen, sie sei Hausfrau. Und ich verstehe das mittlerweile vollkommen. Ich bin ihr nicht böse und wir kommen gut miteinander klar, aber ich sehe eben auch, dass mein Vater wahrscheinlich nie richtig über sie hinwegkommen wird. Alle Dates, die er so hat, verlaufen im Sand.«

Auf das schwere Thema naschen wir beide ein paar Pommes und immer, wenn wir gleichzeitig in die Tüte greifen und unsere Hände sich streifen, lächeln wir uns zaghaft an.

Ich mag dieses Gefühl, das Kribbeln. Und ich mag sein Lächeln auch wirklich sehr. Noch nie in meinem Leben war ich so versessen auf ein Lächeln. Denn es verändert sein Gesicht total. Es bilden sich kleine, feine Kuhlen neben seinen Mundwinkeln, die keine Grübchen, sondern etwas Eigenes, Magisches sind, und unter den Augen zeigen sich Lachfältchen, die mir verraten, dass er oft lacht. Sein Gesicht ist sonst, wenn er neutral schaut, irgendwie klassisch schön und kantig, aber sobald er lächelt, zeigt sich etwas anderes darin, was ihn so sympathisch und auf ganz andere Art und Weise attraktiv macht.

»Erzählst du mir noch was über Kadir? Den großen Künstler des Hauses?«, frage ich, weil ich zum einen

immer noch wahnsinnig neugierig bin, zum anderen
aber auch nicht genug davon bekommen kann, ihn reden zu hören. Seine Stimme fesselt mich irgendwie.

»Was möchtest du denn wissen?«

»Wie habt ihr euch zum Beispiel kennengelernt?«

Noah überlegt einen Moment. »Unsere Väter sind
schon seit Ewigkeiten befreundet und Kadirs Eltern
waren deshalb ständig um mich herum. Wir sind praktisch wie Brüder aufgewachsen.«

»Wow, das klingt schön. Und dann seid ihr beide
durch eure Väter zum Boxen gekommen, oder?«

»Ja, und auch durch Kadirs Mama. Die ist Kickboxe-
rin und war wesentlich erfolgreicher als unsere Väter.
Wir haben sie immer alle in diesem Ring gesehen und
irgendwie war das, als ob sie sich dort verwandeln würden. Das ist auch tatsächlich so. Kadir ist zum Beispiel
eine echte Knalltüte, aber sobald er im Ring steht, ist er
unheimlich fokussiert und ernst. Und ich kann dort
leichter aus mir rausgehen. Zeigen, was ich kann.«

Ich hänge wie hypnotisiert an seinen Lippen, möchte
am liebsten jedes kleinste Detail, das er preisgibt, in
mich aufsaugen. Denn auch, wenn er mir vermutlich
widersprechen würde, finde ich, dass Noah ein wahnsinnig interessantes Leben führt. Hinzu kommt, dass
ich alles rund um das Boxen unheimlich spannend
finde. Jemanden, der so für seinen Sport lebt, habe ich
bisher noch nie kennengelernt. Und Noah brennt zwar
dafür, definiert sich jedoch nicht darüber, was ihn noch
viel anziehender für mich macht.

Natürlich kann ich seine gesamte Lebensgeschichte
nicht schon beim ersten Date einfordern. Aber ein bisschen was muss ich noch rauskriegen. »Du hast gesagt,

du hast Lehramt studiert. Wieso das? Ich meine, du könntest auch im Sport erfolgreich sein, oder?«

»Wahrscheinlich«, sagt er, ganz ohne dabei angeberisch zu klingen. »Aber ich finde es schöner, so eine Art von Begeisterung in jungen Menschen zu wecken. Wenn ich während meiner Schulzeit nicht das Boxen gehabt hätte, wäre ich sicherlich irgendwann explodiert. Da war immer so viel Wut in mir, weil ich so missverstanden wurde. So hingestellt wurde, als wäre ich dumm, nur weil ich nichts gesagt habe. Es wurde immer als Problem dargestellt, dass ich introvertiert bin.«

Seufzend unterbreche ich ihn. »Und dann jedes Mal diese Verwunderung, wenn zum Beispiel ein Referat anstand. *Also, Philip, dafür, dass du sonst nie den Mund aufbekommst, hast du das doch ganz wunderbar gemacht.* Es wurde immer mit Schüchternheit gleichgesetzt.«

»Ganz genau! Und ich möchte Lernenden gern zeigen, dass das kein Hindernis im Leben ist. Dass man lernt, zu definieren, wo man seine Energie herbekommt. Und dass man eben bei bestimmten Dingen durchaus aus sich rausgehen kann. Deshalb habe ich auch Sport studiert, weil ich das Gefühl habe, dass da noch am meisten am Selbstwert gekratzt wird. Ich meine, im Schulsport hatte ich immer schlechte Noten.«

Einen Moment lang kann ich ihn nur ansehen und wundervoll finden. Er möchte ein Teil von Veränderung sein und das ist cool.

Scheiße, ich glaube, jetzt bin ich wirklich ein bisschen verknallt.

»Ich habe mich im Schulsport immer versteckt«, erzähle ich ihm. »Für Emma war Sport das schlimmste

Fach, also haben wir uns vor der Turnhalle gezeigt, wo die Anwesenheit kontrolliert wurde und während sich alle anderen in die Umkleide verzogen haben, sind wir abgehauen. Na ja, als angeblich einziger schwuler Junge habe ich auch nicht ganz uneigennützig gehandelt.«

Noah schaut mich interessiert an. »Dabei sieht Emma aus, als wäre sie eine Eiskunstläuferin.«

»Das werde ich an sie weitergeben und wenn ihr euch das nächste Mal seht, wird sie bestimmt einen blöden Kommentar dazu abgeben.«

Er lächelt, wenn auch ein bisschen gequält. »Sie wirkt fast wie deine Schwester. Hast du noch leibliche Geschwister?«

»Ja, ich habe einen großen Bruder. Sascha. Er ist Fotograf und immer irgendwo auf der Welt unterwegs.«

»Wow, das klingt echt wahnsinnig spannend. Und so, als wäre mein Leben absolut langweilig gegen deins.«

Ich lache auf. »Hallo, Mister Boxing Champion? Mir geht es andersrum ganz genauso.«

Wir lachen beide, und auf dem Weg zur letzten Pommes fängt Noah meine Hand ab. »Ich bin froh, dass du so ein Faible für Pizza hast.«

»Und ich bin froh, dass du dir nie einen anderen Nebenjob gesucht hast.«

Seine Hand hält noch immer meine. Ganz ohne Druck, ganz sanft, sodass ich mich jederzeit zurückziehen könnte. Aber das will ich überhaupt nicht. Denn seine leicht raue Haut fühlt sich perfekt an. Als würde meine genau dazu passen.

Noah wendet den Blick kurz von meinem ab. »Wir haben den Sonnenuntergang verpasst.«

Auch ich sehe nach draußen. Es ist noch nicht dunkel, aber die Sonne ist offenbar schon vor einer Weile hinter dem Horizont verschwunden. Davon habe ich absolut nichts mitbekommen, weil ich nur Augen für Noah hatte.

»Dann müssen wir wohl noch mal zusammen hierherkommen, oder was meinst du?«

Seine Augen strahlen jetzt richtig. »Unbedingt. Vielleicht können wir dir dann ja auch eine Pizza besorgen.«

In diesem Moment könnte er wirklich nicht perfekter für mich sein.

***

Es ist mir schwergefallen, Noah nach Hause zu bringen. Ich habe das Gefühl, dass es zwischen uns funkt. Nicht nur ein bisschen, aber auf eine andere Art, als ich es selbst in einem Buch beschreiben würde. Ganz oft spreche ich da von der Liebe auf den ersten Blick oder einer nahezu magnetischen Anziehungskraft. Mit Noah ist es leiser, aber dadurch nicht weniger bedeutsam. Denn dieses sanfte Kribbeln ist ein wohliges. Es gibt mir eine innere Sicherheit. Ein Gefühl, welches mir sonst nur Sascha oder Emma vermitteln, wenn sie mich nicht gerade vor irgendjemandem blamiert. Es fühlt sich ein bisschen so an, wie nach Hause zu kommen. So, als müsste ich auch gar nicht aufgeregt sein, was als Nächstes passiert, weil es nur gut sein kann.

Schade ist, dass wir heute nur Händchen gehalten haben. Andererseits hat mir das totale Sicherheit gegeben. Und vielleicht kann ich mich beim zweiten Date auf einen Kuss freuen.

Wir haben viel zu lange in diesem Auto gesessen, das hat Noah zwar nicht gesagt, aber als er ausgestiegen ist, hatte er eindeutig Schmerzen. Das nächste Mal muss ich also mehr auf seine Reaktionen achten und nicht nur an seinen Lippen hängen wie ein Verrückter.

In Gedanken versunken, brauche ich drei Anläufe, um Emmas Wagen einzuparken. Sie wird mich dafür hassen, dass ich mit einem Rad nur halb auf dem Bordstein stehe, aber ich lasse es jetzt so. Damit ich mir den Wagen weiterhin ausleihen darf, muss ich an meinen Backkünsten feilen.

Ich schließe den Wagen ab und nutze meinen Zweitschlüssel, um ins Wohnhaus und in der ersten Etage in die Wohnung von Emma und ihrer Schwester Anna zu kommen. Dort stoße ich auf eine vollkommen andere Szenerie, als ich erwartet habe.

Normalerweise herrscht im Flur immer ein großes Durcheinander an Schuhen, Klamotten und Möbeln, die Anna auf dem Sperrmüll findet und aufpolieren will, was Emma wahnsinnig macht, aber jetzt sitzen die beiden Schwestern einträchtig nebeneinander und bauen etwas zusammen, was aussieht, als würde es aus einem großen schwedischen Möbelhaus stammen.

»Hi, Phil! Schön, dich zu sehen. Ich habe vorhin veganen Shepherd's Pie gekocht, wenn du also Hunger hast, kannst du dir gern was warm machen«, sagt Anna zur Begrüßung und winkt mir mit einem Inbusschlüssel entgegen.

Emma verdreht die Augen. »Er kommt von einem Date. Ich hoffe sehr stark für Noah, dass sie da auch was gegessen und nicht nur rumgeknutscht haben.«

Erst jetzt fällt mir auf, dass die Wände gestrichen wurden. Sie haben ein gedecktes, dunkles Grün erhalten und selbst das riesige Loch in der Wand, wo einmal die Garderobe hing, die irgendwann mit sehr viel Putz aus der Wand gefallen ist, ist verschwunden.

»Was geht denn hier vor? Seit ihr hier eingezogen seid, habt ihr über die Wandfarbe gestritten ...«

Wieder verdreht Emma die Augen. Wenigstens ein Zeichen dafür, dass alles normal ist. »Wir haben ein intensives Gespräch über unsere gemeinsame Zukunft geführt. Anna hat nicht vor, hier auszuziehen und ich habe die Nase voll davon, auf einer Baustelle zu leben. Dich bei Noah und seinem schnuckeligen Mitbewohner abzuholen, hat mir die Augen geöffnet. Ich meine, die waren echt schick eingerichtet.«

Die Wohnung von Emma und Anna liegt in einem ehemaligen und stark renovierungsbedürftigen Industriegebäude. Sie hat gigantische Fenster und teilweise noch Backsteinwände, womit sie die beiden vollkommen für sich gewonnen hat. Allerdings stand in der Objektbeschreibung auch, dass die Wohnung eher etwas für Bastler sei. Sie zahlen unverschämt wenig Miete für die Wohnung, was aber nicht verwunderlich ist, immerhin gibt es nicht einmal in allen Räumen Bodenbelag. Was für Bastler auch kein Problem gewesen wäre, für zwei sich uneinige Schwestern allerdings schon.

»Wir haben sogar einen Handwerker angerufen, der uns einen neuen Wasserboiler montiert. Bald gibt es also auch länger als zehn Minuten warmes Wasser.« Anna wirkt sehr glücklich und Emma ein bisschen stolz.

Ich bin weiterhin verwirrt. »Ihr habt euch einfach so hingesetzt, nachdem Emma festgestellt hat, dass es andere schöner haben, und habt das beschlossen? Und habt dann an einem einzigen Tag mal eben Möbel gekauft und den Flur gestrichen?«

»Pft, was für ein Banause«, murmelt Emma. »Wir haben am Wochenende auch schon damit angefangen, das Bad zu renovieren. Wüsstest du, wenn du uns öfter besuchen kommen würdest.«

Ich spare mir den Kommentar, dass sie sich immer bei *mir* einnistet, weil es dort wesentlich gemütlicher ist als hier, und gehe lieber direkt ins Badezimmer. Als ich das Licht anmache, trifft mich der Schlag.

Ich habe lockere Fliesen in einem ätzenden Braunton, einen kleinen Handspiegel, der mit Klebeband und etwas Schnur über dem Waschbecken an die Wand geklebt wurde, eine nackte Glühbirne und einen modrigen Duschvorhang in Erinnerung. Und jetzt stehe ich praktisch in einem Pinterest-Pin. Sie haben die Fliesen rosa gestrichen, während die Wände so dunkel wie eine Schultafel sind. Ein imposanter Kronleuchter hängt von der Decke und es gibt sowohl einen Spiegel als auch diverse geschmackvolle Badschränke. Und die Duschabtrennung an der Badewanne ist aus Glas.

Dieses Badezimmer hier ist eindeutig ein Hilferuf.

Kapitel 10

Emma weiß, dass ich es weiß, das sehe ich deutlich daran, wie sie ohne aufzusehen an ihrer Kommode herumschraubt und jede Situation verhindert, in der ihre Schwester kurz aus dem Raum gehen will und wir beide allein wären, um zu reden. Es ist mehr als offensichtlich, und mit diesem Verhalten bestärkt sie meinen Verdacht nur noch.

Und Anna? Die freut sich, dass es in der Chaos-Wohnung ein bisschen vorangeht. Mit Sicherheit hat Emma ihr nicht erzählt, dass sie gerade wegen eines Kerls so aufgekratzt ist.

»Und Phil? Wie war euer erstes Date?«, fragt sie beiläufig, als wäre das hier eine ganz normale Unterhaltung.

Ich seufze und verschränke die Arme vor der Brust. »Es war wirklich sehr schön, aber wenn du die schmutzigen Details erfahren willst, gehen wir besser in dein Zimmer.«

»Hey!«, ruft Anna, die gerade dabei ist, einen weiteren der riesigen Kartons zu öffnen. »Ich will die schmutzigen Details auch hören. Ich habe jedes deiner Bücher gelesen und weiß, wie das abläuft. Es gibt also überhaupt keinen Grund, dich zu zieren, Phil.«

Warum muss sie nur so nett sein? Und so naiv?

Emma grinst nämlich so siegessicher, dabei will ich ihr doch eigentlich nur helfen, verdammt. Wir sind doch beste Freunde, sie ist immer für mich da. Warum nur will sie zwanghaft so verflucht tough sein?

»Es gibt keine. Wir haben Händchen gehalten, sonst ist nichts passiert.«

»Wie langweilig ...«, murmelt Emma und schraubt immer noch an derselben Schraube herum.

Mir reißt gleich der Geduldsfaden. »Emma, kann ich bitte ganz kurz mit dir allein reden? Ich hab da ein Problem und würde es ungern hier vor deiner Schwester auf den Tisch bringen.«

Ha!

Emmas Blick verwandelt sich sofort in den eines scheuen Rehs, welches perplex in die Autoscheinwerfer starrt. Sie weiß eigentlich, dass ich es ihr niemals antun würde, einfach so etwas Vertrauliches auszuplaudern, aber diese ganze Sache rund um das Paket scheint sie zu verunsichern.

Jetzt kann sie vielleicht nachvollziehen, wie ich mich sonst immer fühle, wenn sie mich in eine unangenehme Lage schubst.

Meine beste Freundin steht auf, wischt sich die Hände an der Jeans ab und sieht mich böse an. »Dann komm halt mit!«

Umständlich steige ich über die Kommodenteile und folge ihr in ihr Zimmer. Wie immer scheint ein indirektes, gemütliches Licht und ich werfe mich direkt in ihr kuschliges Bett voller Kissen.

»Phil, es ist nichts. Wirklich. Ich will doch nur renovieren.«

Ich hebe eine Augenbraue und sehe sie abwartend an. Es wäre okay, wenn sie mir sagen würde, dass sie noch nicht darüber reden will, damit könnte ich leben. Aber sie soll mir keinen Quark erzählen.

Und das ist ihr offensichtlich klar, denn sie lässt sich neben mich in die Kissen fallen und zieht seufzend die Decke über ihren Kopf. »Das Paket ist laut Sendungsverfolgung angekommen.«

»Was?!« Ich weiß gerade nicht, was mich mehr irritiert: Die Tatsache, dass ein Paket bis nach Norwegen nur so wenige Tage unterwegs ist, oder aber, dass es einen Postboten gibt, der sich durch Schnee und Eis kämpft, um es auszuliefern.

Bevor ich mir weiter Gedanken darüber machen kann, kommt mein Gehirn wieder aufs Wesentliche zurück: meine leidende beste Freundin.

»Und das ist so schlimm, weil?«

»Weil ich es bereue, es abgeschickt zu haben, weil ich Angst habe, dass er sich jetzt zu etwas gedrängt fühlt und vor allem, weil er sich noch nicht gemeldet hat. Das Teil ist schon seit gestern bei ihm und er hat mir nicht mal eine Nachricht geschrieben. Hat er dir geschrieben?«

Alarmiert ziehe ich mein Smartphone aus der Hosentasche. »Ehrlich gesagt, hatte ich den ganzen Tag den Flugmodus aktiv, damit mich niemand von Noah ablenkt.«

Als mein Finger über dem Display schwebt, nimmt sie mir das Handy weg. »Nicht. Ich will nicht direkt neben dir liegen, wenn du dir panische Nachrichten durchliest, wie er mich am nettesten abweisen kann.«

Ich nicke, immerhin kann ich sie gut verstehen, auch wenn ich nicht glaube, dass solche Nachrichten zu erwarten wären. Sascha macht so etwas erst mit sich selbst aus. Aber ihre Ängste sind trotzdem valide und es tut mir so leid, dass sie sich gerade so fühlt. Also stecke ich das Handy wieder weg und nehme sie stattdessen in den Arm.

Erst ist sie ganz steif, dann schmiegt sie sich fest an mich und vergräbt das Gesicht in meinem Oberteil. »Du riechst nach Pommes und Mann.«

Ein Lächeln schleicht sich auf meine Lippen, denn ich finde, das ist eigentlich eine ganz wunderbare Kombination. »Soll ich euch noch helfen, die Kommode aufzubauen, und dann hier schlafen?«

Emma sieht mich einen Moment lang überfordert an. »Das würdest du echt machen, obwohl ich so pampig zu dir war?«

»Süße, du hast dein Bad renoviert und den Flur gestrichen. Unter pampig verstehe ich dann doch noch ein bisschen was anderes.«

Wir lächeln uns an und für ein paar Sekunden sind wir wieder neun Jahre alt. Damals, als es noch keine blöden Jungs in unserem Leben gab und alles, was uns beschäftigt hat, ein Hühnerstall war, den wir im Garten bauen wollten. Wir hatten sogar den Fehler gemacht, ein Huhn bei einem Nachbarn zu entführen, obwohl wir noch nicht einmal mit dem Bauwerk begonnen hatten.

»Denkst du gerade an deinen Pizzakerl?«

»Nein, ehrlich gesagt, denke ich an Hennriette.«

Sie lacht auf. »Oje, dieses dumme Huhn hatte ich komplett vergessen.«

»Ich finde, irgendwann sollten wir den Hühnerpalast noch einmal in Angriff nehmen. Wenn du die Bude weiterhin renovierst, hat wenigstens eine von uns die nötigen Skills dafür.«

Emma vergräbt ihren Kopf wieder an meiner Brust und schlingt die Arme noch ein bisschen fester um mich. »Danke, Phili.«

***

Zum Glück bin ich selbstständig, geht es mir durch den Kopf, als ich gegen Mittag wieder in den Aufzug in meinem Wohnhaus steige. Emma, Anna und ich haben noch ziemlich lange Kommoden aufgebaut und gequatscht. Und bei einer gigantischen Portion Shepards Pie habe ich ihnen von Noah vorgeschwärmt. Erst als Annas Freund in den ersten Morgenstunden aus dem Nachtdienst gekommen ist, sind wir ins Bett gefallen. Emma hat sich wortlos von mir in den Arm nehmen lassen und war, als wir zwei Stunden später wieder aufgewacht sind, so fröhlich und voller Tatendrang wie immer. Auch wenn sie angeboten hatte, mir ein fürstliches Frühstück zu organisieren, habe ich mich lieber auf den Weg zu meiner Wohnung gemacht. Der kleine Spaziergang hat gutgetan, aber ich muss dringend noch ein paar Stunden mehr schlafen.

Doch meinem Weg ins Bett steht etwas im Weg. Oder besser gesagt: jemand.

Die Aufzugtüren gehen auf und da sehe ich Arthur vor meiner Tür stehen, der ein bisschen ertappt zusammenzuckt. In einer Hand hält er einen Pizzakarton, in der anderen eine einzelne Rose.

Ich fragte mich ernsthaft, ob ich halluziniere.

»Hi, Phil.«

Meine Halluzination kann also sprechen.

»Hi, Arthur.« Meiner Stimme ist deutlich anzuhören, wie müde ich bin. Ich klinge ein bisschen wie ein knatschiges Kleinkind.

Er tritt einen Schritt zur Seite, damit ich an meine Wohnungstür komme. »Ich hatte dir eine Nachricht geschrieben, dass ich gern noch mal mit dir reden würde. Vielleicht bei einem Mittagessen.« Seinen Worten Bedeutung verleihend, hebt er den Karton. »Warst du über Nacht weg?«

Er hat echt Glück, dass ich zu müde bin, um ihm eine Szene zu machen, denn ich finde nicht, dass ihn das irgendwas angeht, immerhin ist er derjenige mit dem aktiven Grindr-Account.

Seufzend sehe ich ihn an. »Ich weiß ehrlich gesagt nicht, ob das mit dem Reden so eine gute Idee ist. Ich bin gerade echt unheimlich müde.«

Indem ich meine Müdigkeit als Vorwand nutze, um ihn abzuweisen, fühle ich mich wenigstens nicht wie ein totaler Arsch. Jeder weiß, dass hungrige oder müde Menschen keine guten Entscheidungen treffen.

Arthur nickt, wendet den Blick kurz ab, nur um mir dann wieder fest in die Augen zu sehen. »Da hast du vermutlich recht. Also ... ich stelle dir die Pizza hierher und sage dir vielleicht einfach, was ich zu sagen habe. Dann kannst du eine Nacht darüber schlafen und dir Gedanken machen.«

Der Kerl lässt ja echt nicht locker. Also lehne ich mich gegen die Tür und sehe ihn auffordernd an.

»Es tut mir leid, wenn du den Eindruck hattest, ich würde mich nicht für dich interessieren. Ich habe die

Zeit mit dir immer sehr genossen. Sonst wäre ich ja bei den Grindr-Dates geblieben. Und ich finde es auch überhaupt nicht schlimm, wenn du Gefühle entwickelt hast. Wir können doch weiterhin unseren Spaß zusammen haben. Du hättest doch auch was davon.«

Mir klappt die Kinnlade nach unten. Das kann nicht sein Ernst sein. »Arthur, merkst du überhaupt, was du da sagst? Denn dann wüsstest du eigentlich, wohin du dir diese Scheißrose stecken kannst.«

Leicht legt er den Kopf schief und sieht mich intensiv an. So als wäre ich ein Rätsel, was er knacken müsste. Dann zuckt er mit den Schultern. »Was ist so falsch daran? Wir haben weiterhin Sex und wenn du willst, kannst du danach bei mir pennen. Wir können auch erst einen Film gucken und dann vögeln, wenn du dich damit besser fühlst.«

»Hör doch bitte einfach auf zu reden!«, unterbreche ich ihn, bevor noch mehr Bullshit aus seinem Mund purzelt. »Dir muss doch klar sein, dass ein Film vor dem Sex oder eine Übernachtung nicht alles ist, was ich will.«

»Was ist nur los mit dir, Phil? Du warst doch sonst nicht so empfindlich.« Seine Stimme hat einen deutlich frustrierten Tonfall angenommen.

Erst als er das sagt, wird mir bewusst, dass er irgendwie recht hat. Ich habe sonst immer so getan, als würde es mir nichts ausmachen, dass Arthur mir nur Krümel zugeworfen hat. Und bis vor ein paar Wochen wäre ich sicherlich fast geplatzt vor Freude, wenn er mit einer Rose vor meiner Tür gestanden und mir angeboten hätte, neben dem Sex Zeit mit mir zu verbringen.

Ein kleiner Teil meines Herzens will sich sofort wieder an diesen Strohhalm klammern, als wäre das ein Schritt in die erträumte Richtung.

Aber dann denke ich wieder an Noah und sein Lächeln. »Ich habe jemanden kennengelernt. Und der sieht mich schon nach einem einzigen Date mit mehr Wertschätzung an, als du jemals aufbringen würdest. Ich wusste, wie du bist und worauf ich mich einlasse, aber es ist auch mein gutes Recht, es abzubrechen, wenn ich merke, dass es mir nicht mehr guttut, oder?«

»Aber ich habe dir Pizza mitgebracht! Wie viel verdammte Wertschätzung willst du denn noch?« Sein Blick drückt pure Verständnislosigkeit aus.

Ich bin gerade nur entsetzlich müde. Körperlich, aber auch müde von ihm und all dem Scheiß, den ich über die letzten drei Jahre hingenommen habe. »Was ist auf der Pizza drauf?«

Irritiert sieht er mich an. »Ich dachte, jeder mag Salami-Pizza mit Extrakäse.«

»Sind es vegane Salami und veganer Käse?«

»Natürlich nicht. Wer will so was?«

Seufzend nehme ich wieder meinen Schlüssel in die Hand und schließe die Tür auf. »So viel zum Thema, du interessierst dich für mich. Wir vögeln seit drei Jahren miteinander, leben Tür an Tür, aber wir sind noch nie in die Situation gekommen, etwas miteinander zu essen, sonst wüsstest du, dass ich Veganer bin.«

Ich öffne die Tür und trete in meine Wohnung.

Er besitzt die Dreistigkeit, sich ebenfalls durch die Tür schieben zu wollen. »Dann lass mich eine Neue bestellen. Das ist doch jetzt nichts, was unserem Sex im Weg stehen sollte.«

»Muss ich es mir noch auf die Stirn tätowieren? Für mich ist es mehr als Sex und ich möchte mich nicht mehr selbst damit verletzen, indem ich mich auf dich einlasse.« Seufzend hole ich Luft. »Hör zu, du musst dich nicht für mich ändern, aber ich mich auch nicht für dich.«

Arthur dreht sich fluchend um und stürmt zu seiner Tür. »Da soll mal jemand verstehen, was du überhaupt willst!« Er verschwindet in seiner Wohnung und knallt die Tür hinter sich zu.

Dieses Gespräch war furchtbar. Eigentlich sollte ich mich nicht wundern, denn ich habe ihn drei Jahre lang darin bestärkt, dass alles okay ist und er ruhig so mit mir umgehen kann. Ihm kann ich keinen Vorwurf machen, weder dafür, dass ich mich verknallt habe, noch dafür, dass er eben nur was Körperliches anstrebt.

Doch nach dieser Aktion gerade frage ich mich wirklich, wieso ich überhaupt in ihn verknallt bin. Denn realistisch betrachtet weiß ich überhaupt nichts über ihn. Ich kenne ihn viel zu wenig, um mich in ihn zu verlieben. Und trotzdem tut es in mir drin weh, weil ich diese Sache endgültig beendet habe.

Immer wieder muss ich an einzelne Erlebnisse mit ihm denken, auch wenn die sich ausschließlich im Schlafzimmer abgespielt haben. Ich weiß, dass ich seine Stimme vermissen werde, die eigentlich perfekt wäre, um Hörbücher einzusprechen. Das Gefühl seiner Haare unter meinen Fingern. Und ...

Scheiße. Es tut wirklich ziemlich weh. So sehr, dass ich spüre, wie sich ein paar Tränen einen Weg über meine Wangen bahnen. Es waren immerhin drei Jahre, die ich mich irgendwie an ihm festgehalten habe.

Gehofft habe, dass er erkennt, wie großartig ich bin, und er meine Gefühle erwidert. So wie es in den Filmen passiert oder sogar in den Büchern, die ich schreibe.

Seufzend schlurfe ich in mein Schlafzimmer und werfe mich in Straßenklamotten auf mein Bett, wickle mich in meine Decke ein. Ist doch scheiße, dass Liebeskummer so funktioniert.

Ich hoffe ein bisschen, dass Arthur jetzt seine Pizza selbst isst und sich den Rest des Tages darüber ärgert, dass es von nun an nicht mehr so bequem und einfach sein wird, bevor er auf Grindr wieder auf die Jagd gehen wird.

Mein Handy piept und ich fische es umständlich aus meiner Hosentasche und dem Bettdecken-Burrito, in dem ich kaum Bewegungsfreiheit, dafür aber kuschlige Wärme habe.

Als hätte er es geahnt, dass etwas nicht stimmt, hat Noah mir eine Nachricht geschrieben.

Noah:
Es war schön gestern, aber ich bereue immer noch, dass ich nicht gefragt habe, ob ich dich küssen darf.

Auch wenn ich gerade echt ein bisschen Schmerzen in Bauch und Brust habe, spüre ich genau da auch wieder dieses Kribbeln, was er schon gestern in mir ausgelöst hat. Ich will ihm nah sein, seinen Atem warm auf meiner Haut spüren, in den goldenen Sprenkeln seiner Augen versinken, bis sie sich schließen und ich dann sanft seine Lippen auf meinen spüren könnte. Diese Vorstellung verdrängt den Schmerz für ein paar Sekunden komplett.

Allein wie er diese Nachricht formuliert, macht den Gedanken an ihn noch schöner, denn bei Noah ist

Konsens offenbar eine Priorität. Er hätte gefragt und ich, der jahrelang wahllos von irgendwelchen Kerlen geküsst wurde, wäre in diesem Moment sicherlich geschmolzen. Tue ich bereits jetzt.

Ich lasse das Handy sinken und schiebe meinen Arm wieder unter die Decke. Ich werde dieses ekelhaft schmerzende Ziehen in meinem Körper ausschlafen und dann versuchen, diese Erfahrung mit Arthur als genau das abzuhaken: eine Erfahrung. Dank ihm weiß ich zumindest, dass ich absolut nicht für diese Art von Arrangements gemacht bin.

Einen Mann wie Noah kennenzulernen, der höflich ist, nett, klug, genauso introvertiert wie ich und dazu noch absolut heiß, grenzt auf dem Dating-Markt an ein Wunder. Also sollte ich mir nicht den Kopf über Dinge zerbrechen, die mir nicht gutgetan haben und von Anfang an ein Ablaufdatum hatten, sondern mich lieber darauf konzentrieren, dass dieser Kuss auch tatsächlich stattfinden wird.

***

Draußen ist es bereits dunkel, als ich mit knurrendem Magen und einem sehr pelzigen Geschmack im Mund aufwache. Ich kämpfe mich aus meinem Decken-Burrito und gehe ins Bad, um mir die Zähne zu putzen und mich aus den Klamotten zu schälen. Dieses Oberteil hat ein Date, Emmas Tränen, eine Trennung und die Regeneration meines Körpers über viele Stunden hinweg miterlebt – damit möchte ich gerade nichts mehr zu tun haben, obwohl es meiner Augenfarbe sehr schmeichelt.

Stattdessen wähle ich ein Kleidungsstück, was alles andere als schmeichelhaft, dafür aber meinem Gemütszustand angemessen ist: einen Overall mit Giraffenmuster. Perfekt für Gelegenheiten wie jetzt. Denn ich bin immer noch müde und hungrig, und spüre noch immer dieses unbestimmte Ziehen in meinen Eingeweiden, wenn ich kurz daran denke, was mit Arthur passiert ist. Und gleichzeitig ist da auch diese Vorfreude, sobald ich an Noah denke. Neben all den Männern, an die ich geraten bin, ist Noah wie ein Einhorn. Deshalb kann ich es immer noch nicht so ganz glauben, dass das alles wirklich passiert.

Aber als ich mein Handy schließlich aus meiner Bettdecke ziehe, ist da immer noch die Nachricht von ihm. Dieses Einhorn existiert also tatsächlich. Sogar in doppelter Ausführung, wenn ich Hank mitzähle.

Das können wir ja beim nächsten Mal nachholen.

Keine Ahnung, ob das eine gute Antwort ist. Im Flirten in Textform bin ich leider genauso unbeholfen wie im echten Leben, und da ist Noah ein realer Mensch. Wäre das hier ein Dokument auf meinem Laptop, hätte ich sicherlich absolut kein Problem.

Ich schleppe mich in meine Küche und schiebe mir ein paar Waffeln in den Toaster. Es gab auch eine Banane, aber ich habe mich für die gesündere Alternative entschieden.

Zumindest gesünder für meinen aktuellen Gemütszustand.

Während ich mit dem Puderzucker bereitstehe und auf meine Waffeln warte, muss ich schon wieder an

Noah denken. Mir wird bewusst, dass ich es kaum erwarten kann, ihn wiederzusehen. Also nicht nur wegen des Kusses, der uns hoffentlich bevorsteht, sondern auch, weil ich das Gefühl habe, dass mir seine Nähe wirklich gutgetan hat. Die Zeit mit ihm war schön und im Gegensatz zu sonst, wenn ich mit anderen Menschen Zeit verbringe, hatte ich das Gefühl, danach voller Energie gewesen zu sein.

Normalerweise brauche ich nach einem Treffen mit Freunden, egal wie gern ich diese habe, erst einmal eine Pause, um meine Akkus wieder aufzuladen. Aber mit Noah war das anders.

Also nehme ich erneut mein Smartphone zur Hand und schreibe ihm direkt eine weitere Nachricht – auch wenn ich ein bisschen Angst habe, zu aufdringlich zu sein.

Hast du vielleicht Lust, heute Abend einen grottenschlechten Film zusammen zu gucken? Ich würde auch zu dir kommen, um dein Knie ein wenig zu schonen.

Nachrichten von Noah

Kadir:
Alter, ich bin in der Bibliothek! Wenn du also nicht gerade gestürzt bist, hör bitte auf, mich ständig anzurufen.

Noah:
Was für ein schlechtes Gewissen du hättest, wenn ich dir jetzt schreibe, dass ich wirklich gestürzt bin und nicht mehr hochkomme.

Kadir:
...

Noah:
Okay, pass auf. Ich bin in Panik.
Phil will sich mit mir treffen.

Kadir:
Wir müssen echt mal darüber reden, was Panik und Notfall wirklich bedeuten.
Ist doch schön, dass er dich wiedersehen will.

Noah:
Heute noch.

Er hat gefragt, ob wir zusammen einen Film gucken
wollen.

Kadir:
Was genau ist das Problem dabei?
Mehr als einen Film gucken, kann man mit dir gerade
eh nicht.

Noah:
Aber mein Zimmer ist ein Schlachtfeld.
Wenn du nicht da bist, lebe ich buchstäblich im Chaos,
lese einen New Adult Roman nach dem anderen, erwei-
tere mein unrealistisches Bild von Liebe und esse halb-
stündlich eine Instant-Nudelsuppe.

Kadir:
Er braucht doch eine Weile zu dir. Bis dahin kannst du
alles noch in die Schränke stopfen.
Na ja, außer die Suppenschüsseln, die vergisst du sonst
im Schrank.
Mach nicht so ein Drama aus allem.
Der Kerl hat dich offensichtlich gern, also reiß dich mal
ein bisschen zusammen.

Noah:
...

Kadir:
Oder ist er gar nicht so toll, wie du erwartet hast?
Ich meine, nach drei Jahren, in denen du ihn angehim-
melt hast, kann es ja auch sein, dass dein Fantasie-Phil
überhaupt nicht mit dem Realitäts-Phil übereinstimmt.

Noah:
Das ist nicht das Problem.
Also der Realitäts-Phil ist ehrlich gesagt noch cooler und süßer und ...
Ich wills nicht vermasseln.

Kadir:
Dann lass ihn doch an deinen Unsicherheiten teilhaben. Wenn er wirklich so cool ist, wird er das nicht schlimm finden.
Aber kehr ihn jetzt nicht gleich aus deinem Leben, nur weil du unsicher bist.
Und unrasiert.

Noah:
Manchmal hasse ich es, wie gut du mich kennst.

Kadir:
Aber die Suppenschüsseln müssen unbedingt in den Geschirrspüler, da hilft auch kein Mitleid.

***

Phil:
Hast du vielleicht Lust, heute Abend noch einen grottenschlechten Film zusammen zu gucken? Ich würde auch zu dir kommen, um dein Knie ein wenig zu schonen.

Noah:
Ja, habe ich. Aber ich muss dich vorwarnen: Mein

Zimmer befindet sich gerade nicht in einem präsentablen Zustand.
Und ich auch nicht.

Phil*:*
Dann passe ich mich dem eben einfach an.

Noah*:*
Was genau soll das bedeuten?

Phil*:*
Es bedeutet, dass ich sehr böse auf dich werde, wenn du nicht mindestens in Jogginghose oder Pyjama die Tür aufmachst, weil ich mich dann nämlich in Grund und Boden schämen werde und dir niemals wieder unter die Augen treten kann.
Du kannst ja so lange mal googeln, was ein Kigurumi ist.
Ich fahre jetzt los. <3

Kapitel 11

Ich kann nicht fassen, dass ich das wirklich tue, aber als ich bei Noah an der Tür klingle, habe ich noch immer meinen Giraffenanzug an. Ich hoffe inständig, dass sein Mitbewohner entweder nicht da ist oder zumindest nicht an die Tür kommt.

Es reicht schon, wenn ich darüber nachdenke, dass ich in diesem Ding Auto gefahren bin. Was, wenn ich einen Unfall oder eine Panne gehabt hätte? Nein, das möchte ich mir wirklich nicht vorstellen, das führt sonst nur zu sehr vielen schlaflosen Nächten.

Der Summer ertönt und ich drücke mir beide Daumen, dass mir jetzt kein Nachbar entgegenkommt, denn ich setze auch noch die alberne Kapuze mit dem Giraffenkopf auf. Ich weiß, wie es ist, wenn man krank ist oder schlecht drauf, und sich dann selbst Chancen verbaut, nur weil man denkt, nicht zu genügen.

Mir ist aber gerade egal, wie Noah oder sein Zimmer aussehen, ich will Zeit mit ihm verbringen.

Und wenn er mich in meinem jetzigen Aufzug immer noch küssen will, ist er ein Sechser im Lotto.

Auf der Treppe sehe ich ihn schon in der Tür stehen und kann beobachten, wie sein Lächeln ein bisschen breiter wird.

Natürlich sieht er toll aus. Die Bartstoppeln sind ein bisschen länger, die Haare nicht gestylt und er trägt tatsächlich eine ziemlich flauschig aussehende Schlafanzughose und ein schlichtes, viel zu großes, graues Shirt, dessen Aufdruck schon ziemlich ausgewaschen ist. Er sieht zum Anbeißen aus.

Ich dagegen einfach nur lächerlich.

»Hey. Schön, dass du hier bist.«

Ich trete ein und bleibe einen Moment unsicher vor ihm stehen. Wie begrüßt man sich jetzt? Auch Noah steht nur da. Damit gibt er mir das Gefühl, nichts falsch machen zu können, und ich fühle mich sofort wieder so wohl bei ihm, dass ich ihm nur nah sein will. Schließlich gehe ich einen Schritt auf ihn zu, wir umarmen uns und ich gebe ihm einen ganz leichten Kuss auf die raue Wange.

Wieder sieht er mich an, mustert mich von oben bis unten und lächelt dabei. »Wow, ich weiß echt nicht, was ich sagen soll, außer, dass ich auch so ein Teil haben will.«

Damit bringt er mich zum Lachen. »Stell dir bitte mal vor, dass ich damit einen Reifen hätte wechseln müssen. Ich bin so langsam gefahren, dass ich ein bisschen Angst habe, wegen Behinderung des Verkehrs geblitzt worden zu sein.«

»Na ja, das ist auch gut so, denn so konnte ich das gröbste Chaos beseitigen. Du hast ein Pizzaproblem, ich eins, was Instant-Suppen angeht.«

Ich hebe eine Augenbraue. »Wie viele musst du bei der Größe davon essen, um satt zu werden?«

Er dirigiert mich sanft in Richtung seines Zimmers. »Geh bloß nicht in die Küche. Ich bin nämlich noch nicht bereit, dass du das herausfindest.«

Wie schon bei meinem letzten Besuch ist es warm und gemütlich in dem Zimmer. Eine Lichterkette hinter dem Bett taucht alles in ein sanftes, indirektes Licht und er hat sogar jede Menge Kissen an die Wand neben dem Bett gelehnt, damit wir wie auf einer Couch sitzen können. Auf dem Fernseher flimmert bereits das Menü eines Streaming-Dienstes und auf dem Beistelltisch neben dem Bett stehen Gläser und verschiedene Getränke.

»Also wenn das hier«, bedeutend zeige ich auf den Raum und auch auf ihn, »der nicht präsentable Zustand ist, komme ich sehr gut damit klar. Bei mir würde das anders aussehen.«

Er lächelt mich an und bewegt sich mit seinen Unterarmstützen geschickt zum Bett, um sich darauf fallen zu lassen. »Bei anderen lege ich da nicht sehr viel Wert drauf. Meistens fällt mir das, was andere als Unordnung bezeichnen, überhaupt nicht auf. Ich wollte bei dir wohl nur einen guten Eindruck machen.«

»Geht mir genauso, deshalb habe ich mich extra in Schale geworfen.« Mit so viel Grazie wie möglich drehe ich mich einmal im Kreis und spüre, wie der Giraffenschweif hin- und herschwingt.

Noah lacht und klopft neben sich auf die Matratze. »Ich glaube, es gibt keinen anderen Menschen auf der Welt, der einen plüschigen Giraffenanzug mit so viel Selbstbewusstsein tragen könnte.«

Ich setze mich zu ihm und fühle mich auf eine Art geschmeichelt, die ich so gar nicht kenne.

Sicherlich gibt es nicht viele Menschen auf der Welt, zu denen man beim zweiten Date in einer Ganzkörper-Giraffe erscheinen kann, aber ich habe einen dieser

Menschen gefunden. Statt also weiter darüber nachzudenken, nehme ich seine Worte einfach an und merke,
wie wohl ich mich fühle.

»Danke, dass ich bei dir so sein kann.«

Er sieht mich ein bisschen ernster an. »Dafür solltest
du dich niemals bedanken müssen. Du bist wunderbar,
so wie du bist.«

Ganz zaghaft rutsche ich ein kleines Stückchen näher
zu Noah und lege meinen Kopf auf seiner Schulter ab.
Und er legt spürbar vorsichtig seinen Arm um meine
Schultern, um dann mit einer Hand durch die Filmauswahl zu scrollen.

Das ist das beste zweite Date auf der ganzen Welt.

***

Wir haben uns für einen Film mit dem Titel *The Di-
nosaur Project* entschieden und mussten feststellen,
dass das überhaupt kein Trash, sondern ein richtig guter Film ist. Entsprechend verfolgen wir auch beide
ziemlich gebannt, was da auf dem Bildschirm passiert.
Allerdings sind wir durchaus ein bisschen näher anei-
nandergerückt. Meine Beine liegen quer über seinen
Oberschenkeln, einen Arm habe ich um seinen Bauch
gelegt, um mich besser an seine Seite schmiegen zu
können.

Er hat einen Arm weiterhin um meine Schultern gelegt, die andere Hand krault sanft meinen Unterschenkel. Ich kann mich kaum auf den Film konzentrieren,
so himmlisch fühlt sich diese sanfte Berührung an.
Mein ganzes Bein kribbelt.

Und so liege ich nur neben ihm und genieße es.

Immer wird von Schmetterlingen im Bauch und dem großen Kribbeln geredet, ich selbst habe das in meinen Büchern so beschrieben, aber jetzt in diesem Moment kann ich mir nichts Schöneres vorstellen als diese Ruhe, die sich wie eine Decke über mich legt.

Das ist eine ganz andere Art, sich näherzukommen und für mich in diesem Moment genau die Richtige.

»Schläfst du ein?«, fragt Noah leise nach, holt mich damit zurück aus meinen Gedanken.

Ich schüttle den Kopf und sehe zu ihm auf. »Nein, ich finde es gerade einfach schön, dass bei dir alles so ruhig ist.«

Er verzieht leicht das Gesicht. »Andere würden das vermutlich langweilig nennen und kein drittes Date mehr wollen. Und eine ordentliche Liebesgeschichte kannst du daraus auch nicht machen.«

»Warum eigentlich nicht? Warum muss es immer nervenaufreibend sein? Oder immer irgendetwas Lebensveränderndes passieren? Darf sich der Held nicht einfach nur verlieben? Ganz langsam und mit einem Gefühl von Sicherheit?«

Noah rückt ein Stück von mir ab. »Ich mache die literarischen Regeln nicht, aber vielleicht hast du recht. Denn wenn das alles vorbei ist, was in diesen Geschichten passiert, wie kommen die dann miteinander klar, wenn mal absolut gar nichts passiert? Wenn einer von beiden zum Beispiel ein furchtbarer Langweiler ist und nur den ganzen Tag lang zockt?«

Ein wenig richte ich mich auf. Jetzt sind wir uns verdammt nah und da ist tatsächlich auch ein Kribbeln in mir, aber eins, was nichts mit Aufregung zu tun hat.

Es ist Vorfreude.

»Darf ich dich küssen?«

Er lächelt mich an. »Nachdem ich dir gerade indirekt gesagt habe, dass ich ein Langweiler bin?«

Meine Mundwinkel ziehen sich weiter nach oben und mein Herz fühlt sich ganz leicht an. »Mir fällt kein besserer Moment ein.«

Statt meinen seltsamen Geschmack, was passende Momente angeht, zu hinterfragen, legt sich seine rechte Hand an meine Wange, ganz sanft, ohne jeglichen Druck. Unsere Gesichter nähern sich noch ein paar Zentimeter mehr an.

Ich überwinde den letzten Abstand zwischen uns, sein Daumen streichelt zärtlich über meinen Wangenknochen und unsere Lippen finden sich zu dem Hauch eines Kusses.

Dann kommt auch Noah mir noch ein Stück mehr entgegen. Seine Lippen liegen auf meinen, sanft, aber bestimmt bewegen sie sich gegen meine. Seine Bartstoppeln kitzeln an meinen Wangen und meine Hände wandern ganz automatisch ebenfalls an Noahs Gesicht, nur um sicherzugehen, dass er sich so schnell nicht von mir lösen wird.

Bei dem Wunsch, den Kuss zu intensivieren, berühren sich unsere Zungen auf halbem Weg zu den Lippen des jeweils anderen. Ich spüre sein Lächeln an meinen Lippen, dann lasse ich die Zunge in seinen Mund wandern und seufze auf.

Wir sind so zaghaft und zart zueinander, aber nicht auf eine peinliche oder unerfahrene Art, sondern auf eine rücksichtsvolle. Alles an diesem Kuss ist voller Sicherheit und Achtung, und mir schwirrt der Kopf von seinem Geschmack und der Tatsache, dass ich ihm beim zweiten Date schon so wichtig zu sein scheine.

Denn Noah nimmt jede meiner Reaktionen auf, geht auf mich ein, kommt mir entgegen.

Es ist der schönste erste Kuss, den ich jemals hatte.

Ich fühle mich so frei mit ihm, so wohl, so leicht. Als wäre alles möglich, wenn wir uns nur lange genug küssen würden.

Dieser erste Kuss geht in einen zweiten über, direkt in einen dritten und irgendwann höre ich auf zu zählen.

Ich sitze halb auf seinem Schoß, krieche nahezu in ihn hinein, weil er so wunderbar warm ist. Seine Arme halten mich dabei fest, ohne mich festzuhalten. Nur ganz kurz lösen wir uns dann und wann voneinander, um nach Luft zu schnappen und einen Blick in die Augen des jeweils anderen zu werfen. Und dann wird diese Anziehung wieder stärker und ich muss ihn so dringend küssen, als wäre es ein körperliches Bedürfnis.

Irgendwo weit von uns entfernt höre ich ein Poltern, aber das ist mir genauso egal wie der Film, den wir verpassen. Denn alles, worauf sich mein ganzes Denken beschränkt, sind Noah und der nächste Kuss.

Aber dann durchbricht ein weiteres Poltern die Stille, gemeinsam mit der Stimme von Noahs Mitbewohner.

»Und? Hattest du einen schönen Abend mit ... ah, es tut mir so leid.«

Erschrocken lösen wir uns ein paar Zentimeter voneinander und sehen zu Kadir. Der schlägt die Tür sofort zu.

Noah stöhnt genervt, während ich lachend den Kopf an seiner Schulter ablege.

»Das ist gerade ein bisschen so, als hätte uns ein Elternteil beim Knutschen erwischt.«

Ich lache auf und rücke meine Kapuze zurecht. »Nur peinlicher. Ich meine, was muss er jetzt von mir und vor allem von deinem Männergeschmack denken. Du küsst Kerle in Tieranzügen.«

Noah sieht mich an und sein Blick ist wieder genauso verträumt wie während den kurzen Pausen zwischen unseren Küssen. »Wer dich nicht in diesem Giraffenteil küssen will, der hat dich auch in keiner anderen Form und Erscheinung verdient.«

»Verdammt, warum sagst du nur so süße Sachen?«

Ohne ihn weiter zu Wort kommen zu lassen, küsse ich ihn wieder. Soll Kadir von mir aus denken, was er will. Alles, was *ich* gerade will, ist wieder zurückzukehren in diese wunderbare Blase aus Nähe und ehrlicher Zuneigung.

Da, wo es nur Noah und mich gibt und nichts anderes zählt.

***

Es ist kurz nach drei, als ich mich auf Beinen, die aus Pudding zu bestehen scheinen, wieder auf den Nachhauseweg mache. Ich hatte mich nicht getraut, zu fragen, ob ich nicht bleiben kann. Das wäre mir nicht richtig vorgekommen, schließlich wollte ich nichts überstürzen.

Nachdem Kadir ins Zimmer geplatzt war, sind wir in eine liegende Position gerutscht und haben da weitergemacht, wo wir unterbrochen wurden.

Noah hat mich süchtig nach seinen Lippen gemacht, hat mir immer und immer wieder das Gefühl gegeben, richtig und kostbar zu sein, und das nur mit Küssen und ganz unschuldigen Berührungen.

Aus der Sorge heraus, diese Atmosphäre mit falschen Erwartungen zu füllen, habe ich mich nicht getraut, zu fragen, ob ich bleiben kann. Es war nämlich auf eine so entspannte und respektvolle Art intim, ohne in eine sexuelle Richtung zu gehen, dass ich es so beibehalten und nicht den Eindruck erwecken wollte, es müsste zwingend mehr zwischen uns passieren. Denn ich habe gespürt, dass er hart geworden ist. Aber weder er noch ich haben ein Thema daraus gemacht. Küssen war in diesem Moment wichtiger als alles andere. Und na ja, meine Erfahrungen in den letzten drei Jahren waren da leider ein wenig anders.

Noah ist ein Gentleman, aber auf eine Art, die trotzdem irgendwie sexy ist. Wenn ich stundenlang mit ihm knutschen kann, ohne mehr zu wollen, weil das allein schon so schön und aufregend ist, kann jeder weitere Schritt, den wir gemeinsam gehen, doch eigentlich nur genial werden.

Das Lächeln auf meinen Lippen, was ich ihm bei der Verabschiedung geschenkt habe, trage ich auch noch auf den Lippen, als ich in den Aufzug steige. Beim Aussteigen fällt mein Blick direkt auf Arthurs Tür, aber irgendwie fühle ich mich dabei zum ersten Mal seit Langem nicht wehmütig. Und das, obwohl ich ihn erst vor ein paar Stunden so richtig habe abblitzen lassen. Ich weiß, dass es etwas Besseres für mich gibt. Etwas, was mich wirklich zum Lächeln bringt und mir ein Gefühl von so viel Frieden vermittelt, wie ich vielleicht zum letzten Mal als Kind gespürt habe.

Noah hat es mir gezeigt.

Und ich glaube, dass ich noch sehr viel mehr von ihm
lernen kann.

Kapitel 12

Die Frage, ob ich mich mal wieder viel zu schnell in jemanden verknalle, steht definitiv im Raum, als ich am nächsten Tag, direkt nach einer langen Schreibeinheit, in der ich das schnulzigste Zeug aller Zeiten niedergeschrieben habe, ein Sportvideo auf meinem Tablet öffne.

Keine Ahnung, woher der Impuls kam, aber ich habe den Eindruck, dass Sport sehr wichtig für Noah ist und ich ihm dadurch, indem ich selbst ein bisschen sportlicher werde, näher wäre. In den letzten Jahren hatte ich immer nur dann eine sportliche Phase, wenn ich neu mit einem Kerl zusammengekommen war und ich ihm gerecht werden wollte. Anders ausgedrückt: Es war purer Selbsthass, der durch gewisse Verhaltensweisen des Kerls ausgelöst wurde. Ich weiß gar nicht mehr, wie oft ich mich bei verschiedenen Fitnessstudios angemeldet habe, nur um nach drei Versuchen, eine sportliche Person zu werden, wieder aufzugeben. Dann war nämlich meist schon wieder Schluss. Mit dem Typen und der Probezeit des Fitnessstudios.

Aber jetzt ist das irgendwie anders. Der Antrieb rührt dieses Mal definitiv nicht von der Angst her, Noah könnte mich bald nackt sehen.

Ich habe nämlich keine Angst davor. Mal abgesehen davon, dass ich mich nicht beschweren kann, weil ich zwar nicht besonders muskulös, aber mit diesem Ich-kann-alles-essen-was-ich-will-und-nehme-nicht-zu-Gen gesegnet bin, weiß ich, dass Noah definitiv kein Kerl ist, der mir von den Bauchmuskeln seines Ex-Freundes vorschwärmt.

Das heißt, der Antrieb, der mich jetzt wieder in die Hände des Sports treibt, ist Verknalltheit. Ich will mich heute nicht wieder selbst bei ihm einladen, deshalb versuche ich, ihm anderweitig nah zu sein. Und nach einem fünfzehn Minuten langen Video mit dem Titel *Killer Core* werde ich ihm bestimmt gedanklich näherkommen, denn er würde so was packen, ohne sich im Anschluss seufzend über den Boden zu rollen.

Sport und ich sind eigentlich kein Match. Pizza und ich, ja, aber Sport ... es wird nicht gut für mich enden.

Noch nicht ganz von meinem Vorhaben überzeugt, breite ich die Yogamatte aus, die Emma mir irgendwann mal zu Weihnachten geschenkt hatte. Das Einzige, was ich regelmäßig mit der Matte mache, ist, sie abzustauben.

Aber jetzt, jetzt wird sie eine neue Bestimmung erhalten. Denn ich habe dazugelernt und werde, statt mich wieder in eine hormonbedingte dreijährige Mitgliedschaft zu stürzen, es jetzt mit Home-Work-outs probieren.

Das Video startet und schon bei den ersten Squats merke ich, in welch desolatem Zustand mein Körper ist. Bis Noah davon irgendwas zu sehen bekommen würde, müssten Jahre vergehen, wenn ich wirklich ein paar Muskeln aufweisen möchte.

Noch bevor ich an den Liegestützen scheitern kann, bin ich froh, als mein Handy laut klingelt. Es ist ein Videoanruf von Sascha.

Jetzt wird es interessant.

»Hey, Brüderchen!«

Er mustert mich durchdringend. »Hast du eine Zeitreise in die Achtziger gemacht?«

Das ist wohl eine Anspielung auf mein Stirnband. »Nein, du Banause, ich mache Sport und wenn ich so was mache, dann richtig.«

Mein Bruder betrachtet mich weiterhin kritisch.

»Was?«

»Zum einen habe ich ein bisschen Angst, was es zu bedeuten hat, dass du wieder Sport machst, immerhin hat sich das überhaupt nicht angekündigt. Und zum anderen frage ich mich, wie viele Menschen diesen Aufzug als die *richtige* Art Sport zu machen, bezeichnen würden.«

Gerade will ich ansetzen, mein Outfit zu verteidigen, immerhin ist es eine Symbiose aus Form und Funktion – sonst würden ja meine Haare schwitzig werden und mir an der Stirn kleben, igitt! –, aber da seufzt Sascha bereits auf.

»Was hat Arthur wieder gemacht?«

Es ist irritierend und auch ein wenig peinlich, wie gut mich mein Bruder kennt.

Aber zum Glück ist er auf dem Holzweg.

»Arthur hat gar nichts gemacht. Und bevor du denkst, ich verteidige ihn wieder: Er wird auch nichts mehr machen. Ich habe das Arrangement beendet.«

Saschas Augen werden groß und er starrt nur. So intensiv, dass ich für einen kurzen Moment denke, das Bild sei eingefroren.

»Sascha?«

»Entschuldige bitte, aber ich habe mich gerade vermutlich verhört. Du hast Arthur abgeschossen?! Nimm mir das nicht übel, Phil, aber in dieser Hinsicht bist du ein hoffnungsloser Fall.«

Am liebsten würde ich mich jetzt beschweren, aber leider habe ich keinerlei recht dazu. Ich war bislang tatsächlich ein hoffnungsloser Fall, besonders, wenn es um Arthur ging. Aber ich bin auch auf dem Weg der Besserung. Betreten schaue ich auf den Boden. »Keine Ahnung. Noah und ich hatten jetzt schon zwei Dates und es war richtig schön, weißt du? Irgendwie ist mir im direkten Vergleich so richtig deutlich geworden, dass Arthur wirklich ein Arsch ist und dass das zwischen uns definitiv aussichtslos ist.«

Mein Bruder starrt mich noch immer an, als spräche er mit einem Außerirdischen.

Also hole ich tief Luft, um ihm alles von vorn zu erzählen.

***

Sascha hört mir aufmerksam zu, bekommt einen ziemlich starken Lachanfall, nachdem er alles über den Flirt-Unfall mit Noah erfahren hat, und wird dann wieder ganz ruhig, als ich ihm beschreibe, dass Arthurs Verhalten mir plötzlich sauer aufgestoßen ist.

»Keine Ahnung, ich habe zum ersten Mal das gesehen, was ihr alle seht: Ich mache mir was vor. Arthur wird sich nicht ändern und das muss er auch nicht. Er ist glücklich, aber wenn ich es nicht bin, muss ich für mich etwas ändern. Es ist beinah so, als hätte Noah den Filter ausgeschaltet, den ich sonst über Arthur liegen hatte.«

Sascha schüttelt den Kopf. »Wow. Echt, Brüderchen, ich platze gerade ein wenig vor Stolz. Da stand der Kerl mit einer Rose vor der Tür und du hast ihn abblitzen lassen. Das hättest du vor drei Wochen noch nicht so leicht gekonnt.«

Überfordert zucke ich mit den Schultern. Den gleichen Gedanken hatte ich auch schon Hunderte Male. »Ich weiß auch nicht, warum ich mich plötzlich so daran gestört habe. Vielleicht war es ja auch die falsche Entscheidung ...«

»Phil, bei aller Liebe, aber das war die beste Entscheidung, die du seit drei Jahren getroffen hast. Denn wie du gesagt hast: Es ist nicht schlimm, dass Arthur ist, wie er ist, aber es ist schlimm, wenn es dir damit schlecht geht und du nichts dagegen unternimmst. Wenn dieser Noah also ein guter Kerl ist, hat er dir vielleicht mal die Augen dafür geöffnet, wie wertvoll du eigentlich bist.«

»Ich hab trotzdem Angst, dass ich mich wieder zu schnell in jemanden verliebe und es dann an irgendwas scheitert. Ich meine, ich mache gerade Sport, weil ich denke, ihm so näherzukommen. Das ist doch verrückt.«

Saschas Augenbraue wandert nach oben. »Wenn du dadurch ein bisschen mehr Bewegung in dein Leben bringst, sind wir alle erleichtert. Sport hat ja auch was mit Gesundheit und nicht nur mit Aussehen zu tun. Davon abgesehen, woran soll es denn scheitern?«

»An mir? Ich bin keine besonders aufregende Person. Das Krasseste an mir ist die Tatsache, dass ich meinen Lebensunterhalt damit verdiene, Bücher zu schreiben.

Dann hört es aber leider auch schon wieder auf, interessant zu werden. Mein Filmgeschmack ist miserabel. Kochen kann ich nicht ...«

»Du bist sehr pingelig, deine Wohnung ist immer sauber und du hast einen sehr guten Mode- und Einrichtungsgeschmack.«

Ich seufze genervt. »Du machst es irgendwie nicht besser.«

»Okay, okay, okay.« Er überlegt einen Moment und holt dann tief Luft. »Ich glaube nicht, dass man superaufregend sein muss, um interessant zu sein. Du hast viele Talente und kannst so viele Sachen, davon träumen die meisten. Nur weil du nicht aus einem Helikopter springst, hast du es nicht weniger verdient, lieben gelernt zu werden. *Ich* springe aus Helikoptern und du siehst ja, zu wie viel Erfolg das im Beziehungsleben führt.«

Womit wir eigentlich beim Hauptthema sind. Denn ich will unbedingt wissen, wie diese Geschichte zwischen ihm und Emma weitergeht. Aber mein Bruder hat mir nicht mal eine Nachricht geschrieben, dass er überhaupt dieses Paket von ihr erhalten hat.

Also versuche ich es mit einem geschickten Themenwechsel. »Warum hast du eigentlich angerufen?«

Vielleicht möchte er irgendwas loswerden?

Sascha zuckt lässig mit den Schultern.

Was mich an dieser Geste maßlos aufregt, ist die Tatsache, dass ich nicht ein einziges Anzeichen von Verunsicherung in seinem ganzen Auftreten erkennen kann.

»Wir reden doch jede Woche miteinander und ich hab mich gerade ein bisschen allein gefühlt.«

Eigentlich würde ich viel lieber weiter in der Emma-Sache herumbohren, aber das kommt mir jetzt nicht richtig vor. »Meinst du nicht, dass dich dein Nachbar mit seinem Schneemobil in die Stadt fahren kann, damit du es irgendwie nach Hause schaffst?«

»Eher nicht. Die nächste größere Ortschaft mit Flughafen ist drei Stunden entfernt. Ich glaube nicht, dass das mit dem Schneemobil eine angenehme Fahrt wird.«

Er klingt ein wenig frustriert und das macht mir Sorgen. Sascha ist ein Abenteurer. Es hält ihn eigentlich nie lange an einem Ort. Er hat ja nicht mal eine eigene Wohnung. Wenn er in Deutschland ist, kommt er in den Gästezimmern von mir oder seinen Freunden unter, gelegentlich bleibt er auch bei unseren Eltern. Vermutlich liegt genau da das Problem.

»Kann es sein, dass es dir nicht guttut, in dieser Hütte zu hocken?«

Sascha sieht nach unten und ich kenne ihn gut genug, um zu wissen, dass er gerade mit seinen Fingern spielt. Das hat er schon als Kind gemacht, wenn ihm etwas unangenehm war. Und unsere Eltern wussten, dass es auch ein Anzeichen dafür war, wenn er log oder mir die Schuld für etwas in die Schuhe schieben wollte.

»Es schneit jetzt seit vier Tagen durch und ich kann nichts unternehmen. Sonst bin ich immer unterwegs. Es gibt hier so viel zu entdecken, so viel Natur und auch Tiere, die ich sonst nie vor die Linse bekommen hätte. Keine Ahnung ... Gerade fühle ich mich eingesperrt. Ich will aber auch nicht leichtsinnig sein und trotzdem rausgehen, weißt du? Mama und Papa fänden es sicherlich richtig mies von mir, wenn ich irgendwo in Norwegen erfriere, nur weil ich durch den Schneefall nicht den Weg zurückgefunden habe. Besonders, nachdem ich ihnen ständig einen Vortrag darüber gehalten habe, dass ich weiß, was ich tue.«

»Ich fände das ehrlich gesagt auch ziemlich kacke von dir.«

Er lacht auf und sieht wieder auf seine Hände. »Und dann ist noch etwas passiert, aber ich weiß nicht, ob ich mit dir darüber reden kann.«

»Was denn? Ist der Nachbar süß und du hast nach all den Jahren endlich deine queere Identität entdeckt?« Ja, ich stelle mich mit voller Absicht dumm.

»Ich glaube, du weißt, worum es geht. Zumindest kann ich mir nicht vorstellen, dass sie dir nichts davon erzählt hat.«

Im ersten Moment will ich weiter den Dummen spielen und so tun, als wüsste ich von nichts. Aber dann sehe ich mir meinen Bruder ein bisschen genauer an, sehe die Ringe um seine Augen und die Sorge darin. Also seufze ich nur und gebe meine Tarnung auf. »Wenn es um Emma geht, weiß ich Bescheid. Warum denkst du, dass du nicht mit mir darüber reden kannst?«

»Weil ich nicht will, dass ihr dann darüber redet. Ich sitze hier fest, Phil. Sie hat diese Aktion doch genau deshalb jetzt gemacht, weil ich nicht direkt reagieren kann und sie wahrscheinlich genau davor Angst hat. Aber ich will auch nicht, dass sie von dir alles erfährt.«

Wieder entkommt ein Seufzen meinen Mund. »Ich habe dir doch auch nichts von ihrer Aktion erzählt. Oder sofort bei dir nachgefragt, als das Paket bei dir angekommen ist. Du kannst mit mir über alles reden, Sascha. Sie wird nichts erfahren.«

Er schaut betreten zur Seite. »Ich weiß auch gar nicht wirklich, was es zu sagen gibt. Eigentlich weiß ich nur eins: Ich habe Angst.«

»Wenn du Angst hast, es zu versauen, kann ich dir den Vortrag wiederholen, den du mir am Anfang dieses Gesprächs gehalten hast.«

Lachend schüttelt er den Kopf. »Eigentlich habe ich nur Angst, dass Emma eine falsche Vorstellung davon hat, wie es wäre, eine Beziehung mit mir zu führen. Ich bin viel weg. Melde mich selten.«

»Auf die Gefahr hin, dass dich das vielleicht verletzt: Aber ich glaube, das sind alles Eigenschaften, die Emma als durchweg positiv kategorisieren würde. Du kennst sie doch. Sie ist eine unabhängige, starke und verdammt sture Frau, die ihren Freiraum benötigt und nicht so eine Klette ist wie ich.«

Wieder lacht er auf. »Ich glaube nicht, dass du eine Klette bist. Jemanden so oft wie möglich sehen, ständig Nachrichten schreiben, Händchenhalten, gemeinsame Hobbys, Kuscheln, kleine Aufmerksamkeiten – du bist eben ein Romantiker und ich denke, dass das, was du willst, die Norm einer Beziehung ist.«

»Bah! Komm mir nicht mit dem blöden Wort *Norm*.« Ich betone es extra abfällig. »So etwas gibt es überhaupt nicht und ist nur ein gesellschaftliches Konstrukt. Dabei geht es niemanden außer euch beide was an, was für euch funktioniert. Du brauchst viele Freiheiten, Emma braucht viele Freiheiten. Ich sehe da ein perfektes Match.«

Einen Moment lang ist es ganz ruhig zwischen uns und ich sehe besorgt auf das Display.

Sascha hat die Eigenschaft, dass er sich gern in sich selbst zurückzieht und alles zerdenkt, wenn es zu still um ihn herum wird. Und ich wäre jetzt nirgendwo lieber auf der Welt als bei ihm in dieser Hütte, um ihm bei dieser Sache weiterzuhelfen, ihn zu umarmen und zu sagen, dass irgendwie alles gut werden wird. So wie er es damals bei meinem Outing für mich getan hat. Leider geht das genauso wenig, wie dass er einfach herkommen kann. Und zum ersten Mal verfluche ich diese Entfernung zwischen uns. Denn mein Bruder ist allein, obwohl er es vielleicht gar nicht sein will. Er hat nur seine eingeschneite Hütte und irgendwo einen Nachbarn, der ihm bei der Grundversorgung hilft. Sonst hält er sich mit der Arbeit über Wasser, denn Sascha ist gern beschäftigt, aber wenn dieser Pfeiler jetzt auch wegbricht, kommen wir an einen Punkt, an dem ich mir ein bisschen Sorgen um ihn mache. Besonders im Hinblick darauf, dass er durch Emma in eine Lage gebracht wurde, in der zu viel Zeit zum Grübeln nicht unbedingt gut ist.

»Magst du sie denn? Also auf diese Art?«

Er wirkt ein wenig hilflos und zuckt mit den Schultern. »Ich weiß es ehrlich gesagt nicht. Diese Möglichkeit habe ich irgendwie nie in Betracht gezogen, schließlich ist sie durch dich auch für mich zur Freundin und Bezugsperson geworden. Sie ist wahnsinnig schön und klug, das ist mir alles bewusst, aber das habe ich auch so immer gesehen, unabhängig davon, wie ich sie wahrgenommen habe. Sie war jahrelang da, ohne dass ich mir erlaubt habe, sie überhaupt so anzusehen. Verstehst du, was ich meine?«

»Ziemlich gut sogar. Ich fand Noah drei Jahre lang süß und habe vehement allen widersprochen, die behauptet haben, er würde flirten, weil ich dachte, nur weil ich erkenne, dass er attraktiv ist, sagt es nichts aus. Dann habe ich ihn aber anders wahrgenommen, als mir klar wurde, dass er flirtet. Emma und du, ihr habt immer nur auf einer freundschaftlichen Ebene agiert. Aber das heißt nicht, dass sich deine Wahrnehmung nicht auch ändern kann.«

Er nickt wie in Zeitlupe und fährt sich nachdenklich mit den Fingern durch den Bart.

Ich vermisse meinen großen Bruder gerade so sehr, dass es schon ein bisschen wehtut. »Sascha?«

Er sieht auf. »Mh?«

»Kannst du vielleicht direkt zu mir kommen, wenn du wieder in Deutschland bist? Du fehlst mir gerade sehr.«

Und nachdem er »Du mir auch« gemurmelt hat, kehrt für ein paar Minuten Stille zwischen uns ein. Solche Situationen haben wir nicht oft, weil mir klar ist, was für ein Mensch mein Bruder ist. Einer, der reisen muss, die Welt durch seinen Blickwinkel einfangen muss. Während ich jemand bin, der einen sicheren Hafen braucht, ist Sascha ein Getriebener. Aber manchmal ist es auch zu wenig, einmal die Woche zu telefonieren, wenn so wahnsinnig viel in unseren Leben passiert und diese vielen Kilometer zwischen uns liegen.

Sascha räuspert sich. »Meinst du, ich kann dich für einen Brüder-Trip vielleicht doch mal zu einer Campervan-Tour überreden?«

»Könnten wir daraus ein Wellness-Hotel machen?«

Er verzieht das Gesicht und wir müssen beide lachen.

»Wir treffen uns in der Mitte: Ein Städtetrip, aber wir mieten uns ein *Airbnb*?«

Ich überlege ein paar Sekunden. »Okay, aber wir gehen abends essen und ich möchte mindestens ein Mal in einen Escape-Room.«

Mein Bruder lächelt mich liebevoll an. »Und einen Tag nehmen wir uns nichts vor, essen Pizza und reden über Jungs.«

»Wenn es nach mir ginge, reden wir nur über Noah.«

»Wow, du bist echt ganz schön verknallt, oder?«

Peinlich berührt lasse ich mich nach hinten auf meine Yogamatte fallen. »Ich sag doch, dass ich eine Klette bin. Und er ist wirklich toll.«

Sascha sieht einen Moment lang nachdenklich aus. »Bevor du dich noch weiter da reinsteigerst, muss ich den Kerl kennenlernen und überprüfen. Bei Arthur habe ich es ja schon versaut, so sehr werde ich meine brüderlichen Pflichten nicht noch mal vernachlässigen.«

»Und wie genau stellst du dir das vor? Ich schicke ihn nicht nach Norwegen.«

»Ich habe da eine Idee.«

Nachrichten von Noah

Phil:
Auf die Gefahr hin, aufdringlich zu werden: Hättest du vielleicht Lust, am Samstag vorbeizukommen?
Emma, ihre Schwester und ich wollen einen Mario Kart Abend machen.
Wenn du magst, kannst du auch gern Kadir mitbringen.

Noah:
Ich mag es, wenn du aufdringlich wirst.
Außer einem schnöden Film habe ich gerade allerdings nicht viel anzubieten.

Phil:
Also der letzte schnöde Film war ziemlich vielversprechend.

Noah:
Ab jetzt wird es mir so vorkommen, als wäre schnöder Film ein Codewort dafür, dass ich dich nur zu mir einlade, um mit dir rumzumachen.

Phil:
Wenn dich das beruhigt: Daran finde ich absolut nichts Verwerfliches.

Und ich ärgere mich gerade, dass ich dich zu einem Mario Kart Abend mit Freunden eingeladen habe.
Vielleicht können wir uns ja auf einen Kuss pro gewonnenes Rennen einigen?

Noah:
Dann sollte ich dir ganz dringend sagen, dass ich echt mies in Rennspielen bin.

Phil:
Dein Glück, dass ich schon trainiere.
Emma ist nämlich ein Biest in diesem Spiel und ich will dich beeindrucken.
War das eigentlich ein Ja?

***

Noah:
Kadir? Würdest du am Samstag mit zu einem Mario Kart Abend kommen?
Phil hat uns eingeladen.

Kadir:
Alter, ich bin zu Hause, warum schreibst du mir Nachrichten?

Noah:
Mein Bein ist verletzt?

Kadir:
Dann solltest du vielleicht nicht darüber nachdenken, das Haus zu verlassen, wenn du es nicht mal ins Nebenzimmer schaffst.

Noah:
Kommst du jetzt mit, oder nicht?
Seine beste Freundin wird auch da sein und ich will
mich nicht wie bei einem Verhör der Inquisition füh-
len.

Kadir:
Natürlich komme ich mit.
Aber wehe, es gibt keine Pizza.
Alles, was ich von diesem Kerl weiß, dreht sich um
Pizza.
Meine Erwartungshaltung ist also entsprechend groß.
Und ich muss ihn ja auch ein bisschen genauer abche-
cken.
Ich hab nur seine Bücher gelesen, und die wenigen Mi-
nuten, als er dich nach dem Unfall nach Hause ge-
bracht hat, sagen noch gar nichts aus.

Noah:
u.u

***

Noah:
Habe gerade mit Kadir geschrieben. Er ist dabei. :)
Er hofft, dass es Pizza geben wird.

Phil:
Wenn dir eine Sache klar sein sollte, dann, dass es
samstags IMMER Pizza gibt.

Noah:
Ich mag es, wenn ich Dinge einplanen kann. :)

Phil:
Mir ist zu Ohren gekommen, dass der süße Lieferant leider gesundheitlich verhindert ist.

Noah:
Dafür kannst du ihn dann anfassen, ohne warten zu müssen, bis er mit seinen Lieferungen durch ist.

Phil:
Ach ja? Ich kann ihn also anfassen?

***

Noah:
Kannst du kurz rüberkommen?
Kadir?
Jetzt?!

Kadir:
Was ist denn jetzt schon wieder los? Ich bin gerade in der Badewanne.

Noah:
Ich glaube, ich habe aus Versehen eine sexy Nachricht an Phil geschickt.

Kadir:
Wenn du das denkst, war es sicherlich viel zu harmlos, als dass irgendein anderer Mensch darauf kommen würde, es könnte sexuell motiviert sein.

Noah:
Es war ja auch gar nicht sexuell motiviert!
Weitergeleitet:
Ach ja? Ich kann ihn also anfassen?

Kadir:
Okay ... Mag sein, dass du da in etwas reingeraten bist,
was größer ist als du.
Aber wo ist das Problem?
Geh halt drauf ein.
Ihr habt immerhin schon geknutscht.
Noah?
Stören dich meine Nachrichten beim Masturbieren?

Noah:
Als würde ich dir das jetzt sagen.

***

Phil:
Entschuldige, falls ich gerade irgendwie zu offensiv ge-
worden bin.
Keine Ahnung, was mit mir los ist.
Ich habe gerade einen ersten Kuss in meinem Manu-
skript beschrieben und musste an unseren Kuss den-
ken und dann daran, dass ich dich gern noch mal küs-
sen würde.
Da ist irgendeine Sicherung durchgebrannt.

Noah:
Ich kann es auch kaum erwarten, dich wieder zu küs-
sen.

Nur die ganzen Menschen, die ebenfalls anwesend sein werden, stören mich in dieser Vorstellung ein bisschen.

Phil:
Mal sehen, wie spät es wird, vielleicht ist es ja für dich und dein verletztes Knie auch besser, wenn du bei mir übernachtest?

Noah:
Für mich und mein verletztes Knie also, ja?
Ich denke, da könntest du recht haben.
Ich freue mich auf Samstag.

Phil:
Ich mich auch. Sehr.

Kapitel 13

Die Woche ist in rasender Geschwindigkeit vergangen und ich bin so aufgeregt wie vor einem ersten Schultag. Heute sehe ich endlich Noah wieder. Und er wird meine Freunde und meinen Bruder kennenlernen.

Aufgeregt laufe ich in der Wohnung umher und räume die Deko von einem Ort an den anderen. Oben warten auf dem Couchtisch bereits verschiedene Schalen mit Snacks und Schokolade. Ich habe noch einmal an meinen Backkünsten gearbeitet und für heute Fliegenpilz-Cupcakes gebacken, die sogar ziemlich lecker sind. Vielleicht kommt Noah ja dieses Mal in den Genuss von meinen Cupcakes. Und fällt nicht wieder irgendwo runter.

Exakt um sieben klingelt es an der Tür und ich renne so schnell an die Gegensprechanlage, dass es mir peinlich sein müsste. So einen Sprint lege ich sonst nur hin, wenn ich auf meine Pizza warte und über den Tag hinweg vergessen habe zu essen.

Nachdem ich den Summer betätigt habe, reiße ich die Tür auf und trete von einem Bein aufs andere. Das ist absoluter Blödsinn, denn egal, wer es ist, derjenige muss erst mal in den vierten Stock kommen. Mit Sicherheit sind das Anna und Emma, die denken, sie müssten mir noch bei irgendwelchen Vorbereitungen helfen. Trotzdem wird das Herzrasen fast unerträglich, als ich sehe, dass der Fahrstuhl nach oben kommt.

Ich schwöre, die Aufzugtüren öffnen sich in Zeitlupe, aber dann erkenne ich, dass es Kadir und Noah sind, die so pünktlich vor meiner Tür stehen.

»Hey, ihr seid die Ersten!«

Noahs Blick findet meinen und ich muss mich am Türrahmen festhalten, um ihm nicht sofort um den Hals zu fallen.

Stattdessen warte ich geduldig und trete zur Seite, damit die beiden in die Wohnung kommen können und Noah mit seinen Krücken genug Bewegungsfreiraum hat.

Zum Glück ist er aber genauso ungeduldig, denn er läuft gar nicht erst an mir vorbei, sondern drückt Kadir seine Gehhilfen in die Hand und legt seine Finger sanft an meine Wangen. »Hey.«

»Hey.«

Sein Lächeln wird noch ein bisschen wärmer und ich schmelze regelrecht unter seinen Berührungen. »Meinst du, ein Kuss wäre zur Begrüßung angemessen?«

Ich tue so, als müsste ich überlegen. »Hm … Ich denke, angemessen wären mindestens drei.«

Neben uns stöhnt Kadir auf, aber ich achte gar nicht auf ihn, sondern stelle mich leicht auf die Zehenspitzen, um Noahs Lippen entgegenzukommen. Und dann liegen sie wieder auf meinen, sanft und unendlich behutsam.

Ich schlinge meine Arme um seinen Hals und lasse mich von ihm näher zu sich ziehen, während er sanft seine Lippen gegen meine bewegt. Ich lächle in den

Kuss, spüre schon jetzt, wie gut mir seine Nähe wieder tut. Die Wärme, die sein ganzes Wesen verbreitet, springt direkt auf mich über.

»Jungs, ihr habt euch nur drei Tage nicht gesehen. Diese Show hier sieht aber mehr danach aus, als wären es drei Jahre gewesen.«

Strafend sehe ich Kadir an, nachdem ich mich von Noah gelöst habe. »Ich weiß, wer heute keine Pizza bekommt.«

Kadir wirkt entsetzt und ich widme mich wieder Noahs Lippen, doch schon in der nächsten Sekunde gehen die Aufzugtüren ein weiteres Mal auf und ich höre Emma schimpfen.

»Ich meine ja nur, dass es echt peinlich ist, wenn jemand mit einem derart winzigen Auto so einparkt. Hi, Phil.«

Notgedrungen löse ich mich von Noah.

Er flüstert mir ein »Später« zu, was mich noch ein bisschen kribbeliger macht, als seine Küsse es ohnehin schon getan haben. Er bewegt sich auf die Krücken gestützt ein bisschen weiter in den Flur, da umarmen mich Anna und Emma bereits.

»Was ist denn los?«, frage ich nach, schließlich ist es offensichtlich, dass meine beste Freundin genervt ist.

Entsprechend theatralisch seufzt sie auf. »Vor dem Haus parkt irgendjemand mit einem grellgelben Auto so beschissen, dass ich auf der anderen Seite des Blocks parken musste. Dabei hätten da theoretisch noch zwei Autos parken können.«

»Oh ... ähm ... das war dann wohl ich«, meint Kadir und ich kann dabei zusehen, wie er rot anläuft.

Annas Augen weiten sich und sie sieht zwischen Noah und Kadir hin und her. »Nie im Leben passen zwei Personen eurer Größe und Statur in dieses Ding. Es sieht aus wie etwas, was auch in einem Überraschungsei sein könnte.«

Noah reibt sich verlegen über den Nacken. »Das ist mein Auto. Und tatsächlich ist es gar nicht so klein, wenn man drinsitzt. Aber das mit dem Einparken hat Kadir versemmelt.«

»Alter, ich fahre sonst nur Fahrrad. Ich bin froh, dass ich es heil durch die halbe Stadt geschafft habe. Da kann nun wirklich niemand verlangen, dass ich auch noch supergut im Einparken bin.«

»Na ja, bei den Voraussetzungen gibt es wohl mildernde Umstände«, meint Emma gnädig.

Und alle stellen sich der Reihe nach brav vor.

Da ist ganz viel Vorfreude in mir und ein Lächeln schleicht sich auf meine Lippen, weil es so aussieht, als würden sich alle gut verstehen. Zumindest ist der Vibe hier im Flur positiv. Ich habe nicht viele, dafür aber sehr gute Freundschaften und irgendwie schätze ich Noah auch so ein, deshalb wäre es umso schöner, wenn sich unser engster Kreis verbinden würde.

Was denke ich da eigentlich schon wieder? Genau genommen haben wir gerade einmal zwei Dates gehabt. Ihn meinen Freunden vorzustellen, macht das Ganze so offiziell. Aber na ja ... es fühlt sich eben richtig an.

»Phil? Bist du noch bei uns?«

Emmas Stimme dringt leise zu mir durch, obwohl sie sicherlich nicht geflüstert hat.

Leicht schüttle ich den Kopf und sehe mich um. Noah, Kadir, Emma und Anna stehen mitten in meinem Flur und sehen besorgt aus, während ich immer noch an der geöffneten Tür lehne und sie anstarre.

»Tut mir leid, ich bin gerade nur einem Gedanken hinterhergejagt. Geht doch schon mal alle nach oben, ich besorge uns noch was zu trinken.« Mit diesen Worten deute ich auf die Treppe und verschwinde schnell in der Küche, die mir am nächsten ist. Eigentlich steht bereits alles oben, ich muss mir hier also irgendwas suchen, was ich als Alibi nutzen kann, damit es nicht so aussieht, als würde ich mich verstecken. Ich brauche nur einen Moment, um das alles zu realisieren. Was da draußen gerade passiert und was sich in der Planung mit meinem Bruder so gut angehört hat, ist irgendwie doch eine größere Sache, als ich gedacht habe.

»Drehst du gerade genauso durch wie ich?« Noah tritt in den Raum und lehnt sich gegen die Kücheninsel. Wieder ist da dieses Lächeln auf seinen Lippen und ich möchte für einen Moment lang die Zeit anhalten, um es einzufangen. Es zu konservieren, damit ich es an Tagen, an denen alles ganz grau und dunkel ist, parat habe.

Lässig zucke ich mit den Schultern. »Gibt doch eigentlich keinen Grund auszurasten, oder?«

»Ja, sollte man meinen. Außer unsere engsten Vertrauten verstehen sich super und wir beide versauen es. Gar kein Druck.«

Auch wenn er es voller Sarkasmus ausspricht, bin ich froh, dass er es so sagt. Denn damit spricht er genau die Dinge an, die gerade durch meinen Kopf spuken.

»Wir versauen es einfach nicht, ja?

Noah nickt. »Klingt doch eigentlich ganz leicht, oder? Ich glaube, wir sind auch beide keine Menschen, die sich wirklich arschig verhalten können. Also ich meine, so richtig.«

Kurz muss ich darüber nachdenken, denn irgendwie habe ich das Gefühl, dass das nicht stimmt. Zumindest in den letzten zwei Wochen habe ich mehr und mehr das Gefühl bekommen, mich wie ein Arsch verhalten zu haben.

Noah betrachtet mich und legt den Kopf schief. »Du denkst gerade das Gegenteil, oder?«

»Bis letzte Woche hatte ich wohl so was wie eine Affäre mit meinem Nachbarn. Sagt man *Affäre*, wenn es nur körperlich war? Friends with Benefits oder Fuck-Buddies trifft auf jeden Fall nicht zu, denn das klingt nach zu viel menschlichem Kontakt.« Seufzend lasse ich den Kopf sinken. »Jedenfalls ging das jetzt drei Jahre lang so und ich hatte schon ziemlich früh Gefühle für ihn, habe das Ganze aber mit der utopischen Erwartung, er könnte sich doch für mich ändern, weitergeführt. Na ja, dann habe ich ihm vor ein paar Tagen aber die Wahrheit gesagt und jetzt habe ich das Gefühl, dass ich ihn ausgenutzt habe.«

»Inwiefern sollst du ihn ausgenutzt haben? Immerhin ist er ja auch nicht ganz ohne Vorteile davongekommen.«

Mich überrascht, wie neutral Noahs Stimme klingt, denn eigentlich dachte ich, sobald Arthur zur Sprache kommt, wäre er nicht mehr so verständnisvoll. Immerhin ist das alles noch nicht lange her.

Ein bisschen betreten sehe ich auf. »Ich habe die körperlichen Vorzüge ausgenutzt und ihn weggeschubst, sobald ich etwas Besseres«, bedeutend zeige ich auf Noah, »gefunden habe.«

»Okay, da das eine Situation ist, in der ich mich ja wohl am allerwenigsten beklagen kann, fällt mir die nächste Frage schwer, aber: Denkst du, er wird es schwer haben, ohne dich?«

Ich schüttle lachend den Kopf. »Auf gar keinen Fall hat Arthur es schwer. Ich war für ihn nur einfach – schon allein deswegen, weil wir Tür an Tür wohnen.«

Noah nickt. »Wow, dann sind wir uns ja sogar mal begegnet.« Doch dann zieht er die Augenbrauen zusammen. »Muss ich irgendwie Angst haben, dass du rückfällig wirst? Du solltest nämlich wissen, dass ich eher der monogame Beziehungstyp bin.«

Mit einem Lächeln auf den Lippen umrunde ich die Kücheninsel und bleibe ganz dicht bei ihm stehen. »Du hast da nichts zu befürchten. Deshalb habe ich ihn ja auch abgewiesen, bevor es richtig mit uns beiden losging.«

Noah legt die Hände auf meine Hüften und zieht mich näher an sich. Diese Geste fühlt sich wunderbar normal an, als gehöre sie zu einer Choreografie, die wir schon Hunderte Male über die Bühne gebracht haben.

»Aber du hast noch Gefühle für ihn.«

Ich beiße mir auf die Unterlippe. »Ich war verknallt in ihn, ja. Vielleicht bin ich es noch ein bisschen, aber irgendwie lerne ich gerade so viel Neues von dir und bin bereit, mich da voll reinzustürzen. Immerhin willst du es ja auch.«

Statt nachzufragen, was ich damit meine, zieht er mich ein bisschen näher zu sich, bis sich unsere Lippen wieder zu einem Kuss treffen. Dieses Mal, ohne Zuschauer und Hektik, ist es viel schöner als eben an der

Eingangstür, weshalb ich ziemlich schnell meine Zunge über seine Unterlippe gleiten lasse.

Noah öffnet seine Lippen für mich, kommt mir entgegen und wir seufzen beide, als unsere Zungen aufeinandertreffen. Schnell wird der Kuss ein bisschen heißer, denn ich presse mich so fest an ihn, dass kein Blatt Papier mehr zwischen uns passen würde. Noah zu küssen, ist echt atemberaubend. Seinen Geschmack zu kosten, ihn zu riechen und seine Wärme zu fühlen, reißt mir beinah den Boden unter den Füßen weg.

Seine Finger schlüpfen vorsichtig unter mein Shirt und berühren nur wenige Zentimeter Haut, aber für mich fühlt es sich an, als wäre ich direkt im Himmel gelandet. Deutlich spüre ich die Gänsehaut, die sich auf meinem gesamten Körper ausbreitet, und als er in den Kuss seufzt, ist mir klar, dass er es auch spüren muss.

Seine Hand schiebt sich bestimmter über meinen unteren Rücken und ich frage mich, ob es unseren Freunden auffallen würde, wenn wir jetzt hier unten bleiben und uns in meinem Schlafzimmer verkriechen würden.

»Ich stehe echt ziemlich drauf, dich zu küssen«, flüstere ich atemlos gegen Noahs Lippen, der mich anstelle einer Antwort nur in den nächsten Kuss zieht. Es kribbelt in meiner Leistengegend. Wir sollten uns wirklich dringend in meinem Zimmer verkriechen.

Ein Räuspern unterbricht uns und ich erschrecke so furchtbar, dass jegliche Erregung wieder aus meinem Körper weicht.

Emma steht mit hochgezogener Augenbraue in der Tür und sieht uns mit einem jovialen Lächeln an. »Ach, das verstehen die Kids heutzutage unter *Getränke ho-*

len. Ich will euch echt nicht den Moment versauen, Jungs, aber es fällt auf, wenn ihr beide ewig weg seid.«

Ohne uns noch einmal anzuschauen, dreht sie sich so schwungvoll um, dass ihre Haare durch die Luft fliegen, und verschwindet wieder.

»Schade«, murmelt Noah, der seine Hand noch immer nicht unter meinem Shirt hervorgezogen hat. »Ich dachte irgendwie, wenn wir uns küssen, bleibt die Zeit stehen.«

»Wie kannst du nur so verdammt süß sein? Ich kann ja gar nicht anders, als mich Hals über Kopf in dich zu verlieben.«

Er lächelt. »Finde ich nur fair. Ich hab damit ja schon etwas Vorlauf.«

Es vergehen Sekunden, die sich wie die schönsten des gesamten Tages anfühlen, in denen wir uns einfach nur ansehen.

Noah wirkt so zufrieden und in sich selbst angekommen, und das scheint auf mich abzufärben. In mir drin ist alles ruhig und warm, wenn ich ihn ansehe. Irgendwie geerdet.

»Bevor die da oben noch denken, wir treiben es in der Küche, sollten wir lieber mal nach ihnen sehen, mh?«, fragt er schließlich und löst seine Hände von mir.

Noch immer spüre ich die Wärme seiner Hand, als hätte sie ein Brandmal auf meinem Rücken hinterlassen, als ich schließlich mit einer Kanne Alibi-Tee die Treppe in den oberen Teil meiner Wohnung gehe.

Noah folgt mir, denn mein Argument, ich würde ihn lieber auffangen wollen, wenn er stürzt, fand er nicht besonders überzeugend.

»Da sind sie ja«, seufzt Anna theatralisch, die sich in eine Decke gekuschelt und eine Hand in einer Tüte Tortilla Chips versenkt hat. Kadir und Emma fahren bereits ein erstes Rennen gegeneinander und achten gar nicht auf uns.

»Wow!« Noah tritt neben mich und schaut sich um.

Und auch ich versuche, meine gewohnte Umgebung noch einmal mit einem frischen Blick zu sehen.

Dieser Loft-Teil der Wohnung war der Grund, warum ich hier eingezogen bin. Durch breite Dachfenster, die sich über die gesamten Schrägen erstrecken, kommt am Tag jede Menge Licht in den Raum. Aber auch abends, beleuchtet durch unzählige indirekte Lichtquellen, sieht es hier oben magisch aus. Die große Couch, auf der unsere Freunde lümmeln, steht in der Mitte des Raums, dahinter ein halbhohes Bücherregal, in dem ich all meine eigenen, bisher erschienenen Bücher präsentiere. Direkt unter einem der Fenster befindet sich mein Schreibtisch inklusive meines geliebten iMacs. Es ist nicht gigantisch groß hier oben, aber ich liebe die Gemütlichkeit und kann hier sehr gut arbeiten. Nur an besonders heißen Tagen nicht, denn da wird aus diesem Loft eine Sauna. Aber meinen unzähligen Pflanzen gefällt das ziemlich gut.

Ich stelle die Teekanne auf den Couchtisch und werde von Emma beiseitegeschoben, weil ich ihr die Sicht versperre. »Ich fahre hier das Rennen meines Lebens!«

»Das hättest du wohl gern.« Kadir überholt sie und wird sofort mit einem roten Panzer abgeschossen.

Wenn die Konkurrenz bei den beiden jetzt schon dermaßen stark ist, habe ich ehrlich gesagt ein bisschen

Angst davor, gleich mitzuspielen. Chancen habe ich da wohl keine.

Noah tritt zu uns, legt seine Krücken hinter dem Sofa ab.

»Oh, hi, du musst Noah sein. Schön, dich kennenzulernen.«

Für einen Moment habe ich die Befürchtung, dass Noah vor Schreck tot umfällt, als sich mein Bruder aus dem iPad, welches ich auf einem der Regale hinter der Couch abgestellt habe, zu Wort meldet.

Und ganz ehrlich, ich hatte ihn auch schon wieder fast vergessen. Aber immerhin war das seine glorreiche Idee gewesen, Noah mit einem Spieleabend hierherzulocken, damit er sich über FaceTime zuschalten kann.

Sascha lacht, während Noah noch immer ganz starr mitten im Raum steht, eine Hand auf sein Herz gelegt hat und auf das Gerät starrt, als hätte er einen Geist gesehen.

»Das ist mein Bruder, Sascha. Er ist aktuell in Norwegen eingeschneit und wollte uns so heute Abend ein bisschen Gesellschaft leisten.«

»Auf solche Situationen musst du mich in Zukunft bitte vorbereiten.« Vorsichtig lässt sich Noah auf die Couch sinken und dreht sich so, dass er meinen Bruder besser sehen kann.

Dieser lacht wieder. »Phil hat nach deinem Auftauchen bestimmt schon wieder vergessen, dass ich da bin.«

Anna schüttelt den Kopf und raschelt mit der Chipstüte. »Ich habe mich auch erschrocken. Aber Sascha ist immer irgendwo auf der Welt, du solltest dich also dran gewöhnen, dass er plötzlich aus einem Tablet spricht wie der Hausgeist.«

Schnell werfe ich einen Seitenblick zu Emma. Ob die beiden mal miteinander geredet haben, habe ich aus keinem von beiden herausbekommen können. Es wirkt aber so, als wäre alles okay zwischen ihnen. Als ich sie gestern gefragt habe, ob es okay sei, wenn Sascha digital dabei wäre, hat sie nur gesagt: »Warum sollte es das nicht sein?«

Noah scheint den Schreck einigermaßen weggesteckt zu haben. »Na ja. Gut, dass du den Kamillentee gemacht hast. Den kann ich jetzt echt gebrauchen. Also noch mal von vorn: Hi, Sascha, ich bin Noah. Schön, dich kennenzulernen. Was genau machst du denn in Norwegen?«

Noch bevor mein Bruder anfangen kann zu erzählen, drückt Emma mir einen Controller in die Hand und wedelt dann mit einem weiteren vor Noahs Nase herum. »Das könnt ihr auch noch nach der nächsten Runde bereden. Jetzt muss ich euch erst mal alle plattmachen.«

Erst jetzt bemerke ich, dass Kadir das letzte Rennen gewonnen hat und sich breit grinsend einen Cupcake in den Mund stopft. Das erklärt zumindest, warum Emma so sehr aufs Weitermachen drängt. Sie will das Ding um jeden Preis gewinnen und uns alle richtig fertigmachen.

Als Noah nicht gleich nach dem Controller greift, reicht sie diesen an ihre Schwester weiter, die deprimiert darauf schaut. »Können wir nicht sagen, dass ich jedes Rennen verliere? Denn genau das wird passieren. Ich hätte viel mehr Spaß dabei, euch nur zuzugucken.«

Aber Emma hat leider kein Mitleid mit ihr. »Wir wissen noch nicht, wie Noah sich anstellt, also hast du vielleicht die Chance auf einen vorletzten Platz.«

Noah lacht. »Da hat sie leider nicht ganz unrecht. Ich habe das letzte Mal *Mario Kart* gespielt, als die *Nintendo 64* gerade aus dem Trend war.«

Kadir lächelt verträumt. »Das waren noch Zeiten. Wir haben den ganzen Sonntag lang gezockt.«

»So lange kennt ihr euch schon?«, fragt mein Bruder nach, doch wieder grätscht Emma dazwischen.

»Ihr könnt sentimental werden, wenn ich das Ding gewonnen habe, aber jetzt heißt es erst mal: klotzen und nicht kleckern.« Sie startet die Menüauswahl und macht selbstverständlich einen abfälligen Kommentar darüber, dass ich Prinzessin Peach wähle. Genauso wie Kadir und Noah haben auch Emma und ich schon zusammen *Mario Kart* auf einem älteren Modell gespielt, und sie fand es immer doof, dass ich die Prinzessinnen ausgewählt habe.

Aber Emma ist eine schlechte Verliererin. Bei allen Spielen, egal, ob digitale oder Brettspiele. Deshalb ist ihre Schwester auch so eine passive Spielerin, denn wir erinnern uns sicherlich beide noch an den zehnten Geburtstag von Emma, als ein *Mensch-ärgere-dich-nicht*-Brett quer durch den Raum geflogen ist.

Noch während Emma die Strecke auswählt, beugt sich Noah zu mir rüber. »Ich glaube, wir sollten uns darauf einigen, dass es einen Kuss gibt, wann immer ich es über den fünften Platz schaffe. Gewinnen werde ich heute eh nichts. Allein schon aus purem Überlebensinstinkt, wenn wir mal vom mangelnden Talent absehen.«

Ich lächle ihn an, beuge mich noch etwas weiter vor und gebe ihm einen Kuss. »Als kleine Motivation.«

Damit habe ich allerdings den Start verpasst. Das geht ja gut los.

Kapitel 14

Der Abend macht eine ganze Menge Spaß. Wir essen Chips und Cupcakes, Emma und Kadir bekriegen sich während der Rennen, und ohne die Regelung, dass ich auch einen Kuss bekomme, sobald ich unter die ersten Fünf komme, wäre das ein ganz schön trostloses Spiel geworden. Insgesamt habe ich das Gefühl, dass alle Spaß haben und sich wohlfühlen.

Die Pause nutzen wir, um die von mir heiß ersehnte Pizza zu bestellen. Und während ich alle Wünsche und Sonderwünsche über die App in mein Smartphone eingebe, nutzt Sascha die Zeit, um Noah ein bisschen auszufragen. Leider bekomme ich nur die Hälfte mit, weil sich Kadir und Anna nicht einig sind, ob es ein Verrat an unserem Zusammensein wäre, wenn sich jemand Ananas auf die Pizza wünscht. Dabei würde ich lieber mitbekommen, was Sascha von Noah hält, denn ich kenne meinen Bruder gut genug, um anhand der Fragen, die er ihm stellt, zu erkennen, wie die Musterung ausfällt.

Versucht unauffällig, schaue ich nach links, sehe, dass Noah auflacht und dabei so wundervoll aussieht, dass ich für einen Moment nicht weiß, wohin mit mir. Denn am allerliebsten würde ich mich direkt auf ihn stürzen und ihn wieder küssen. Dieses Lachen scheint jedenfalls ein gutes Zeichen zu sein, denn mein Bruder erwidert es.

»Ich will ja nur nicht unhöflich sein, weißt du? Ananas auf Pizza spaltet die gesamte Gesellschaft. Diese Kombination ist mächtig«, sagt Kadir gerade.

»Ihr geht mir echt auf den Keks, denn wisst ihr was? Mittlerweile stört mich eure Diskussion hier mehr als das olle Obst auf eurem Essen. Phil, die beiden bekommen Ananas auf ihre Pizza.«

Mit einem leicht angewiderten Gesichtsausdruck klicke ich die entsprechenden Felder an und dann auf *bestellen*, bevor es noch eine weitere Grundsatzdiskussion gibt, die mich von meiner Samstagspizza abhält.

»Siehst du diesen Gesichtsausdruck?«, fragt Sascha gerade nach und ich sehe beunruhigt zu den beiden. »Wenn du diese Anzeichen siehst, solltest du ihn dringend mit Pizza füttern.«

Noah lacht. »War Pizza schon immer so ein Ding?«

»Hey! Das hier war nicht dazu gedacht, dass ihr euch munter gegen mich verschwört.«

Meine Worte werden einfach überhört, denn mein Bruder geht sofort auf Noahs Frage ein. »Es fing in der Grundschule an oder so. Unsere Eltern könnten dir sicherlich den genauen Zeitpunkt sagen. Phil ist ein sehr mäkeliges Kind gewesen und unsere Eltern haben jedes Mal ein Fest gefeiert, wenn er etwas gern gegessen hat. Wir waren irgendwann im Urlaub in Österreich und dort bei einem kleinen Italiener, wo Phil so richtig bei der Pizza zugeschlagen hat. Danach haben sie einen elektrischen Pizzaofen gekauft ... Und den Rest kannst du dir ja denken.«

»Das waren noch schöne Zeiten«, sage ich in der Erinnerung schwelgend, wie unsere Mutter jeden Freitag den Pizzateig angesetzt hatte, damit wir übers Wochenende versorgt waren.

»Na ja.« Mein Bruder rümpft leicht die Nase. »*Ich* kann heute keine Pizza mehr sehen. Aber so betrachtet war es ja nur eine Frage der Zeit, bis du mit einem Pizzaboten anbandelst, immerhin siehst du den ja regelmäßig.«

Leicht genervt verdrehe ich die Augen.

Noah allerdings scheint sich köstlich zu amüsieren. »Wäre ein Restaurantbesitzer da nicht besser gewesen?«

»Ist der Restaurantbesitzer bei euch denn süß?«, fragt mein Bruder nach.

Noah ist gerade in eine Falle getappt. Aber er nimmt es ziemlich locker. »Wenn man auf Daddy-Typen steht, vielleicht. Er ist über sechzig und ein ziemlich schlimmer Griesgram.«

Ich verziehe das Gesicht und auch Sascha schüttelt den Kopf. »Tja, muss er sich wohl weiterhin an dich halten.«

»Das ist mir auch viel lieber, du hast sicherlich mehr Zeit als ein Restaurantbesitzer. Mal von den offensichtlichen Vorzügen abgesehen, hast du mir von Anfang an ein gutes Gefühl gegeben. Und ich denke nicht, dass das so einfach zu finden ist.«

Noah lächelt mich an, seine Hand tastet nach meiner. »Da bin ich beruhigt.«

Noch bevor ich etwas Kitschiges oder total Übereiltes sagen kann, werden wir von der Türklingel unterbrochen.

Meine Pizza!

Schnell springe ich von der Couch auf und haste die Treppe nach unten, das Gelächter aller Anwesenden ignorierend. Dann renne ich eben wie ein Drogensüchtiger zu seinem Dealer, ist mir alles egal, solange ich schnellstmöglich meine Pizza essen kann. Die Samstagspizza ist das absolute Highlight meiner Woche, entsprechend freue ich mich darauf, auch wenn das von außen betrachtet albern wirkt. Aber ich stecke schon viel zu tief in dieser Sache drin, als dass ich mir darüber überhaupt noch Gedanken machen würde.

Während ich die Tür öffne und auf den Lieferanten warte, knarrt das Parkett hinter mir und ich bemerke, dass Kadir hinter mir steht.

Er lächelt. »Irgendjemand muss dir ja helfen, alles hochzutragen.«

»Was denkst du denn, wie viel Pizza ich bestellt habe?«

»Da dir dein Ruf vorauseilt, hoffe ich auf mindestens eine Familienpizza für jeden. Und vielleicht noch eine für alle zum Durchprobieren.«

Ich würde gern behaupten, dass er unrecht hat, aber meine Bestellung sieht seiner Vorstellung davon in der Realität leider sehr ähnlich.

Ertappt zucke ich die Schultern, denn noch bevor ich irgendetwas zu meiner Verteidigung sagen kann, kommt der arme Pizzabote mit einer gigantischen Warmhaltebox die Treppe hochgeschnauft. So viel habe ich noch nie bestellt und bin gerade heilfroh, dass Noah nie so einen Berg Pizza hier hochtragen musste. Bei der Gelegenheit sollte ich mir eine Notiz machen, dass ich das Defekt-Schild am Aufzug entfernen sollte.

Ganz offensichtlich fallen da jede Menge Menschen drauf rein.

Kadirs Augen werden groß. »Wow ... Du weißt, wie man Gäste verwöhnt.«

Auf der Warmhaltebox stehen auch noch mehrere Schälchen mit verschiedenem Nachtisch. »Da Noah mir heute keinen Nachtisch bringen und mich damit überraschen kann, musste ich eben mal selbst welchen bestellen. Die sind nämlich echt gut.«

Auf Kadirs Lippen liegt ein Lächeln, als er dem Boten die ganzen Kartons und Desserts abnimmt.

Wenn ich den riesigen Berg, den er da zur Treppe transportiert, genau betrachte, bin ich einfach nur dankbar, dass Kadir mitgedacht hat, denn ich wäre wahrscheinlich unter der Last unseres Abendessens zusammengebrochen. Selbst bei Kadir sieht es umständlich aus und der ist mehr als einen Kopf größer als ich. Und er macht Sport.

Ein bisschen überfordert sehe ich zurück zum Lieferanten, aber der ist bereits auf dem Weg nach unten. Also rufe ich ihm noch ein »Danke. Und ein schönes Wochenende!« hinterher, bevor ich die Tür wieder schließe.

Erst da wird mir so richtig bewusst, dass das wohl der normale zwischenmenschliche Kontakt ist, den man eben zum Pizza-Lieferanten hat. Bei Noah und mir war das anders. Vielleicht war da bereits eine Art Anziehungskraft da, von der ich nur nichts geahnt habe.

Ein Lächeln schleicht sich auf meine Lippen, denn gerade bin ich wirklich sehr glücklich darüber, dass heute nicht Noah die Pizza gebracht hat, sondern dass er oben auf der Couch sitzt.

Niemand darf ihm das verraten, aber vielleicht freue ich mich darüber sogar noch ein bisschen mehr als über die Pizza, die auf mich wartet.

***

Als ich das nächste Mal auf die Uhr sehe, ist es bereits zwei Uhr morgens. Ich betrachte meine Freunde, die genauso müde aussehen, wie ich mich fühle. »Wollen wir für heute Schluss machen?«

Emma will widersprechen, gähnt nun aber ebenfalls.

Wir alle lachen auf eine träge, müde Art und ich lasse mich nach hinten auf die Couch sinken. Wenn ich jetzt die Augen zumache, werde ich sicherlich direkt einschlafen.

Mein Bruder hatte sich schon nach dem Abendessen ausgeklinkt. Der will morgen früh zu einem zugefrorenen See wandern und entsprechend zeitig aufstehen. Der Wetterbericht war sich nämlich sicher, dass der Schneesturm heute endet.

Anna streckt sich. »Pyjamaparty?«

Ich nicke lächelnd, Kadir wirkt allerdings ein bisschen irritiert. »Pyjamaparty?«

»Wenn ihr wollt, könnt ihr gern alle hier schlafen. Anna und Emma können in mein Gästezimmer, ihr beide in mein Schlafzimmer und ich mache es mir auf der Couch bequem.«

Nun schüttelt Kadir den Kopf. »Ich nehme die Couch. Ich bewege mich nachts sehr viel und will auf gar keinen Fall daran schuld sein, dass ich Noah aus dem Bett fege und er sich noch eine Schulter auskugelt oder so.«

Noah verdreht seufzend die Augen, aber bereits im nächsten Moment sieht er mich fragend an. »Wir können aber auch nach Hause fahren. Das ist gar kein Problem.«

»Ist es wohl«, sagt Kadir gähnend. »Wir brauchen eine dreiviertel Stunde bis nach Hause. Das schaffe ich nie im Leben mehr. Wo ist denn das Prob... oh.«

Anscheinend fällt bei ihm gerade der Groschen, dass Noah und ich somit praktisch *gezwungen* wären, zum ersten Mal zusammen in einem Bett zu schlafen.

Fragend sehe ich in Noahs Augen, aber dann zucke ich mit den Schultern. »Für mich ist das kein Problem. Ich bin sowieso so müde, dass ich weg sein werde, sobald mein Kopf das Kissen berührt.« Die letzte Aussage ist eine dreiste Lüge, denn ich spüre jetzt schon, wie aufgeregt ich bin.

Noah und ich werden dann das erste Mal heute Abend vollkommen allein sein, ohne die Möglichkeit, dass jederzeit jemand hereinplatzt. In meinem Bett. Keine Ahnung, ob ich mir überhaupt irgendwas erhoffe, aber allein die Vorstellung daran, ihn zumindest wieder küssen zu können, und zwar so richtig, macht ziemlich viel mit mir.

Es ist irgendwie ganz anders, als es mit Arthur war. Da lief zwar von Anfang an körperlich sehr viel mehr, aber irgendwie erscheint mir die Vorstellung, dass wir in einem Bett schlafen werden, wesentlich intimer als alles, was ich jemals mit Arthur gemacht habe. Beieinander übernachtet hatten wir nämlich nie, immerhin war der Heimweg kurz genug, dass er mich schnell wieder rauswerfen konnte.

Aber ich will jetzt gar nicht mehr an Arthur denken, stattdessen konzentriere ich mich darauf, Kissen und Decken für alle rauszusuchen und zu verteilen, während Emma, Anna und Kadir bereits anfangen, die übrig gebliebenen Snacks wegzuräumen. Emma hat eine Zahnbürste hier gebunkert, für den Rest breite ich eine Auswahl an Ersatzzahnbürsten im Badezimmer aus. Wieder so etwas, was deutlich macht, wie sehr ich den Kontakt zu anderen Menschen vermeide: Ich kaufe von Gegenständen des täglichen Bedarfs viel auf Vorrat, denn das Einkaufen stresst mich, also versuche ich, es so selten wie möglich tun zu müssen. An sich vielleicht ein bisschen seltsam, aber für solche spontanen Übernachtungen wie heute sehr praktisch.

Als ich Kadirs Bettzeug nach oben bringe, sehe ich, dass Noah ganz allein zurückgelassen wurde. Unsere Blicke treffen sich, als ich die Treppe hochkomme und wieder schenkt er mir ein unglaublich schönes Lächeln. »Ist das wirklich okay für dich, Phil?«

»Das ist ungefähr das, was ich dich auch gerade fragen wollte«, sage ich leise und wir lachen verhalten auf.

Ich setze mich zu ihm – viel näher, als wir den Rest des Abends nebeneinandergesessen haben. »Wir sind nicht allein in der Wohnung, es wäre also ein denkbar schlechter Zeitpunkt für wilden, hemmungslosen Sex.«

Noah lacht auf. »Ich glaube, dafür wäre ich körperlich momentan auch nicht in der Lage.«

»Mh ...« Ich beuge mich näher zu ihm, sodass sich unsere Lippen fast berühren. »Mir würden hundert Möglichkeiten einfallen, wie wir das trotz deiner Verletzung hinbekommen würden.«

»Was habe ich für ein Glück, an so einen kreativen Menschen geraten zu sein«, flüstert er rau und überwindet die letzten Millimeter, die uns voneinander trennen.

Seine Lippen prallen regelrecht auf meine, lassen mich für einen Moment lang vergessen, wo oben und unten ist. Alles, was gerade zählt, ist, ihn zu küssen. Und bei diesem Kuss gibt er echt viel Gas.

Ein bisschen atemlos löse ich mich von ihm und bemerke erst jetzt, dass ich irgendwie auf seinem Schoß gelandet bin. »Okay, wir haben trotzdem noch eine Wohnung voller Menschen. Wir sollten uns ein bisschen zügeln.«

»Unbedingt. Immerhin befindet ihr euch gerade auf meinem Bett für heute Nacht«, meint Kadir trocken, der am Treppenaufgang steht, die Arme vor der Brust verschränkt. »Ich wollte Noah eigentlich gerade helfen, runterzukommen, damit er schon ins Bad gehen kann, während wir dir beim Aufräumen helfen.«

Eigentlich müsste ich wohl so was wie ein schlechtes Gewissen haben, aber dafür ist es zu schön gewesen. Und der Gedanke daran, dass ich davon vielleicht noch viel mehr haben kann, sobald wir wirklich allein sind, macht gerade alles viel besser.

***

Wenn sich fünf müde Menschen ein Badezimmer teilen, dauert es ewig, und da ich ein guter Gastgeber bin, habe ich gewartet, bis alle anderen fertig waren. Deshalb erwartet Noah mich schon in meinem Bett, als ich schließlich die Zimmertür hinter mir schließe.

Und absperre.

Ihn so in meinem Bett liegen zu sehen, ist wirklich ein schöner Anblick. Es wirkt beinah vertraut.

Vorsichtig und noch mit viel Abstand schlüpfe ich unter die Bettdecke, die wir uns heute Nacht teilen werden. Mein Herz schlägt wahnsinnig schnell und ich bin irgendwie aufgeregt. Eigentlich albern, denn bei unserem Filmabend waren wir uns genauso nah, aber mir gefällt die Vorstellung sehr. Am liebsten würde ich mich direkt an ihn schmiegen.

Noah lächelt mich wieder an. Ich habe ihm eines meiner oversized Shirts aus dem Schrank gekramt, weil ich es sicherlich nicht ertragen hätte, seinen nackten Oberkörper direkt vor Augen zu haben, und nicht über ihn herzufallen. Es ist ein Alpaka aufgedruckt, was eigentlich ein Abturner sein sollte, aber leider ist Noah einer dieser Menschen, die wahrscheinlich auch noch in einem Kartoffelsack Mister-Gay-Germany werden können. Verflucht sei sein Sex-Appeal, denn dieses Lächeln, das unordentliche Haar und die Muskeln an seinem Oberarm, die deutlich zum Vorschein kommen, weil er sich nur auf einem Arm abstützt, rücken dieses Shirt zu weit in den Hintergrund, als gut für mich ist.

Ein klein wenig verfluche ich ihn dafür, so gut auszusehen. Denn Noah ist viel mehr als alle Äußerlichkeiten. Auf etwas anderes kann ich mich aber leider nicht so gut konzentrieren, wenn er in meinem Bett liegt.

»Also, wie machen wir es am besten?«, fragt er. »Legen wir ein Plüschtier als Anstandsdame zwischen uns oder darf ich dich vorher noch einmal küssen.«

»Das ist schwer«, murmle ich gespielt nachdenklich, doch da rückt Noah bereits ein bisschen näher an mich heran.

»Du sollst nicht das Gefühl haben, dass jetzt irgendetwas laufen muss, nur weil wir im gleichen Bett liegen. Wir können auch einfach schlafen.«

Mit gerunzelter Stirn sehe ich ihn an. »Ist das denn das, was du willst?«

»Verdammt, nein!« Noah lacht auf. Seine Hand verfängt sich in meinen Haaren, bringt sie durcheinander und beschert mir damit ein wohliges Gefühl. »Mir würden Abertausende Sachen einfallen, die ich jetzt gern mit dir machen würde. Vieles davon könntest du vielleicht in einem neuen Buch verarbeiten. Aber tatsächlich möchte ich gerade nur noch ein bisschen mit dir reden. Mehr über dich erfahren.«

Mein Herz macht Tausende von Purzelbäumen. So schnell wie es gerade schlägt, fühlt es sich ein bisschen an, als würde es am liebsten meinen Brustkorb verlassen und sich in die Sicherheit von Noahs Händen begeben. »Dann lass uns noch reden.« Ich strecke meine Hand aus, um leicht und ohne Hintergedanken über seinen Arm zu streicheln. Auch seine Finger bleiben in meinem Nacken hängen. Gerade fühlt es sich so an, als wäre ich noch niemals zuvor einem Menschen so verdammt nah gewesen wie ihm.

»Kennst du solche Momente, in denen sich introvertierte Menschen richtig krass von extrovertierten unterscheiden?«

Ich überlege ein paar Sekunden, denn mir fallen unglaublich viele Beispiele ein. »Meinst du so was wie, wenn man merkt, dass man in die falsche Richtung läuft und dann nicht einfach umdrehen kann, weil Leute hinter dir laufen?«

»Genau. Oder an der Supermarktkasse, wenn man mit dem Einpacken nicht hinterherkommt.«

Ein Lachen verlässt meine Lippen. »Oder Anrufe jeglicher Art! O Mann, ich vergesse manchmal echt, dass es

Menschen gibt, die überhaupt keinen Gedanken an so was verschwenden.«

Auch Noah lacht. »Oder diese Leute, die noch schnell den Fahrstuhl aufhalten.«

»Die Fahrstuhl-Aufhalter beneide ich manchmal, auch wenn ich das selbst niemals draufhätte.« Mich schaudert es allein beim Gedanken daran. »Worauf willst du hinaus?«

»Na ja, gibt es vielleicht einen Moment, der besonders schlimm war? Ich hatte da nämlich zwei Situationen in meinem Leben, die ich noch nie jemandem erzählen konnte, weil ich mich viel zu sehr dafür schäme. Aber ich glaube, du würdest mich verstehen.«

Gespannt sehe ich ihn an. »Erzähl mir mal eine dieser Sachen, dann kommt bestimmt auch bei mir etwas hoch.« Mein erster Gedanke galt nämlich direkt dem Fiasko mit Winnie Puuh im Disneyland.

Noah holt noch einmal tief Luft. »Okay, die eine Sache war, als ich ungefähr neun war. Das Boxstudio von meinem und Kadirs Vater war ganz neu gebaut und sie haben sich mit uns die Räume angeschaut, zusammen mit einem Architekten und einer Menge anderer Leute, die mit dem Bau zu tun hatten. Jedenfalls war ich in einem Raum so fasziniert von einem Wandbild, dass ich gar nicht mitbekommen habe, wie alle aus dem Raum gegangen sind und er wieder abgeschlossen wurde.«

Erschrocken sehe ich ihn an. »Du warst eingesperrt?«

»Ja, für vier Stunden. Es gab in einem der fertigen Räume nämlich noch ein großes Essen. Da fiel es gar nicht auf, dass ich gefehlt habe. Kadir hatte an dem Tag die ganze Zeit mit seinem Gameboy gespielt und ist allen anderen nur hinterhergelaufen. Erst als die Batterie

leer war, ist Kadir und damit auch meinem Vater aufgefallen, dass ich verschwunden bin. Sie haben mich
überall gesucht, aber ich habe mich so schlimm geschämt, dass ich mich nicht getraut hatte, mal gegen
die Tür zu klopfen. Insgesamt habe ich da fünf Stunden
gesessen.«

Sanft streichle ich über seine leicht raue Wange. »Oje,
das klingt ja furchtbar. Gab es wenigstens Licht?«

»Ja, dieses Wandbild war beleuchtet. Es hängt heute
noch da und erinnert mich jedes Mal an diesen Tag.«

»Das muss schrecklich gewesen sein.« Vorsichtig
lehne ich mich nach vorn und hauche einen Kuss auf
seine Lippen.

Er zuckt mit den Schultern. »Ich habe direkt im Anschluss daran ein neues Plüschtier und ein Eis bekommen.«

Ich denke kurz nach, was mir außer Winnie Puuh
noch einfällt, auch wenn ich nicht glaube, dass man
Noahs Geschichte irgendwie toppen kann. »Das kommt
da nicht ganz ran, aber ich erzähle es dir trotzdem.
Emma hatte mit sechzehn mal eine heiße Anime- und
Cosplay-Phase. Und sie hat mir das irgendwie schmack-
haft gemacht. Jedenfalls habe ich für ein Kostüm Stiefel
mit Plateau gebraucht. Wir sind also in so einen Gothic-
Laden gegangen und da war echt niemand! Nur eine
ganze Menge Verkäufer. Emma hat sich alles ganz begeistert angeguckt, und als wäre es nicht schon unangenehm genug, kam einer der Verkäufer auch noch direkt in unsere Nähe und hat Klamotten gefaltet und
uns immer wieder gefragt, ob wir Hilfe brauchen. Jedenfalls war ich total im Stress und wollte, dass die Situation schnell vorbei ist. Der eine Schuh, der

ausgestellt war, hat gepasst, also habe ich mir einfach den Karton, in dem ebenfalls nur ein einzelner Schuh lag, geschnappt und bezahlt. Hauptsache schnell raus. Die waren echt irre teuer! Zu Hause habe ich dann bemerkt, dass ich zwei linke Schuhe gekauft habe.«

Noahs Augen weiten sich. »Nein!«

»Doch. Die liegen immer noch bei mir im Schrank. Ich meine, die kann ich so weder verkaufen noch zur Kleiderspende bringen. Emma habe ich auch nichts davon erzählt, weil mir das so peinlich gewesen ist. Dabei hätte sie die wahrscheinlich ohne Probleme umtauschen können.«

Noahs Hand in meinem Nacken beginnt mich wieder zu kraulen. Und obwohl er auch darüber lacht, sehe ich so viel Verständnis in seinen Augen, dass es überhaupt nicht unangenehm ist, mit ihm über so was zu reden. Denn er versteht mich.

»Okay, ich fühle mich jetzt fast wie ein Angeber, aber das kann ich übertreffen.«

Ein bisschen schockiert sehe ich ihn an. »Ich fand es schon schlimm, dass du so lange eingesperrt warst.«

»Na, dann wirst du mich nach dieser Geschichte hier wirklich trösten müssen. Es war unsere Abschlussfahrt in der zwölften Klasse. Alle wollten nach Lloret de Mar, Party machen, und ich hatte damals kein gutes Verhältnis zum Rest meiner Klasse, weil ich mich kurz zuvor erst geoutet habe. Und Kadir wurde ausgerechnet eine Woche vorher krank. Pfeiffersches Drüsenfieber. Er konnte unmöglich mit und ich hatte keine Lust, ohne ihn zu fahren. Das wäre insgesamt sicherlich nicht gut ausgegangen. Für niemanden.«

»Aber wie drückt man sich vor so was? Ich will das wirklich wissen, denn ich hätte damals auch gern einen Ausweg gehabt.«

Noah schüttelt leicht den Kopf. »Einen wirklich guten Ausweg kenne ich leider nicht, denn weißt du, was ich gemacht habe? Ich bin zum Zahnarzt gegangen und habe gefragt, wie es um meine Weisheitszähne steht. Der hatte beim letzten Kontrolltermin nämlich etwas in der Richtung angedeutet. Eigentlich war da noch nichts akut fällig, aber ich habe mir einen Termin für den Abfahrtstag geben lassen und habe lieber die Schmerzen in Kauf genommen, nur damit ich nicht mitfahren musste.«

Dafür hat er wirklich sehr viel Trost verdient. Obwohl ich darüber lachen muss, rücke ich näher an ihn und umarme ihn ganz fest, schmiege meinen Kopf so an seine Brust. »Es tut mir echt leid, dass du das durchmachen musstest und du nicht das Gefühl hattest, ehrlich sagen zu können, dass du nicht mitwillst.«

Seine Hand streichelt sanft durch mein Haar. »Dass diese Aktion eigentlich total unnötig war, habe ich ebenfalls niemandem erzählt.«

Leicht hebe ich den Blick, um ihn wieder ansehen zu können, und recke den Kopf schließlich so, dass ich ihn küssen kann. »Warst du schon mal im Disneyland?«

Es ist an der Zeit, Winnie Puuh auszupacken. Denn zum ersten Mal in meinem Leben habe ich das Gefühl, dass jemand die Geschichte verdient hat. Dass es nicht nur eine lustige Anekdote ist, die man mal auf einer Party zum Besten geben kann, sondern dass er mich versteht. Weiß, wie es ist, wenn man von solchen

Ereignissen kurz vorm Einschlafen eingeholt wird.
Und das beruhigt mich.

Auf jeden Fall fühle ich mich Noah nach all diesen Geschichten viel näher, als uns jede körperliche Intimität
gebracht hätte.

Nachrichten von Noah

Kadir:
Ich bin wach und hab Angst, dass ich euch von irgendwas abhalte, wenn ich jetzt als Erster durch die Wohnung laufe.

Noah:
Phil schläft noch und nebenan ist es auch ruhig.

Kadir:
Also vögelt ihr gerade nicht?

Noah:
Was genau ist an ›Phil schläft noch‹ so missverständlich?

Kadir:
Sorry, Bro.
Als ich gestern Nacht noch mal pinkeln war, brannte bei euch im Zimmer noch Licht und ihr habt gelacht. Also dachte ich, ihr vögelt die ganze Nacht durch oder so.

Noah:
Keine Ahnung, wie komisch dein Sexleben so ist.
Jedenfalls haben wir nicht gevögelt.
Auch nicht anderweitig rumgemacht.
Wir haben geredet. Fast die ganze Nacht.

Kadir:
O Mann.
Du bist echt ganz schön verknallt, oder?

Noah:
Sogar ziemlich doll verknallt.
Er ist so ein toller Mensch.

Kadir:
Er ist wirklich toll.
Und ich mag Emma und Anna sehr. Ich hoffe mal, dass du es nicht versaust, denn zum ersten Mal war mir jemand bei Mario Kart würdig.
Ich will jetzt immer zu solchen Abenden eingeladen werden.

Noah:
Ab und zu gibt es auch Brettspielabende, meinte Phil.
Aber seltener, weil Emma da wohl mehr kaputtmachen kann.

Kadir:
Da wäre ich auch gern mal dabei.

Noah:
Natürlich tust du das, immerhin hast du mal mit einer Schachfigur ein Fenster eingeschlagen.

Kadir:
Du übertreibst.
Ich habe es nicht eingeschlagen.
Das war nur ein kleiner Steinschlag.

Noah:
Papa musste die Scheibe austauschen.
Wegen eines verlorenen Schachspiels!

Kadir:
Ich hatte an dem Tag eben sehr viel Energie über.
Aber apropos dein Papa: Erzählst du ihm von Phil?

Noah:
Eigentlich will ich es ihm unbedingt erzählen. Wirklich.
Aber was für eine Reaktion bekomme ich dann?
Wieder nur diesen Blick oder sagt er gar nichts dazu?

Kadir:
Er war bislang ja nie wirklich homophob oder so.

Noah:
Das nicht, aber seit meinem Outing ignoriert er die Tatsache, dass ich schwul bin.
Ist ja auch nicht schwer, wenn man einen Sohn hat, der eine Null im Dating ist.
Phil wäre der erste Kerl, den ich mit nach Hause bringe.
Und ich weiß nicht, ob es nicht vielleicht leichter für uns alle drei wäre, es ihm nicht zu sagen.
Außerdem ist das hier erst unser drittes Date und ich bin mir nicht sicher, ob es zählt, wenn so viele Leute anwesend sind.

Kadir:
Vielleicht hast du recht.

*Ihr solltet erst mal vögeln, bevor du über deinen Papa
nachdenkst.*

Noah*:*
KADIR!!!

Kadir*:*
Was denn?
*Vielleicht merkt ihr ja dabei, dass ihr überhaupt nicht
zusammenpasst.*
Ich erinnere dich da nur an Magdalena.

Noah*:*
Das kannst du doch nicht vergleichen.
*Dass deine Ex-Freundin auf Petplay stand, hat doch
überhaupt nichts mit Phil und mir zu tun.*

Kadir*:*
Ach nein?
Ich war drei Monate lang mit ihr zusammen.
Und dann wollte sie mir eine Trense anlegen.
*Du weißt, ich verurteile keine Kinks, aber leider ist un-
sere Gesellschaft nicht offen genug, um darüber gleich
beim ersten Date zu reden. Auch wenn das verdammt
nötig wäre.*
*Du weißt doch nicht, auf was für Sachen der liebe, süße
Phil steht.*

Noah*:*
Warte, er wacht gerade auf.
Ich frage ihn jetzt.

Kadir:
*Und da haben wir eben noch darüber geredet, dass du
es nicht versauen sollst.*
Mann, Noah ... das fragt man doch nicht einfach so.
Direkt nach dem Aufwachen.

Noah:
Keine ihm bekannten besonderen Kinks.
*Aber es wäre besser für uns alle, wenn du noch eine
Weile so tust, als würdest du schlafen.*

Kadir:
O_O

Kapitel 15

Ein bisschen verwirrt sehe ich Noah an, der mich direkt nach dem Guten-Morgen-Kuss fragt, ob ich auf Petplay stehe oder einen vergleichbaren Fetisch habe.

Ich drehe mich zu ihm um. »Ähm ...«

»Kadir braucht das irgendwie für die Akten. Er hatte mal eine Ex-Freundin, die ihm nichts von ihren sexuellen Vorlieben erzählt hat. Nach drei Monaten Beziehung hat sie dann vorausgesetzt, dass er mitmacht.«

Okay, das ist irgendwie verständlich. Und auch beruhigend, denn ich glaube, wenn er mir jetzt offenbart hätte, dass er mich an einer Leine ausführen will, wäre ich definitiv noch nicht wach genug gewesen, um angemessen darauf zu reagieren.

»Nein. Also ich stehe darauf, mal einen Klaps auf den Hintern zu bekommen, wenn die Stimmung es hergibt. Oh ... was vielleicht ein bisschen kinky sein könnte, ist meine Unterwäsche. Die stammt nicht ausschließlich aus der Herrenabteilung.«

Noahs Blick verändert sich. Er sieht mich jetzt ganz anders an wie noch vor ein paar Sekunden. »Sonst noch irgendwas?«

Okay, er ist angeturnt. Seine Stimme klingt nämlich so wie gestern Abend, als wir auf der Couch geknutscht haben.

Ich komme ihm ein bisschen näher. »Und zählt es als kinky, wenn ich nichts gegen den Gebrauch von Schokosoße oder vergleichbar gut ableckbaren Lebensmitteln habe?«

Noah tippt irgendwas in sein Handy und wirft es dann neben das Bett, bevor er sich gierig auf mich stürzt. Seine Hände liegen an meinen Wangen, sein Körper ist mir so nah, dass ich ihn ganz genau spüren kann. Seine Wärme, seine Muskeln und seine Erektion, die sich gegen meinen Bauch drückt.

Verdammt, wenn ich gewusst hätte, dass dieser Morgen so gut losgeht, hätte ich mich vorhin nicht noch mal rumgedreht, als ich bemerkt habe, dass Noah schon wach ist.

Mir ist gerade egal, dass noch keiner von uns Zähne geputzt hat, denn ich will ihn einfach nur küssen.

Meine Hände wandern über seinen Brustkorb, um seinen Nacken und verschränken sich dort, damit er gar nicht erst auf die Idee kommen könnte, sich von mir zu lösen. Stattdessen schiebt er sich ein bisschen weiter über mich.

Dass das eine dumme Aktion war, bemerke ich erst, als Noah zurückzuckt. Sein Gesicht ist schmerzhaft verzogen und er setzt sich gerade auf.

»Verdammt, dein Knie!«

Erst jetzt wird mir die Tragweite des Ganzen bewusst. Nur weil wir beide von unseren Hormonen gesteuert werden, muss ich ihn vielleicht gleich wieder mit diesem winzigen, gelben Auto ins Krankenhaus fahren.

Aber Noah schüttelt nur leicht den Kopf und rückt die Bandage ein bisschen zurecht. »Ist schon okay. Bei manchen Bewegungen fühlt es sich nur ziemlich gruselig und instabil an. Es tut nicht wirklich weh, sondern ist nur unangenehm. Entschuldige bitte, dass das ausgerechnet in so einem Moment passiert. Jetzt habe ich die Stimmung zerstört.«

Da es ihm an sich wieder gut zu gehen scheint, setze ich mich schwungvoll auf seinen Schoß und lege meine Lippen kurz auf seine. »Die Hauptsache ist, dass es dir gut geht. Um alles andere können wir uns auch später noch kümmern.«

Er lächelt mich an und zieht sanft mit dem Daumen die Kontur meiner Lippen nach. »Vielleicht ist es auch besser so. Du sollst nicht denken, dass es mir nur um Sex geht. Ich war nur sehr lange single und du bist echt wahnsinnig scharf.«

»Das denke ich überhaupt nicht. Außerdem bin ich doch auch genauso scharf auf dich. Ja, vielleicht sind wir mit allem ein bisschen schnell, aber wenn wir uns bei Grindr kennengelernt hätten, wären wir über diesen Punkt hier schon längst hinaus.«

Er nickt, grinst mich dabei irgendwie schalkhaft an. »Da hast du wohl recht. Und so gesehen hatten wir auch gestern das berühmte dritte Date. Ich habe mir sagen lassen, das sei das Sexdate.« Dann wackelt er übertrieben mit den Augenbrauen und bringt mich damit zum Lachen.

Ich glaube, ich fand einen Typen noch nie anziehender, denn ich fühle mich so absolut wohl und gut aufgehoben, dass auch Lachen in einer intimen Situation vollkommen okay ist.

Auch Noah lacht. Seine Hände streichen über meinen Rücken weiter nach unten, bis sie bei meinem Steißbein liegen bleiben.

Ich beuge mich vor, verschließe seine Lippen mit einem Kuss und spüre, wie seine Hände an meinen Hintern wandern. *Verdammt,* ich weiß gar nicht, wo diese Berührungen noch hinführen werden, aber ich bin kein bisschen aufgeregt. Also zumindest nicht im nervösen Sinne, denn dieses kribbelige Gefühl, wie Sex wohl mit ihm sein wird, ist ja dennoch vorhanden.

Meine Finger verhaken sich im Stoff von Noahs Alpaka-Shirt, denn ich will ihm das Teil ganz dringend vom Körper reißen, aber da beginnt sein Smartphone laut und schrill zu klingeln.

Wir schrecken beide hoch, stoßen mit den Köpfen zusammen und stöhnen schmerzhaft auf.

»Eine höhere Macht ist wohl dagegen, dass wir irgendwas überstürzen«, murmelt er, während er sich mit der einen Hand über die Stirn reibt und mit der anderen durch meinen flauschigen Teppich wühlt, um sein Handy zu finden.

Ich klettere etwas angefressen von seinem Schoß. Ja, wahrscheinlich ist es besser so, wir sollten uns noch ein bisschen besser kennenlernen und bla, bla, bla. Aber verdammt noch mal, wer würde einen Kerl wie Noah von der Bettkante schubsen? Ich bin auch nur ein Mensch und habe Bedürfnisse!

Noah seufzt, als er endlich das Handy gefunden hat und auf das Display schaut. »Oje ... mein Papa.«

»Ich gehe ins Bad, dann kannst du in Ruhe telefonieren.«

Noah sieht mich ein bisschen zerknirscht an. »Tut mir leid.«

»Muss es nicht«, flüstere ich gegen seine Lippen und raube mir einen letzten Kuss. Damit stehe ich aus dem

Bett auf, sammle noch schnell ein paar Klamotten zusammen und verlasse das Zimmer.

***

Ich komme aus dem Bad und werde bereits von Emma, Anna und Kadir in der Küche erwartet. Es riecht ziemlich lecker hier, auch wenn ich nicht genau zuordnen kann, wonach.

»Ist das eine Intervention?«

Die drei stehen um die Kücheninsel herum, als hätten sie schon eine Weile auf mich gewartet und grinsen mich an.

Kadir schüttelt den Kopf. »Nein, aber wir haben etwas für dich vorbereitet. In der Hoffnung, dass du uns noch auf vielen weiteren Spieleabenden aufeinander loslässt.«

Emma zaubert etwas von der Arbeitsplatte hinter sich. Es sieht ein bisschen aus wie eine Pizza. Allerdings will ich mir nicht allzu große Hoffnungen machen.

»Frühstückspizza!«, sagen alle drei, aber überhaupt nicht im Chor und somit total durcheinander, was uns alle zum Lachen bringt.

Dann sehe ich wieder auf das Meisterwerk vor mir. Es ist ein dünner Teig mit einer schokoladigen Creme, verschiedenen Früchten und anstelle von Käse ist gehobelte, weiße Schokolade darauf.

»Wow!« Damit haben sie mir wirklich die Sprache verschlagen. »Das sieht großartig aus.«

Emma lächelt mich liebevoll an. »Ich wollte dir schon lange mal eine kleine Freude machen, aber Kadir hatte dann die Idee, mit Pancake Teig einfach eine süße Version von Pizza zu machen.«

»Mir wurde zugetragen, dein Lebensmotto sei *Pizza ist Leben. Pizza ist Liebe.* Was würde also besser passen? Und weil du Unsägliches mit meinem besten Freund angestellt hast, hatten wir genügend Zeit, das vorzubereiten.«

Ich verdrehe die Augen. »Wir haben überhaupt nichts miteinander gemacht. Sein Vater hat angerufen. Aber mal abgesehen davon ist das wirklich eine liebe und tolle Überraschung. Danke!«

Eilig umrunde ich die Kücheninsel, um sie alle drei kurz in den Arm zu nehmen. Erst da fällt mir der Gesichtsausdruck von Kadir auf.

»Was ist? Sag mir bitte nicht, ihr habt nur ein so ein Teil für uns alle gemacht.«

Er schüttelt leicht den Kopf. »Nein, jeder hat eine. Ich bin doch nicht verrückt. Ich mache mir bloß ein bisschen Sorgen um Noah. Er und sein Vater sind manchmal komisch.«

Ich will nachfragen, wirklich, denn die Neugier zerreißt mich regelrecht. Doch natürlich kommt Noah genau in diesem Moment in die Küche. Ihn selbst fragen will ich nicht, denn ich denke, er wird schon irgendwann mit der Sprache rausrücken. Hoffen wir einfach, dass meine Geduld so lange durchhält, immerhin hat mir Kadir da ein wirklich interessantes Bröckchen vor die Füße geworfen.

»Was gibt es denn hier?«

»Frühstückspizza«, sagt Anna noch einmal genauso euphorisch wie beim ersten Mal.

Wir setzen uns um die Kücheninsel herum auf die zwar sehr stylishen, aber auch sehr unbequemen

Barhocker, und Emma stellt vor jeden von uns einen prall gefüllten Teller.

»An den Service könnte ich mich gewöhnen«, sage ich und nehme die Tasse mit Kakao entgegen, die Anna mir reicht.

»Du wolltest ja nicht bei uns einziehen.«

Die Augen verdrehend nehme ich einen Schluck, spüre bereits die neugierigen Blicke von Noah und Kadir auf mir. »Die beiden wohnen in einer absolut baufälligen Wohnung in einem alten Industriegebäude. Und ich sollte noch mal erwähnen, dass sie mir beide zu extrovertiert sind. Zum Schreiben brauche ich meine Ruhe.«

»Als ob extrovertiert direkt bedeutet, dass wir unfassbar laut sind.«

Ich ziehe eine Augenbraue nach oben. »Du telefonierst alle drei Tage mit deiner Mama, und wenn du lachst, höre ich das ja fast bis hierhin. Und wir dürfen nicht die spontanen Tanzeinlagen von Anna vergessen. Da könnte ich ja gleich ins Erdbebengebiet ziehen.«

Emma schnappt empört nach Luft. »Uh, der werte Herr Autor hält sich für was Besseres.«

Ich will eigentlich fortfahren und ihnen aufzählen, dass das Zimmer, was ich bekommen hätte, nicht einmal vernünftigen Fußboden, sondern nur kargen Beton aufzuweisen hat, aber da winkt Anna schon theatralisch ab.

»Mir soll es recht sein. So haben wir wenigstens einen begehbaren Kleiderschrank.«

Wir strecken uns alle drei gegenseitig die Zungen raus. Die beiden wissen, wie sehr ich sie liebe und wie froh ich bin, sie in meinem Leben zu haben. Aber aus unserer Studienzeit wissen sie auch, was für ein Stubenhocker ich bin und wie oft sie auf mich Rücksicht nehmen mussten.

»Habt ihr beide Geschwister?«, fragt Emma jetzt Kadir und Noah, während sie sich ein großes Stück Pizza in den Mund schiebt.

Die beiden schütteln den Kopf, aber Kadir ist es schließlich, der davon erzählt, dass sie ähnlich eng wie Brüder aufgewachsen sind und immer alles gemeinsam erlebt haben. »Na ja, und dann haben wir zusammen Sportpädagogik im Hauptfach studiert.«

Emma sieht die beiden mit strahlenden Augen an. »Das ist wirklich süß. Es scheint, als hättet ihr eine ganz besondere Verbindung zueinander.«

Kadir nickt stolz und legt seinen Arm um Noahs Schulter, der ein wenig genervt, aber auch irgendwie glücklich zu seinem besten Freund sieht.

»Wenn es nach unseren Vätern ginge, würden wir irgendwann das Studio übernehmen. Damit es bestenfalls ein Familienbetrieb wird.«

Er verdreht die Augen und auch Kadir seufzt. »Ich fände das gar nicht so schlimm, aber Noah ist echt nicht der Mensch dafür. Jeden Tag neue Menschen im Studio, die du pushen und motivieren musst, Aufgaben delegieren, und am Ring selbst kann es auch mal lauter werden.«

Bestätigend nickt dieser. »Jaja, ich bin die große Enttäuschung der Familie.«

Ich lege den Kopf schief und betrachte Noah dabei, wie er ein Stück Ananas über die Schokocreme hin und her schiebt. »Bisschen düster ausgedrückt, oder?«

Aber Noah schüttelt nur den Kopf. »Schön wäre es. Er sieht mich ja meistens gar nicht. Außerdem bin ich ihm zu still und er ignoriert auch vollkommen meine queere Identität.«

Jetzt sehen wir ihn alle neugierig an, und ich schwöre: Vor lauter Neugier kriecht Emma fast über den Tisch.

Warum sagt er auch so was?

Ich versuche, ein wenig die Wogen zu glätten. »Das klingt echt mies. Und vor allem auch schade für deinen Vater, weil er dich dann nicht in deiner Gänze kennenlernen kann. Und ich glaube, die ist ziemlich großartig.«

Ein zaghaftes Lächeln schleicht sich auf seine Lippen. »Es ist jetzt nicht dramatisch oder so, aber als ich mich geoutet habe, hat er ›Okay‹ gesagt und dann haben wir nie wieder darüber geredet. Erst dachte ich, dass das eine voll coole Reaktion gewesen wäre, aber jedes Mal, wenn ich über etwas rede, was damit zu tun hat, verlässt er ganz schnell den Raum oder wechselt das Thema.« Ein bisschen unbeholfen zuckt er mit den Schultern und schneidet sich ein großes Stück seines Frühstücks ab. Wahrscheinlich, um nicht weiterreden zu müssen.

Emma erkennt das allerdings nicht. »Und wenn du mal einen festen Freund mit nach Hause gebracht hast?«

»Bislang ist es nie so ernst gewesen, dass ich überhaupt darüber nachgedacht habe, denjenigen mitzunehmen. Also nicht, dass du denkst, ich habe nur One-Night-Stands, oder so. Aber Grindr ist nicht gerade ein Ort zum Verlieben und im echten Leben bin ich leider zu introvertiert, um das Risiko einzugehen und herauszufinden, ob jemand an Typen interessiert ist.«

»Okay, du hattest also noch niemanden, der sich zum Vorstellen geeignet hat. Aber erzählst du deinem Vater wenigstens, wenn du jemanden datest?«

»Normalerweise nicht. Als er vorhin angerufen hat, habe ich es versucht.«

Mein Herz gerät ins Stolpern. Er wollte seinem Vater echt erzählen, dass er mich datet?

Kadir seufzt und klopft seinem besten Freund ermunternd auf die Schulter. »Ist wohl nicht so gut gelaufen?«

Noah schüttelt den Kopf und nimmt einen Schluck Kaffee. »Er wollte dann unbedingt über meine Physiotherapie reden. Aber ich habe nicht lockergelassen und dann hat er gesagt: ›*Und was erwartest du jetzt von mir?*‹ Das Schlimmste ist, dass ich es selbst nicht weiß. Wahrscheinlich verlange ich zu viel.«

Emma lässt das Besteck fallen und schüttelt energisch den Kopf. »Du willst doch nur, dass du ein bisschen Akzeptanz bekommst. Und offensichtlich bekommst du das weder für deinen beruflichen Weg noch wenn du dich verliebst. Mag sein, dass er nicht der Typ für Luftsprünge ist, nur weil du jemanden datest, aber ein bisschen mehr Reaktion wäre doch wohl nicht zu viel verlangt.«

Noah zuckt mit den Schultern. »Vielleicht ändert sich das, wenn ich dann einen Platz in einer Schule gefunden habe und gut in meinem Job bin. Oder eine längere Beziehung habe. Weißt du, damit er sieht, dass ich es hinbekomme.«

Emmas Blick nach zu urteilen, macht sie das gerade richtig wütend, auch wenn ich nicht wirklich nachvollziehen kann, was genau daran so verwerflich war. »Nein, Noah. Das tust du jetzt nicht so ab. Anerkennung musst du dir nicht verdienen. Du musst sie einfordern.«

Noah blickt betreten auf sein Frühstück. Er sieht richtig überfordert aus und das scheint auch sein bester Freund zu bemerken, denn er springt sofort dazwischen. »Das lässt sich aus unseren Positionen leicht sagen, Emma. Aber ich glaube, wenn man schwul ist und nicht viel Selbstbewusstsein hat, ist das enorm schwer.«

Sie schiebt den Teller von sich und sieht erst Kadir, dann Noah fest an. »Okay, dann sage ich euch jetzt was: Ich bin trans. Wusste ich schon, bevor ich in die Schule gekommen bin, und zum Glück war meine Familie immer an meiner Seite. Aber Ärzte, Behörden, irgendwelche Wichser, die mich nicht daten wollen, neue Freunde, Tanten und Onkel ... all diese Menschen musste ich dazu bringen, mich so anzuerkennen, wie ich bin. Das muss ich mir nicht erst verdienen. Ich bin richtig so und wenn sie das nicht einsehen wollen, säge ich den Ast, auf dem sie sitzen, eben einfach ab.«

Nach diesen heroischen Worten folgt großes Schweigen. Ich greife über den Tisch und umfasse Emmas Hand. Normalerweise hätte sie ihre Transidentität nicht so schnell preisgegeben, vor allem dann nicht, wenn sie ganz offensichtlich für eine Cis-Frau gehalten wurde. Und doch hat sie es getan, um Noah etwas deutlich zu machen. Das heißt zum einen wohl, dass sie ihn mag und sich bereits so wohlfühlt wie ich. Es heißt aber auch, dass sie ihm helfen will. Und damit auch mir, immerhin bin ich ja aktuell das vorzustellende Objekt seiner Begierde.

»Erst mal danke, dass du das mit uns geteilt hast«, durchbricht Noah die Stille. »Das bedeutet mir wirklich sehr viel.«

Und mir noch mehr, dass er das sagt.

Auch Kadir nickt bekräftigend, sagt aber nichts weiter dazu, weil Noah fortfährt. »Du meinst also, ich soll zu meinem Vater gehen und ihm sagen, er soll mich endlich wahrnehmen, sonst reden wir nicht mehr miteinander?«

»Nein, mein Schatz. Wenn es für dich zeitlich passt, nimmst du Phil einfach mit zu einem Abendessen oder lädst deinen Vater ein, wenn auch Phil dabei ist. Ganz selbstverständlich, denn so sollte es doch sein. Und wenn er dann noch immer versucht, die Tatsache zu ignorieren, dass du schwul und in festen Händen bist, dann sprich ihn ganz bewusst darauf an, dass du dich nicht von ihm gesehen fühlst und was du dir wünschst.«

Zaghaft nickt Noah und ich nehme seine Hand in meine. »Mein Papa ist großartig, aber er hat auch ein bisschen gebraucht. Dann hat mein erster Freund Schluss gemacht und ich habe geheult, aber er war für mich da. Vielleicht hilft es, mal mit ihm über deine Sorgen zu reden. Damit er sieht, dass schwulen Jungs auch das Herz gebrochen werden kann und sich manchmal unsicher fühlen. Etwas, womit er sich möglicherweise auch auskennt.«

Kadir lächelt seinen besten Freund an. »Das sind wirklich keine schlechten Ideen. Ich meine, er ist ja auch nicht von der Sorte, die dann die Männlichkeit anzweifeln oder so ein Quatsch. Er weiß, was du draufhast und ist, zumindest was den Sport angeht, unglaublich stolz auf dich.«

»Danke, Leute.« Noah seufzt. »Ich wollte echt nicht, dass unser erstes gemeinsames Frühstück eine Therapiesitzung wird. Aber das hat mir wirklich sehr geholfen.«

Wieder kehrt Stille ein, aber eine von der zufriedenen Sorte. Wir schnappen uns alle wieder unser Besteck und essen unsere Frühstückspizzen auf.

Ich habe wieder das Gefühl, Noah ein so gewaltig großes Stück nähergekommen zu sein, dass es fast unmöglich ist, mich nicht Hals über Kopf in ihn zu verlieben.

Kapitel 16

Nach ein paar entspannten Stunden mit etlichen Gesprächen sind alle gegangen. Noah und ich mussten es bei einem viel zu kurzen Abschiedskuss belassen, weil Kadir gedrängelt hat. Der hat nämlich eine Erinnerung von der Bibliothek bekommen, dass er morgen ein Buch zurückbringen muss. Und laut eigenen Aussagen hat er es in besagtem Buch gerade mal bis Seite drei geschafft, um es für seine Hausarbeit durchzuarbeiten.

Emma und Anna wollten mir beim Aufräumen helfen, aber wenn ich nicht mit Noah knutschen kann, möchte ich lieber meine Akkus aufladen. Und das geht am besten mit ein bisschen Einsamkeit. Außerdem muss ich auch mit Sascha telefonieren, denn es erwartet mich ja noch die Auswertung des geschwisterlichen Boyfriend-Checks.

Bis dahin lasse ich mich aber vor meinem Computer an den Schreibtisch sinken und öffne ein neues Dokument. Das Projekt *Scherbenhaufen*, in das Arthur mich getrieben hat, ist beinahe beendet, aber es erfordert als Nächstes eine Szene, bei der ich sehr viel Herzschmerz nachempfinden muss. Nach so einem schönen und fröhlichen Wochenende ist das aber unmöglich. Ich bin viel zu glücklich für das Elend, was ich in diesem Manuskript leisten müsste.

Deshalb tippe ich ganz verhalten die ersten Sätze in einem neuen Dokument, welches ich vorerst mit dem Titel *Grindr-Tales* versehe.

Beim Frühstück haben wir Anna und Kadir ziemlich damit schockieren können, was die Hürden beim Online-Dating sind. Emma hat ihre ganz eigenen, genauso blöden Erfahrungen, die sie beisteuern konnte. Anna ist schon lange vergeben und Kadir lernt seiner Aussage nach, eher offline Leute kennen.

Die meisten Erfahrungen, die ich machen musste, hatten vor allem mit Oberflächlichkeit zu tun. Da werden ganz bestimmte Kriterien abgescannt, und neben einem möglichst fettfreien und normschönen Körper spielt leider auch das Alter eine entscheidende Rolle. Außerdem hatte ich nicht unbedingt das Gefühl, dass viele eine ernsthafte Beziehung suchen. Eindrücke, die Noah und Emma bestätigen.

Irgendwie reizt mich der Gedanke, eine Geschichte zu schreiben, die unter genau diesen Prämissen stattfindet. Am besten mit einem aufgehübschten Grindr-Profil bei einem meiner Protagonisten.

Während ich die ersten Sätze auf die weiße Seite banne, wird mir bewusst, wie verdammt viel Glück ich eigentlich hätte, wenn das mit Noah und mir wirklich funktionieren würde. Also längerfristig.

Während ich so in meinen Tagträumen versinke, fliegen meine Finger regelrecht über die Tastatur. Aus einer Seite werden schnell drei und dann immer mehr.

Ich kenne noch nicht viele Einzelheiten zu meinen Protagonisten, sondern lerne sie erst nach und nach zwischen den Zeilen kennen. Irgendwie stelle ich es mir so am realistischsten vor, denn wenn jemand meine Geschichte schreiben würde, würde derjenige mich ja auch erst in einem vollkommen zufälligen Moment zum ersten Mal sehen und mich dann immer besser kennenlernen.

Okay, sind wir ehrlich: Wenn jemand meine Geschichte schreiben würde, würde mich der Autor höchstwahrscheinlich dabei erwischen, wie ich gerade Pizza bestelle.

Meinen jetzigen Protagonisten erwische ich jedenfalls dabei, wie er sich ein nicht ganz den Fakten entsprechendes Grindr-Profil anlegt.

Und dann wünsche ich mir eine genauso schöne, langweilige und irgendwie herzliche Kennenlerngeschichte für einen meiner Protagonisten, wie ich sie gerade mit Noah erlebe.

Nur schubse ich darin niemanden die Treppe runter. Das würde nur ein Unmensch eines Autors tun.

***

In meinem Eifer habe ich gar nicht bemerkt, dass es draußen bereits dunkel geworden ist, und erschrecke daher furchtbar, als plötzlich mein Smartphone laut auf sich aufmerksam macht und einen FaceTime-Anruf ankündigt.

Schnell angle ich danach und nehme den Anruf meines Bruders an, noch ehe ich ein Licht in meinem Wohnzimmer angeschaltet habe.

»Hey.« Ein bisschen verhalten winke ich in die Kamera. Schreiben ist für mich manchmal so intensiv, dass es sich anfühlt, als würde ich aus einem sehr tiefen Schlaf aufwachen.

Ein Zustand, den mein Bruder ganz offensichtlich schon gut genug kennt, denn er lächelt mich wissend an. »Wolltest du die Wochenenden nicht frei machen? Du siehst aus, als wärst du wieder in einer Geschichte versunken.«

Auch an meinen Mundwinkeln zupft ein Lächeln. »Keine Ahnung. Ich hatte Lust, was zu schreiben, war inspiriert und plötzlich waren drei Kapitel fertig. Ich habe gar nicht mitbekommen, dass es schon dunkel geworden ist. Wie war deine Wanderung?«

»Großartig! Ich habe viele seltene Vögel vor die Kamera bekommen und endlich mal einen Elch gesehen. Auf dem Rückweg wurde ich, glaube ich, von einem Wolf verfolgt. Zumindest habe ich mich ziemlich beobachtet gefühlt.«

Jegliche Trägheit weicht aus meinem Körper. »Ach, du Scheiße! Geht es dir gut? Hast du eine Waffe bei dir? Was ist, wenn er dich bis nach Hause verfolgt hat?«

»Ach, Phil. Das ist nicht wie bei *Die drei kleinen Schweinchen*. Da steht jetzt kein Wolf vor meiner Hütte und pustet mir das Dach vom Kopf.«

»Das war auch ehrlich gesagt nicht das Erste, woran ich gedacht habe. Vielmehr habe ich ihn genüsslich auf deinem Bein rumkauen sehen.«

Mein Bruder lacht auf. »Es war mehrere Kilometer von hier entfernt und ich hatte nichts zu essen dabei, was ihn hätte anlocken können. Normalerweise folgen die nur Wanderern aus ihrem Revier raus. Der hatte wahrscheinlich viel mehr Angst vor mir als umgekehrt. Also genauer gesagt, hatte ich gar keine Angst. Es ist nur schade, dass ich ihn nicht vor die Kamera bekommen habe.«

»Sascha, ich weiß gerade nicht, was mich an der ganzen Sache mehr beunruhigt. Die Tatsache, dass dir das Verständnis von Angst fehlt, oder aber die, dass du auf kilometerweiten Wanderungen nichts zu essen mitnimmst.«

Er verdreht grinsend die Augen und eigentlich ahne ich schon, was er gleich sagen wird: Er weiß, was er tut. Trotzdem ist es ja wohl meine brüderliche Pflicht, mir Sorgen um ihn zu machen.

Stattdessen wechselt er aber lieber das Thema. »Willst du wissen, was ich von deinem Noah halte?«

Die Augen verdrehend lasse ich mich auf die Couch sinken. »Er ist nicht *mein* Noah. Er gehört nur sich selbst.«

»Jaja, dann eben deiner neuen Flamme.«

»Könnten wir uns nicht weiter an Begrifflichkeiten festhalten und du sagst mir einfach, was du denkst?«

Einen Moment lang tut er so, als müsste er darüber nachdenken. »Also, wenn ich ganz ehrlich bin, bin ich mir noch nicht sicher. Auf den allerersten Blick würde ich nämlich sagen, der ist zu gut, um wahr zu sein. Und nichts gegen dich, aber mir ist es ein Rätsel, wie du so einen Jackpot landen konntest.«

Okay, das sind harte Worte und die tun auch ein kleines bisschen weh. Aber immerhin habe ich mir diese Gedanken auch schon selbst gemacht.

»Hilft es, wenn ich dir sage, dass er noch stark an der Beziehung zu seinem Vater arbeiten muss? Und dass er ein echt großer Langweiler ist? Also mal vom Boxen abgesehen.«

Sascha hebt eine Augenbraue. »Die Vater-Sache macht ihn wenigstens ein wenig menschlicher. Alles andere ist doch wie ein Sechser im Lotto für dich. Ich meine, auch wenn er vielleicht ein Langweiler ist, ist er schlau, sehr belesen, kann sich gut ausdrücken. Und die Art, wie er dich ansieht, ist ziemlich süß.«

»Wie sieht er mich denn an?«

»So, wie du Pizza ansiehst.«

Jetzt ist es offiziell, mein Bruder ist ein gemeiner Kerl. Und eigentlich sollte ich genau jetzt auflegen.

»Phil? Schmollst du jetzt oder ist das Bild eingefroren?«

Demonstrativ strecke ich ihm den Mittelfinger in die Kamera. »Weiß nicht, was denkst du denn?«

Sascha gibt einen Laut von sich, der irgendwo zwischen Lachen und Seufzen liegt. »Du kannst manchmal echt melodramatisch sein. Ich wollte damit nur sagen, dass ich denke, dass er ein guter Kerl ist. Du darfst ihn also gern behalten. Nein, du *musst* ihn behalten, denn er wirkt wie jemand, mit dem ich ziemlich gern befreundet wäre.«

»Ich werde mir die größte Mühe geben. Auch wenn du ihn gar nicht verdient hast, du alter Fiesling.«

Er grinst auf diese schelmische Art, mit der er mich schon als Kind immer dazu gebracht hat, ebenfalls zu grinsen.

»Okay, verrätst du mir dann auch noch, was es mit dir und Emma auf sich hat?«

»Was genau meinst du?«

Jetzt bin ich derjenige, der eine Augenbraue hebt. »Na ja, gestern kam mir zwischen euch alles so normal vor. Da habe ich angenommen, dass ihr geredet habt oder so.«

Einen Moment lang herrscht absolute Stille und ich glaube schon, dass das Bild tatsächlich eingefroren ist, aber da wird die Ruhe vom schweren Ein- und wieder Ausatmen meines Bruders unterbrochen. »Wirklich geredet haben wir nicht. Ich habe ihr eine Nachricht geschrieben, in der stand, dass ich ihr Paket bekommen und mich sehr gefreut habe. Und darüber nachdenke, was sie geschrieben hat.«

»Okay ... Das mit dem Nachdenken klingt irgendwie überhaupt nicht gut, Sascha.«

»Ich weiß. Aber ich wollte ihr nicht das Gefühl geben, dass es überhaupt keine Option für mich wäre. Hat sie denn irgendwas gesagt?«

Wahrheitsgemäß schüttle ich den Kopf. »Kein Sterbenswörtchen. Deshalb dachte ich ja, es wäre alles fein zwischen euch, auf welche Art auch immer. Hat sie auf diese komische Nachricht von dir geantwortet?«

»Ja.«

»Jetzt lass dir doch nicht alles aus der Nase ziehen!«

»Sie hat nur ›*Okay*‹ geschrieben und mir ein GIF von einer winkenden Katze geschickt.«

Am liebsten würde ich gerade schreien. Das ist wirklich verdammt zäh mit den beiden.

Sascha mustert mich durchdringend. »Was denn?«

»Ihr macht mich echt fertig. Wer schreibt diesen Quatsch mit dem Nachdenken und wer antwortet auf so was mit einem Katzen-GIF?«

»Das mit der Katze hat mich ehrlich gesagt beruhigt. Das hat mir irgendwie gezeigt, dass zwischen uns immer noch alles cool und easy ist.«

Jetzt bin ich echt raus. »Gegen euch bin ich echt eine große Nummer im Flirten. So was liest du aus einer winkenden Katze?«

Er zuckt mit den Schultern. »Es war eine sehr niedliche Katze, und ich glaube fest daran, dass süße Tiere nur für Menschen reserviert sind, die man gernhat.«

Am liebsten würde ich darauf irgendwas Gemeines sagen, aber er hat ja auch recht. Und ich weiß jetzt zumindest ganz genau, was mich so an der Situation der beiden stört, denn genauso habe ich mich auch oft genug irgendwelchen Typen gegenüber verhalten. Ich habe Katzen geschickt und Dinge in Smileys hineininterpretiert, obwohl da gar nichts weiter war.

Aber Sascha und Emma haben einen entscheidenden Vorteil: Sie sind miteinander befreundet und kennen sich seit Ewigkeiten. Sascha weiß also, wie Emma zu Katzen-GIFs steht, und so, wie er das sieht, schätze ich die Lage auch ein.

»Okay, also die Katze ist ein gutes Zeichen. Aber wie soll es dann weitergehen? Ich meine, hast du denn inzwischen mal näher darüber nachgedacht?«

Er nickt. Sehr zaghaft zwar, aber immerhin. Dann hält er mir einen Zettel in die Kamera. Viel zu schnell, als dass ich überhaupt eine Chance hätte zu lesen, was darauf steht. »Ich habe eine Pro-und-Kontra-Liste gemacht.«

»Was man eben so macht, wenn man darüber nachdenkt, ob man in jemanden verliebt ist oder nicht.«

»Ach Phil, jetzt sei mal nicht so. Du bist halt ein hoffnungsloser Romantiker. Aber so lange, wie wir uns kennen, ist es doch klar, dass ich da auf feinere Nuancen achten muss.«

»Okay, okay, okay. Und was steht auf der Liste?«

Sascha räuspert sich und hält den Zettel so, dass er die Übersicht gut vor Augen hat. »Ich wollte erst mal abwägen, was denn das Schlimmste wäre, was passieren kann, wenn wir uns daten und es funktioniert nicht. Ich schätze weder mich noch Emma so ein, dass wir dann nie wieder miteinander reden würden, und glaube, wir könnten Freunde bleiben.«

»Das denke ich auch.«

»Auf jeden Fall habe ich dann viel über alle möglichen und unmöglichen Situationen nachgedacht und irgendwie ... vielleicht haben wir während eures Studiums schon ab und zu miteinander geflirtet. Aber es war derart vorsichtig, dass ich es nicht mitbekommen habe. Beziehungsweise es nicht bewusst erwidert habe.«

»Subtiles Flirten? Unbewusstes Erwidern? Sascha, erleben wir hier die gleiche Art von Liebesgeschichte?«

Sascha verdreht die Augen. »Du weißt genau, dass es bei uns ein wenig komplizierter ist. Immerhin sind Emma und ich befreundet.«

»Natürlich. Und dazu kommt noch, dass ihr beide sehr freiheitsliebende Menschen seid. Keine Ahnung, wann ihr das letzte Mal zur selben Zeit im selben Land wart.«

Mein Bruder lässt die Schultern ein bisschen tiefer sinken. Es ist echt eine schwere Situation und ich bin in einer Beobachterposition gefangen. Beide bedeuten mir unglaublich viel und ich wünsche mir so sehr, dass sie glücklich werden. Aber ich kann absolut nichts tun, außer für sie da zu sein.

So gesehen hatte ich es wirklich einfach. Immerhin stand Noah regelmäßig vor meiner Tür und ich musste nur mal ordentlich die Augen aufmachen. Na ja, und so viel Glück haben, dass er in all der Zeit, in der ich nichts von seinen subtilen Maßnahmen, mich auf sich aufmerksam zu machen, mitbekommen habe, keine bessere Option kennengelernt hat.

Aber wenn dann auch noch eine Freundschaft auf dem Spiel steht, hat man sicherlich ganz schön dicke Scheuklappen auf.

»Weißt du, ich habe das Gefühl, ich kann nicht aus Norwegen weg. Also egal, ob ich eingeschneit bin oder nicht. Wenn ich nur kurz zurückkomme und dann weiterziehe, ohne sie zu treffen, weiß sie, dass ich ein Feigling bin. Also muss ich bleiben. Und damit habe ich Hunderte von Chancen, es mit Emma in den Sand zu setzen. Und wenn das passiert, weiß sie, dass ich gehe, weil ich es verbockt habe. Egal, wie es läuft, wenn ich gehe, hat das einen Beigeschmack.«

Seine Worte sacken nur langsam zu mir durch, weil ihr Ausmaß viel größer ist als die Aneinanderreihung von diesen vielen hoffnungstrüben Worten. Ich sinke ein bisschen auf meinem Stuhl ein. »Weißt du, auch in Deutschland gibt es noch genug Plätze, die du bisher nicht fotografiert hast.«

»Jetzt klingst du wie Mama.« Er verdreht die Augen. »Das stimmt, trotzdem reizt es mich nicht besonders. Wenn man einmal an einem aktiven Vulkan gestanden hat, ist eine Wanderung durchs Elbsandsteingebirge wirklich ein ziemlich großer Abstieg.«

»In dieser Hinsicht bist du ein echter Snob geworden, weißt du das?«

Er zuckt mit einem entschuldigenden Grinsen mit den Schultern.

Ein Seufzen entkommt meinen Lippen. »Wo ist nur der Kerl hin, der sein gesamtes Erspartes in Kameraequipment investiert hat und dann an die Ostsee getrampt ist, ohne zu wissen, wo er überhaupt schlafen soll, aber für einen Haufen guter Aufnahmen durchs Watt gekrochen ist?«

Wieder ernte ich nur ein Schulterzucken. »Der Kerl ist wahrscheinlich in den Vulkan gefallen.«

Strafend sehe ich ihn an und er lacht.

»Entschuldige. Ich meinte damit nicht, dass ich nicht auch von daheim aus arbeiten könnte. Schöne, magische Plätze gibt es dort jede Menge. Aber so richtig in der Arbeit versinken kann ich nur, wenn mindestens die Gefahr besteht, ein Körperteil zu verlieren. Und genau diese Art von Arbeit bräuchte ich, wenn diese Dating-Sache schiefgehen würde und es dann komisch zwischen Emma und mir wird. Argh ... können wir vielleicht über etwas anderes reden?«

Stattdessen reden wir über den Elch, den er heute fotografieren konnte, aber auch davon, dass er fleißig Norwegisch mit einem Online-Sprachkurs lernt, um sich beim nächsten Einkauf besser mit seinem Nachbarn verständigen zu können. Und dann erzähle ich ihm von der neuen Geschichte und von der Idee mit der Frühstückspizza.

Irgendwann sind wir beide müde und verabschieden uns. Als er dann »*Mach dir keine Sorgen um Emma und mich*« sagt, kann ich für ein paar Minuten nur darüber nachdenken, wie wahnsinnig kompliziert diese Sache mit der Liebe ist.

Als hoffnungsloser Romantiker weigere ich mich, etwas Schlechtes über sie zu sagen. Denn Liebe tut nicht weh. Unerwiderte Gefühle, Verlassenwerden, Zweifel und Ängste, Streit und Auseinanderleben tun es.

Doch der Weg zum Lieben, der ist hinderlich, und ich habe den Eindruck, dass dieser für niemanden leicht ist. So, als wäre dieses Gefühl etwas, was man sich verdienen muss. Immer irgendwie auf der Suche sein, immer genug Glück in petto haben und die Umstände drumherum müssen auch stimmen.

Seufzend lasse ich mich in meinem Stuhl ein wenig zurückfallen. Auch wenn ich es mit Noah vergleichsweise leicht hatte, habe ich davor lange Zeit nicht so viel Leichtigkeit in diesem Gebiet gehabt. Immer hat irgendwas nicht gepasst und doch sieht es jetzt so aus, als würden all diese Fails mal in etwas richtig Gutem enden.

Keine Ahnung, vielleicht habe ich mir ja jetzt endlich mal dieses Gefühl verdient? Genug Frösche geküsst, um mal einen Prinzen abzubekommen, um es mal ganz klischeemäßig wie in einer Seifenoper auszudrücken.

Und vielleicht ist das bei Emma und meinem Bruder ja genauso?

Liebe ist nicht kompliziert, nur das Drumherum ist es, und ich glaube, dass noch niemals ein Mensch auf dieser Welt es leicht damit hatte. Die Belohnung zum Schluss soll sich ja auch immerhin wie eine anfühlen.

Mein Magen beginnt zu knurren und reißt mich aus meinen Gedanken.

Vielleicht darf ich mich nicht immer gleich in alles reinsteigern. Weder in meine eigene Liebesgeschichte noch in die meines Bruders. Aber hey, ich bin eben ein Romantiker. Wenn ich mich nicht in so was reinsteigern könnte, wäre ich vermutlich nicht Autor geworden. In meinen Geschichten muss ich mich auch komplett verlieren können. Das ist im realen Leben zwar leider nicht so leicht zu planen, zu verschieben und noch mal zu überarbeiten wie ein Romanplot, aber was soll ich machen? Das ist nun mal die Art, wie mein Herz funktioniert.

Damit nicht nur mein Herz, sondern auch der Rest meines Körpers weiter funktioniert, stehe ich endlich auf und begebe mich in Richtung Küche, um mir etwas zu essen zu suchen und mein Handy aufzuladen. Ich habe gar nicht mitbekommen, dass der Akku den Geist aufgegeben hat. Na ja, generell habe ich von diesem Sonntag sehr wenig mitbekommen. Solche Tage gibt es hin und wieder sicherlich für jeden. Normalerweise habe ich konkrete Arbeitsroutinen, deshalb verliere ich mich an den Wochenenden häufiger mal in Gedanken. Oder in neuen Romanprojekten.

Und während ich das übrig gebliebene Mousse au Chocolat aus dem Kühlschrank nehme, denke ich sofort wieder an gestern Abend und daran, wie schön es mit Noah war.

Keine Ahnung, wann ich das letzte Mal so viel mit jemandem geredet habe und trotzdem das Gefühl hatte, ich möchte ihm noch unendlich viele Nächte lang zuhören.

Mein Smartphone leuchtet auf und schon im nächsten Moment erklingt ein leises *Pling!*, welches eine neue Nachricht ankündigt.

Als hätte er meine Gedanken gelesen: eine neue Nachricht von Noah.

Nachrichten von Noah

Noah:
Vielleicht findest du das jetzt nervig, aber ich bekomme dich nicht mehr aus dem Kopf und habe das dringende Bedürfnis, dir das auch zu sagen.
Es war wirklich schön gestern.
Und auch wenn das jetzt weird klingt, aber ich möchte noch viel öfter die halbe Nacht mit dir reden.

Phil:
Ich finde es toll, dass du mir das sagst und dich so oft meldest.
Auf dieses Hin und Her von wegen, wann darf ich mich nach einem Date wieder melden, habe ich echt keine Lust mehr.
Und mir gefällt die Vorstellung davon, dass wir noch sehr viele Nächte einfach reden.

Noah:
Ich will es nur nicht verderben und hoffe, ich bin nicht aufdringlich.
Entweder nerve ich, weil ich ständig schreibe, oder ich ghoste jemanden aus Versehen.

Phil:
Aus Versehen? Wie funktioniert denn das?

Noah:
Wenn es dich beruhigt: Das ist mir noch nie mit einem potenziellen festen Freund passiert.
Aber ich habe mal einen guten Freund geghostet.
Damals hatte ich in der Uni wahnsinnig viel zu tun und habe auf keine Nachrichten mehr geantwortet. Als diese Phase dann vorbei war, hatte ich das Gefühl, es ist so viel Zeit vergangen, dass es peinlich wird, wenn ich antworte, als wäre nichts gewesen.

Phil:
Also hast du einfach nichts gesagt?
Funkstille?

Noah:
Ich weiß, das ist erbärmlich.
In meiner Notiz-App sind sicherlich dreißig Versuche abgespeichert, wie ich ein neues Gespräch anfangen wollte, aber ich hab echt riesigen Schiss davor, ihm nach zwei Jahren wieder zu schreiben.

Phil:
Weißt du, was ich an dir am meisten mag, Noah?

Noah:
Dass jede Eigenheit, die du vielleicht hast, gegen meine Verkorkstheit absolut liebenswert erscheint?

Phil:
xDD
Nein, du Spinner.

Ich mag, dass du so offen zugeben kannst, wenn du vor
etwas Angst hast.
Viele Menschen tun immer tough und stark, als sei es
eine Schwäche, wenn man zugibt, etwas nicht hinzube-
kommen.
Aber du stehst dazu und das macht dich in meinen Augen erst wirklich stark.

Noah:

Jetzt weiß ich nicht, was ich sagen soll, weil das vermutlich das beste Kompliment ist, was ich je gehört habe.
Vor allem, weil du etwas an mir magst, was mich selbst
manchmal zur Weißglut bringt.

Phil:

Wenn du wieder Kontakt zu diesem aus Versehen geg-
hosteten Freund haben willst, schick mir einfach seine
Nummer oder seinen Namen auf Insta, dann schreibe
ich ihn für dich an.
Und ich hoffe, dass du mit der Zeit auch anfängst, dich
aus meinem Blickwinkel zu sehen.
Da wirkst du nämlich überhaupt nicht verkorkst, sondern nur menschlich.

Noah:

Mal sehen, wie lange noch.
Irgendwann wachst du auf und stellst fest, dass ich ein
Langweiler und ein Feigling bin.

Phil:

Wenn du mich bis dahin nicht aus Versehen geghostet
hast, ist das wohl der Tag, an dem du einen Ring in

einem Cupcake findest, weil ich nämlich genauso langweilig und feige bin wie du.
Wobei feige vielleicht ein bisschen zu hart formuliert
ist. Sagen wir lieber, wir sind ängstlich.

Noah:
Ich werde dich nicht ghosten.
Deshalb melde ich mich ständig.
Und vielleicht auch deswegen, weil ich dich jetzt schon
vermisse. In meinen Augen bist du nämlich nicht langweilig. Du bist der interessanteste Mensch, den ich jemals kennengelernt habe.

Phil:
Wen lässt das jetzt in einem schlechteren Licht daste-
hen? Die Leute, die du so kennenlernst, oder dich, weil
du dich mit solchen Leuten abgibst?

Noah:
:-P
Kann ja nicht jeder eine Menge berühmter Autor:innen
kennen.

Phil:
Berühmt ist auch echt zu viel gesagt.
Ich mogle mich so durch.

Noah:
Da sagt deine absolute Traumwohnung aber was anderes.

Phil:
*Na ja, die ist das Ergebnis von sehr vielen Büchern. Ich
kann eben nicht aufhören, zu schreiben, und das summiert sich zum Glück irgendwann.*

Noah:
*Da ich nicht nur dein Date, sondern auch dein größter
Fan bin, finde ich es großartig, dass du für Nachschub
sorgst.*

Phil:
Bist du das denn? Mein Date?
*Also ich stelle das gerade nicht grundsätzlich infrage,
aber ich würde dich gern besser titulieren können als
mit einem so unbedeutenden Wort.*

Noah:
Das macht mich gerade sehr glücklich.
Auch wenn mir selbst keine gute Alternative einfällt.
Boyfriend-to-be?

Phil:
*Wie genau werden die einzelnen Abstufungen eigent-
lich abgegrenzt?*
Mich verwirrt das alles manchmal sehr ...
*Besonders, da du der Erste seit Jahren bist, wo ich mir
solche Gedanken machen muss.*

Noah:
*Beruhigt es dich zu wissen, dass ich dem letzten Men-
schen, der infrage kam, auch noch ein Zettelchen mit*

den Worten ›Willst du mit mir gehen?‹ und mehreren
Ankreuzoptionen unter dem Tisch zugeschoben habe?
Danach kam Grindr und hat meine Vorstellungen von
Liebe und Dating etwas zerstört.

Phil:
Das beruhigt mich tatsächlich.
Und es macht mich sehr neugierig.
Wie alt warst du da und hat der Typ wenigstens das
Richtige angekreuzt?

Noah:
Ich war 14 ... und es war ein Mädchen. Damals habe ich
noch ignorieren wollen, dass das Lesen von One Direc-
tion Fanfiktions mit Slash Content ein eindeutiges Zeichen ist.
Sie hat außerdem ›Nein‹ angekreuzt.

Phil:
Hätte dich gar nicht für einen One-Direction-Fan gehalten.

Noah:
Musikalisch fand ich sie okay. Es waren Harry und
Louis, die mir das Herz gestohlen haben.
Ich habe sogar selbst ein paar Fanfiks geschrieben.
Die waren allerdings absolut grausig.

Phil:
Die würde ich gern lesen.

Noah:
Irgendwann vielleicht mal.
Es ist praktisch die Dokumentation meines schwulen
Erwachens.

Phil:
Ja ... wenn man einmal diese Grenze überschritten hat,
das Wort Penis zu schreiben, gibt es kein Halten mehr.

Noah:
Darüber sollte ich wirklich nicht so viel lachen, wie ich
es gerade tue, denn das entspricht leider absolut dem,
was ich da fabriziert habe.

Phil:
Also hast du Porn without Plot geschrieben?

Noah:
Ich sage jetzt lieber nichts mehr ...

Phil:
Auf welchen Plattformen warst du aktiv?

Noah:
Ich schweige wie ein Grab.

Phil:
Ist vielleicht ein bisschen übergriffig, aber ich habe gerade Kadir geschrieben und der hat mir einen Link geschickt.

Wenn ich mich also eine Weile nicht melde, werde ich
in der Verkommenheit deines jugendlichen Kopfes versunken sein.

Noah:
O_O

***

Noah:
Wieso verschickst du Links von meiner Fanfiktion-Ver-
gangenheit?

Kadir:
Ich dachte nicht, dass das so ein großes Geheimnis ist,
immerhin musste ich das auch lesen.
Außerdem möchte ich mich bei Phil gut stellen. Der
Abend gestern war wirklich toll.

Noah:
Hast du vielleicht mal darüber nachgedacht, dass mir
das peinlich sein könnte?

Kadir:
Ist doch besser, er weiß es jetzt, als wenn er erst in drei
Jahren davon erfährt.

Noah:
Ist es das, Kadir? Ist es das?

Kadir:
Soll ich dir mein Heizcape bringen?

Noah:
Nein, schon gut.
Er schreibt mir zumindest noch.
Aber du kannst mich bitte daran erinnern, dass ich diese Geschichten zeitnah lösche.

Kadir:
Als dein bester Freund werde ich den Teufel tun. Man weiß nie, wann man so was mal gebrauchen kann.

Kapitel 17

Es fühlt sich gerade alles ganz leicht an, von dem ich bislang dachte, es sei schwer. Denn Noah macht es mir leicht. Wir schreiben jeden Tag mehrere Stunden miteinander, schicken uns Sprachnachrichten, obwohl wir normalerweise nicht der Typ dafür wären, und kommentieren unseren Tag mit den unmöglichsten GIFs.

Und zwischendurch, wenn ich nicht gerade arbeite oder daran feile, meine Backkünste noch ein bisschen aufzubessern, lese ich die Fanfiktions, die er in seiner Teenagerzeit geschrieben hat.

Das genieße ich sehr. Denn diese Geschichten sind wie eine Art Zeitkapsel, die es mir möglich machen, den fünfzehnjährigen Noah mit all seinen Sorgen und Ängsten kennenzulernen.

Mir fehlt das Wissen über die Band, über die er schreibt, deshalb kann ich nicht beurteilen, ob die Charaktere auch der Wirklichkeit entsprechen. Aber ich finde es sehr spannend, zu lesen, dass einer von beiden ruhig und zurückhaltend ist, während der andere vor Selbstbewusstsein regelrecht überquillt, und das zu jeder Menge Zündstoff innerhalb ihrer langsam erwachenden Beziehung führt.

Zwischen den Zeilen kann ich so gut herauslesen, wie es Noah in dieser Zeit ergangen sein muss, und Situationen erkennen, in denen er es aufgrund seiner Introvertiertheit schwer gehabt haben muss. Dass ihm einige Steine in den Weg gelegt wurden. Wie gern er sich verliebt hätte. Und dass er damals wahrscheinlich dachte, dass er sich dafür in einen extrovertierten Menschen verlieben und sich ihm anpassen muss.

Ich erkenne mich selbst in unzähligen Situationen wieder und kann so gut nachfühlen, wie es damals in ihm ausgesehen haben muss. Denn ich hatte ähnliche Erfahrungen gemacht.

Aber wir beide haben es irgendwie doch geschafft, unseren eigenen Weg zu gehen. Und jemanden zu finden, bei dem es besser passen könnte als bei all den Fehlschlägen, die wir bislang in Sachen Beziehungen hatten.

Und das alles ganz ohne mehr aus uns rauskommen zu müssen.

Darf ich ein paar Erkenntnisse, die ich aus deinen frühen Werken gewinne, in mein neues Buch einarbeiten?

Ich sehe, dass er direkt, nachdem ich meine Nachricht abschicke, online ist. Nur eine Sekunde später kommt bereits ein GIF von ihm, von einem Hasen, der sein Gesicht in seinen Vorderpfoten vergräbt.

Bevor ich darauf etwas antworten kann, werde ich von der Türklingel unterbrochen.

Verwirrt laufe ich nach unten. Es ist Donnerstag. Mich trennt also noch etwas Zeit von einer weiteren Pizza und ein Paket erwarte ich auch nicht. Da unsere Gegensprechanlage aus der Steinzeit kommt, kann ich nur den Summer betätigen und hier oben ausharren.

Und hoffen, dass es kein Serienkiller ist. Oder noch schlimmer: ein Paket für einen Nachbarn.

Im übelsten Fall sogar für Arthur.

Vorsichtshalber lasse ich die Wohnungstür geschlossen. Wenn es wirklich eine Lieferung ist, hat der Ausliefernde womöglich sämtliche Klingeln im Haus betätigt und kann nicht wissen, dass ich zu Hause bin.

Meine Hoffnungen werden allerdings schnell zerstört, denn jemand *klopft* an meine Wohnungstür. Ich muss mich ganz schön zusammenreißen, um nicht wie ein aufgescheuchtes Reh wegzuhuschen.

Bevor ich mich leise von der Tür entfernen kann, dringt auch schon eine Stimme durch diese. »Phil, ich weiß, dass du jetzt hinter der Tür hockst und so tust, als wärst du nicht da. Mach mir bitte auf.«

Freudige Überraschung breitet sich in meinem Körper aus.

Schnell reiße ich die Tür auf und muss mehrmals blinzeln, bevor ich meinem Bruder in die Arme falle. »Was um alles in der Welt tust du denn hier?«

Zum Glück ist Sascha körperlich ziemlich fit, denn trotz seines schweren Rucksacks gelingt es ihm irgendwie, mich festzuhalten. Denn vielleicht, ganz vielleicht, freue ich mich so sehr, ihn zu sehen, dass ich ihm wie ein Kleinkind in die Arme gesprungen bin.

»Der Schnee hat nachgelassen, sodass die Straßen für norwegische Verhältnisse frei waren. Und da konnte ich direkt den nächsten Flug nach Deutschland nehmen.«

Sanft setzt er mich wieder auf dem Boden ab, aber ich löse diese Umarmung noch nicht auf. Kann ich nicht. Dafür haben wir uns viel zu lange nicht mehr gesehen.

»Und was ist mit den Orcas?«

»Die besuche ich vielleicht lieber im Herbst. Bis zum Nordkap hätte ich es mit dem Schneefall nicht geschafft. Das hatte ich mir viel zu einfach vorgestellt.«

Er streichelt mir sanft durch die Haare und ich löse mich von meinem Bruder, um ihn wieder richtig ansehen zu können. Auch wenn wir jede Woche miteinander facetimen, ist es immer wieder etwas ganz Besonderes, ihn nach einer Reise wiederzusehen. Denn das Reisen verändert Sascha immer ein bisschen. Es ist, als könnte man ihm die Einflüsse der letzten Monate noch ganz genau vom Gesicht ablesen.

Auch jetzt fallen mir ein paar Dinge auf. Der Bart ist länger als zuvor, sein Gesicht strahlt, so, als hätte er den Glanz der Kälte mitgebracht. Und er hat einen dieser Klischee-Pullover mit einem Elch und sehr vielen norwegischen Flaggen drauf an. Einen von der Sorte, wie ihn echte Norweger niemals tragen würden. Die Dinger gibt es sicherlich nur, um Touristen identifizieren zu können.

Sascha bemerkt meinen Blick und lächelt stolz. »Für dich habe ich auch einen mitgebracht. Es gab so was in der Pride-Version.«

»Oh, wie schön.«

Ehrlich gesagt, kann ich mir nicht vorstellen, wie die Pride-Version von einem Elch mit Flaggen genau aussehen soll, aber das Bild, was sich in meinem Kopf zusammensetzt, ist selbst für mich etwas schrill. Wie gut, dass ich von zu Hause aus arbeiten kann. Denn egal, wie das Teil aussehen wird, allein weil es von meinem Bruder kommt, veranlasst mich dazu, es zu tragen.

Sascha geht an mir vorbei und stellt meinen Flur mit seinem Gepäck voll, während ich die Tür hinter ihm schließe.

»Wissen Mama und Papa, dass du in Deutschland bist?«

»Ja, und sie waren ein kleines bisschen angefressen, weil ich nicht direkt zu ihnen gekommen bin.«

Fast möchte ich gerührt sein, dass er sich den Zorn unserer überbehütenden Eltern auflädt, um zuerst zu mir zu kommen, aber dann wird mir etwas klar. »Du bist nur hier, um Emma zu sehen, oder?«

Sascha verdreht die Augen. »Dann wäre ich doch direkt zu ihr gefahren. Ich bin *deinetwegen* hier. Oder störe ich dich etwa? Hast du heute noch ein Date mit Noah?«

»Sehr geschickt, wie du das Thema wechselst. Nein, ich sehe Noah erst am Samstag wieder. Und ich glaube dir übrigens kein Wort. Du wärst nicht einfach so zu Emma gefahren. Zum einen wäre dir das viele Gepäck unangenehm, weshalb du das lieber bei mir parkst. Zum anderen wirst du sicherlich noch ein paar Stunden brauchen, um dir genau auszumalen, wie euer Treffen ablaufen wird. Und vorher werde ich dich noch einmal motivieren müssen.«

Wieder schüttelt er leicht den Kopf, aber dann seufzt er. »Vielleicht hast du recht. Aber ich wollte dich auch unbedingt sehen. Du hast mir gefehlt, kleiner Bruder.« Mit einer schwungvollen Geste zieht er etwas aus dem Rucksack. »Tada!«

In meinem Kopf sah sein Mitbringsel schon schlimm genug aus, denn ich hatte gedacht, mich würden weiße Elche umgeben von Regenbogenflaggen erwarten.

Tatsächlich wünsche ich mir aber gerade, dass es nur das wäre. Dieser Pullover ist komplett regenbogenfarben. Die Elche sind das Dezenteste daran, denn die sind nur weiß und es sieht aus, als würden sie sich küssen.

»Er gefällt dir nicht.« Saschas Stimme klingt unendlich traurig, weshalb ich vehement den Kopf schüttle.

»Nein, er ist wunderbar! Ich war vielleicht nur ein bisschen ... geblendet von all der Farbe. Wie die das wohl gestrickt haben? Das ist auf jeden Fall ein Hingucker.«

Noch immer wirkt mein Bruder ein wenig skeptisch, deshalb nehme ich ihm das Teil ab und ziehe es direkt über. Auch wenn es sich furchtbar mit meinen Haaren beißt und man mich damit wahrscheinlich auch vom Weltall aus sieht, ist es zumindest sehr kuschlig. Na ja, und wenn ich mal einen Unfall habe, werde ich damit auf jeden Fall gefunden.

Sascha strahlt übers ganze Gesicht und nimmt mir mein Smartphone aus der Hand. »Bitte lächeln! Dann kannst du Noah gleich ein Foto schicken.«

Allein die Tatsache, wie glücklich mein Bruder darüber ist, dass ich diese wollige Farbbombe trage, macht den Pullover irgendwie schön für mich. Also mache ich das Flurlicht an und lächle für meinen Bruder in die Kamera.

Was man ihm echt zugutehalten muss: Völlig egal, ob er mit seiner sündhaft teuren Spiegelreflexkamera oder mit einem Smartphone im Halbdunkeln fotografiert, er macht echt wahnsinnig gute Bilder, für die man sich nie schämen muss.

Deshalb zögere ich auch keine Sekunde, eins der Fotos an Noah zu schicken.

»Also, wie ist dein Plan?«, frage ich schließlich und sehe dabei zu, wie Sascha seine Sachen fein säuberlich in meinem Gästezimmer einräumt.

Das Schöne an unserer Beziehung zueinander ist, dass er ganz genau weiß, dass er hier immer willkommen ist und so lange bleiben kann, wie er will.

Sascha ist ein angenehmer Mitbewohner, denn auch wenn er hier ist und angeblich schon alles in Deutschland gesehen hat, ist er selten zu Hause. Ich glaube, er kann überhaupt nicht einfach mal stillhalten. Bewegung ist ein entscheidender Teil seines Wesens.

Und das liebe ich wirklich sehr an ihm.

Kurz hält er inne, bevor er einen weiteren Stapel dicker Pullover aus seinem Rucksack zieht.

Ich könnte ihm stundenlang dabei zusehen, wie er all sein Zeug auspackt. Es ist wie diese ASMR Videos, nur eben für die Augen. Faszinierend und beruhigend zugleich.

»Ich dachte, ich bleibe erst mal ein paar Tage bei dir, wenn das okay ist. Dann will ich mich gern mit Emma treffen. Und je nachdem, wie das ausgeht, werde ich entsprechend lange oder kurz hierbleiben. Danach fahre ich zu Mama und Papa, um umzupacken, und wenn mir keine neue fixe Idee kommt, ist mein nächstes Ziel Lanzarote.«

Beeindruckt mustere ich ihn. »Wow, es ist echt erstaunlich, dass es dich direkt von Schnee in eine Vulkanlandschaft zieht.«

Leicht zuckt er mit den Schultern. »Ich wäre gern ohne die ganzen Touristen dort. Deshalb muss ich schauen, wann mal keine Ferien sind.«

Ein Anflug von Neid zieht in mir auf. Denn manchmal wäre ich auch gern so frei wie er. Ich glaube, dass Sascha auch insgeheim gehofft hatte, dass diese kreativen Reisen irgendwie unser gemeinsames Ding werden könnten. Als ich vor der Familie verkündet hatte, dass ich vom Schreiben leben möchte, hat er immer wieder ganz aufgeregt nachgefragt, ob ich ihn begleiten möchte. Theoretisch kann ich überall arbeiten, solange ich einen Laptop und funktionierende Internetverbindung habe.

Und ja, wenn ich über die Orte nachdenke, die mein Bruder besucht, finde ich die Vorstellung, dort zu sein, ziemlich schön.

Allerdings haben wir einen einzigen Ausflug zusammen gemacht, der mir gezeigt hat, dass Vorstellung und Realität manchmal meilenweit auseinanderliegen. Und da reden wir nur von einem Trip nach Dänemark.

Ich bin nämlich leider jemand, der viele Routinen pflegt und erst so richtig kreativ werden kann, wenn alles in meiner Umgebung meinen Vorstellungen entspricht. Ich habe so viele Marotten und Angewohnheiten, dass es in einer fremden Umgebung nahezu unmöglich ist zu schreiben. Wahrscheinlich bräuchte ich sechs Wochen, um überhaupt richtig anzukommen.

Ja, mir ist bewusst, dass das anstrengend ist. Bei so vielen Steinen, die ich mir selbst in den Weg lege, ist es nahezu unmöglich, zu arbeiten und gleichzeitig noch etwas von einem anderen Land zu sehen.

Deshalb handhabe ich es meistens so, mir übers Jahr verteilt ein paar Wochen Urlaub und somit auch schreibfreie Zeit zu gönnen, um in diesen Zeitfenstern meinen Bruder zu besuchen. Für einen Stubenhocker wie mich bedeutet das, oft genauso irgendwo drin zu sein wie zu Hause, nur mit dem Unterschied, dass Sascha mich ab und an zu kleinen Wanderungen motiviert. In dieser Zeit genieße ich es am meisten, nichts zu tun zu haben.

»Überlegst du gerade, ob du einen kleinen Urlaub auf Lanzarote einplanen willst?«

Ich zucke mit den Schultern. »Wäre vielleicht ganz nett. Aber das hängt davon ab, wie weit ich bis dahin mit meinen Projekten gekommen bin und wie es mit Noah läuft.«

Sascha lächelt mich an. »Nimm ihn doch mit. Also je nachdem, wie gut er sich bis dahin von dieser Knie-Sache erholt hat.«

Frustriert stöhne ich auf, vergrabe mein Gesicht in meinen Händen. »Boah, was ist das nur mit diesem Kerl? Jetzt denke ich ernsthaft darüber nach, mit ihm Urlaub zu machen, dabei ist er erst vor zwei Wochen meinetwegen die Treppe runtergefallen. Das ist alles noch viel zu früh.«

Sascha lacht leise auf. »Bis zum Urlaub ist es noch ein bisschen hin. Außerdem ist es doch schön, dass du dir grundsätzlich so was wie Urlaub mit jemandem vorstellen kannst. Mit Arthur konntest du dir nicht mal vorstellen, gemeinsam einkaufen zu gehen. Wenn ihr euch gut versteht, könnt ihr alles machen, was euch richtig erscheint.«

»Und wie fragt man seinen B-to-B, ob er mit nach Lanzarote will?«

»Seinen B-to... was? Ist das wieder so ein Szenewort, was Menschen, die alle drei Monate ein Bild von einem Sonnenuntergang auf Instagram teilen, nicht kennen?«

Trotz meiner Verzweiflung entkommt mir ein Lachen. »Boyfriend-to-be. So haben wir unseren Status jetzt inoffiziell genannt.«

»Wow, ist das alles kompliziert.« Mein Bruder verdreht die Augen. »Warum ist es denn verwerflich, einfach zusammen zu sein?«

»Na ja, irgendwie muss man doch abwarten, ob alles passt, oder? Schauen, was sich ergibt.«

»Natürlich, aber braucht man dafür unbedingt ein Wort oder einen Namen für den aktuellen Zustand?«

Schwerfällig trete ich noch ein paar Schritte ins Gästezimmer und lasse mich wie ein Brett in das frisch gemachte Bett fallen. »Irgendwie wird von außen suggeriert, dass man sich nicht so schnell festlegen soll. Es gibt Tausende Optionen und es besteht immer die Gefahr, dass man zu früh zu viel gibt. Dann tut es umso mehr weh.«

Deutlich ist ein leises Murren von meinem Bruder zu hören. »Am besten werde ich dieses Zimmer hier nie mehr verlassen. Denn wenn das die Dating-Welt von heute ist, werde ich vor lauter Unsicherheiten kein Wort mehr zu Emma sagen können, obwohl wir uns schon verdammt lange kennen.«

Einen Moment lang herrscht absolute Stille im Raum, aber dann fangen wir fast gleichzeitig an zu lachen. Es ist absurd, um wie viele Ecken unsere Gedanken wandern und wie wir es uns damit nur noch schwerer machen, als es ohnehin schon ist.

***

Schon am nächsten Morgen treibt es Sascha aus der Wohnung. Wir haben am Abend ein bisschen gezockt und er hat für mich gekocht, doch jetzt hat er mir nichts weiter hinterlassen, als einen Zettel auf dem Schreibtisch. *Muss dringend wandern gehen, bis heute Abend* steht darauf geschrieben und ich frage mich ernsthaft, wann sich mein Bruder das letzte Mal einen Tag lang entspannt hat. Und mit wie wenig Schlaf er sich zufriedengibt, denn als ich den Kühlschrank öffne, um den Schimmelstatus meines Toastbrots zu überprüfen, ist er randvoll gefüllt mit frischen Lebensmitteln. Während ich gemütlich wie ein Murmeltier geschlafen habe, muss Sascha einkaufen gewesen sein, bevor er seine Wanderausrüstung zusammengepackt und losgezogen ist.

Allerdings habe ich nur so lange und tief geschlafen, weil ich mir noch ewig Gedanken über das kommende Wochenende gemacht habe und mich wie ein verdammter Teenager auf Noah gefreut habe. Denn er wird das erste Mal das gesamte Wochenende bei mir verbringen. Sascha kommt da ein bisschen unerwartet, aber er ist ja im Bilde, wie wichtig mir das alles ist, deshalb werde er sich hauptsächlich draußen oder in seinem Zimmer aufhalten, hat er gesagt. Und ich weiß gar nicht so richtig, was wir dann zusammen machen sollen, denn normalerweise putze ich am Wochenende meine Wohnung, schreibe noch ein bisschen vor mich hin, esse Pizza und zocke viel. Aber mit meinem Boyfriend-to-be muss ich doch etwas Aufregendes machen, oder?

Wenn er nicht gerade auf Gehhilfen angewiesen wäre, hätte ich sogar vorgeschlagen, dass wir einen Spaziergang machen könnten, so verzweifelt bin ich.

Aber das Schöne an Noah ist, dass ich das morgen einfach ansprechen kann, wenn er da ist. Weil ich weiß, dass er es nicht schlimm findet, dass meine Wochenenden nicht mit spannenden Unternehmungen vollgepackt sind. Und weil ich weiß, dass er selbst ein ziemlicher Langweiler ist.

Das ist irgendwie das perfekte Match.

Die Kaffeemaschine brummt lautstark vor sich hin, aber bevor ich meinen Latte macchiato genießen kann, klingelt es an der Wohnungstür.

Nicht schon wieder.

Eigentlich dachte ich, dass ich in der vierten Etage sicher wäre. Vielleicht war es ein Fehler, das falsche Defekt-Schild vom Aufzug zu entfernen.

Seufzend öffne ich die Tür und schrecke zurück, denn diesen ungebetenen Gast habe ich noch weniger erwartet als gestern meinen Bruder.

»Arthur? Was machst du denn hier?«

Er sieht auf den Boden vor seinen Füßen, dann nach oben, aber es scheint so, als wollte er es tunlichst vermeiden, mir in die Augen zu sehen.

»Darf ich vielleicht reinkommen? Ich brauche deine Hilfe ... und ich will mich entschuldigen.«

Verwirrt trete ich zur Seite und sehe dabei zu, wie er durch meinen Flur geht und direkt in die Küche abbiegt. Vorher sieht er mich aber noch einmal fragend an und ich nicke perplex.

Ich schließe rasch die Tür und folge ihm, nehme meinen Kaffee an mich, denn den brauche ich jetzt wirklich ganz dringend. »Kann ich dir auch etwas anbieten?«

»Ein Kaffee wäre nett. Schwarz mit Zucker. Aber nur, wenn es dir keine Umstände macht.«

Wenn es mir keine Umstände macht?

Wurde Arthur von Außerirdischen entführt und durch ein neues, höflicheres Modell ausgetauscht?

Während die Maschine brummt und ihre Arbeit tut, bedeute ich Arthur mit einer Geste, dass er sich auf einen der Barstühle setzen soll. »Also, was liegt dir auf dem Herzen?«

Er wiegt leicht den Kopf hin und her. »Zum einen wollte ich mich bei dir entschuldigen. Wenn ich genau darüber nachdenke, war es wohl offensichtlich, dass du mehr Gefühle für mich hattest als umgekehrt. Als du mir das gesagt hast, war ich sofort wieder so ablehnend und wollte mir einreden, dass ich das ja nicht wissen konnte. Aber vermutlich *wollte* ich die Anzeichen nicht sehen. Du hast nämlich recht gehabt: Für mich warst du die bequemste Lösung und ich habe lieber die Augen verschlossen und dich ausgenutzt.« Er holt noch einmal tief Luft und klammert sich regelrecht an der Tasse fest, die ich ihm über die Kücheninsel schiebe. »Na ja, und dann war ich einfach nur ein Arsch zu dir. Tut mir leid, Phil. Ich habe mich dir gegenüber alles andere als fair verhalten.«

Keine Ahnung, wie lange ich ihn ansehe, aber ich bin viel zu perplex, um mich zu bewegen. Worte zu einem Satz zusammenzufügen, erscheint mir noch unmöglicher. Selbst blinzeln ist beschwerlich.

Atme ich überhaupt?

Was um alles in der Welt ist hier los? Schlafe ich noch und träume das hier?

»Jetzt schau doch nicht so, da fühle ich mich gleich noch mehr wie ein Arsch.«

Schnell schüttle ich den Kopf. »Tut mir leid. Ich bin gerade derart verwundert, weil das alles Dinge sind, die ich schon längst von dir hätte hören müssen. Dass das jetzt tatsächlich passiert, ist irgendwie … krass.«

Er zieht langsam die Schultern hoch und in diesem Moment blicke ich wahrscheinlich zum ersten Mal hinter seine coole Fassade. Denn diese Unsicherheit ist nichts Neues an ihm. Er hat sie mich nur nicht sehen lassen.

»Keine Ahnung … ich denke, wir haben uns beide nicht besonders toll verhalten. Immerhin habe ich mir eingeredet, dass ich Gefühle für dich habe, aber wir beide kennen uns ja gar nicht wirklich. Ich muss mich also auch entschuldigen. Denn ich habe dir damit Druck gemacht, der gar nicht hätte sein müssen.«

Ein bisschen unsicher lächelt er mich an. »So viel wie jetzt haben wir, von unserem Streit abgesehen, noch nie miteinander geredet, oder?«

Ich schüttle lachend den Kopf. »Nein. Keine Ahnung, wie wir drei Jahre lang ohne jegliche Kommunikation miteinander verbringen konnten.«

»Vielleicht können wir das ja irgendwie nachholen. Also auf platonischer Basis«, schlägt er vor.

Zunächst bin ich geneigt, abzulehnen, immerhin hatten wir Sex miteinander. Ziemlich viel davon, und ich weiß nicht, ob man aus so einer Situation heraus unbedingt eine Freundschaft aufbauen sollte. Aber dann wird mir klar, dass ich ihn gerade gar nicht mehr auf eine körperlich anziehende Art wahrnehme. Theoretisch kenne ich seinen Körper in- und auswendig, aber dieser Gedanke kam mir während unseres gesamten Gesprächs nicht ein Mal. Als wäre ich gegen seine Anziehungskraft immun.

»Vielleicht sollten wir das wirklich versuchen«, sage ich und schenke ihm ein Lächeln. Dann fallen mir wieder die Worte ein, mit denen er sich überhaupt Zugang zu meiner Wohnung verschafft hat. »Du hast gesagt, dass du meine Hilfe brauchst. Warum genau kommst du damit zu mir?«

Arthur sieht einen Moment lang in seine Kaffeetasse. »Ich habe Kollegen und ich habe meine Grindr-Dates, aber ich habe keine Ahnung, mit wem ich über so etwas reden könnte. Auch wenn es vielleicht vermessen ist, einfach davon auszugehen, dass du mir überhaupt helfen möchtest, warst du der erste Mensch, der mir in den Sinn gekommen ist.«

Das so zuzugeben, ist ihm sicherlich nicht leichtgefallen. Und vielleicht ist das ja auch eine gute Möglichkeit, um auf platonischer Ebene miteinander anzufangen.

»Was ist denn los?«

Er seufzt und lässt den Kopf hängen. »Du weißt ja, ich bin kein Beziehungstyp.«

»Ist mir aufgefallen.«

»Aber ich glaube, ich habe jemanden kennengelernt, der mich interessiert.«

Meine Augen müssen die Größe von Untertassen angenommen haben. Ich lehne mich ein bisschen weiter vor, um ja nichts zu verpassen. »Okay, also du lernst dauernd Leute kennen. Was ist jetzt anders?«

Wieder seufzt er. »Er war ein Patient. Er ist auf der Straße zusammengebrochen und jemand hat den Notruf gerufen. Ich fand ihn schon im Rettungswagen irgendwie süß. Er hat ständig über Oktopusse geredet. Während des Einsatzes hätte ich nicht mit ihm flirten können. Auf der Arbeit gehe ich nicht unbedingt mit meinem Schwulsein hausieren.«

Ich hebe eine Augenbraue. »Bis jetzt klingt das nicht so, als könnte ich dir helfen.«

»Ich war ja auch noch nicht fertig. Jedenfalls habe ich ihn durch Zufall auf Grindr gefunden, und ich dachte, wenn er dort ist, hat er vielleicht Interesse an Dates. Allerdings lässt er mich immer wieder abblitzen. Was soll ich denn jetzt tun?«

Schnell nehme ich einen großen Schluck Kaffee, um ihm nicht direkt antworten zu müssen. Aber er sieht mich aus riesigen Augen an. »Tja, ich habe leider nicht so viele Erfahrungen auf diesem Gebiet. Auf Grindr hatte ich nur ein paar Sexdates und wirklich seltsame Typen klargemacht, aber dann kamen mir mein Nachbar und der Pizzabote dazwischen.«

»Du hast wirklich was mit dem Pizzaboten?«

»Hoffentlich was ziemlich Ernstes.«

Er sieht mich neugierig an, aber ich komme wieder zu seinem Problem zurück. »Wenn er auf Grindr ist, sucht er ja tendenziell irgendwas. Ich weiß ja nicht, wie du da so textest, aber wenn es die übliche Aubergine und ein Fragezeichen sind, kann ich dir sagen, warum das nicht klappt. Nicht alle Menschen suchen dort nach Sex. Vielleicht will er mehr.«

»Toll, und wie soll ich ihm begreiflich machen, dass ich das theoretisch gar nicht mal so übel mit ihm fände? Er hat mich zum Lachen gebracht. So richtig. Und das, obwohl er gerade erst umgekippt war. Als ich ihn auf Grindr gefunden habe, ist mir erst mal aufgefallen, dass ich im Krankenwagen vor allem seinen Humor und seine Stärke attraktiv fand und nicht nur sein Aussehen.«

Jetzt hat er es wirklich geschafft: Ich bin absolut sprachlos.

Zumindest fast. »Wow ... Arthur ... wow. Vor ein paar Wochen warst du noch so arschig zu mir und jetzt ... ich weiß gar nicht, was ich sagen soll.«

Wieder zuckt er nur hilflos mit den Schultern.

Ich lasse kurz meine Finger knacken und setze mich schließlich direkt neben ihn. »Dann zeig mir mal euren Nachrichtenverlauf. Vielleicht habe ich ja noch ein paar Kapazitäten für eine weitere Liebesgeschichte übrig.«

Kapitel 18

Der gestrige Tag ist anders verlaufen als geplant, hat mich aber optimal davon abgelenkt, wie aufgeregt ich eigentlich wegen des gemeinsamen Wochenendes mit Noah bin. Arthurs überraschender Besuch, ihm dabei helfen, Nachrichten zu schreiben, die Wohnung putzen und am Manuskript weiterschreiben – all das war wirklich besser als dieses Gefühl von Hibbeligkeit, was mich jetzt direkt nach dem Aufwachen erwartet.

Es ist ein freudiges Aufgeregtsein, denn ich kann es kaum erwarten, ihn wiederzusehen. Ihn zu küssen. Mit ihm Trashfilme zu gucken und Pizza zu essen. Zu quatschen und noch mehr über ihn zu erfahren. Uns eben auf jede erdenkliche Art näherzukommen. Dieses Wochenende ist irgendwie der Grundstein für alles, was noch kommt. Denn ich glaube, dass ein gemeinsames Wochenende viel darüber aussagt, ob man miteinander harmoniert. Auch wenn wir beide ähnliche Vorstellungen vom Leben haben, könnten wir immer noch feststellen, dass wir nicht zusammenpassen. Vielleicht haben wir uns auch nach vierundzwanzig Stunden nichts mehr zu sagen oder so.

Das hoffe ich natürlich nicht, denn ich habe Noah gern. Ich glaube, wenn wir diese eine Hürde überwunden haben, werde ich mir erlauben können, mich hoffnungslos in ihn zu verlieben. Und ihm das auch zu zeigen.

Mein Bruder hat sich wieder verabschiedet und kommt, laut eines weiteren Zettels, den ich auf dem Küchentresen finde, erst zum Pizzaessen wieder nach Hause. Ich habe also ein paar Stunden ganz allein mit Noah.

Das schreibe ich ihm auch gleich. Ich hatte ihn gestern direkt über Saschas Überraschungsbesuch informiert.

Wie immer antwortet er sofort.

Noah:

Wäre es okay, wenn ich jetzt schon vorbeikomme? Kann es kaum erwarten, dich wiederzusehen.

Mein Herz schmilzt wie Schokolade auf der Zunge.

Noah macht alles so leicht. Er kann zugeben, dass er sich nach einer Woche, in der wir nur Nachrichten ausgetauscht haben, auf mich freut. Und er ist immer für mich erreichbar. Das war nicht immer so, denn viele Typen scheinen zu glauben, dass es ihnen einen mysteriösen Touch verleiht, wenn sie nur einmal am Tag zurückschreiben. Dabei gibt mir die Art, wie Noah mit Nachrichten umgeht, das Gefühl, ihm wirklich wichtig zu sein.

Einen kurzen Moment denke ich nach, aber es spricht nichts dagegen, dass er jetzt schon vorbeikommt. Ich schicke ihm eine Antwort und suche mir im Kleiderschrank ein paar Klamotten zusammen, damit ich einigermaßen präsentabel aussehe. Nur weil er mich in meinem Giraffen-Outfit kennt, heißt das nicht, dass ich mir nicht auch ein bisschen Mühe geben darf.

***

Beim nächsten Klingeln an der Tür habe ich fast dasselbe Gefühl wie bei der samstäglichen Pizza-Lieferung. Nur besser.

Das werde ich ihm aber sicher nicht sagen, denn für solche Zugeständnisse ist es wirklich noch zu früh.

Die Fahrstuhltüren öffnen sich und Noah kommt mir ohne seine Krücken entgegen. Dafür aber mit einem glücklichen Lächeln auf den Lippen. »Danke, dass ich schon jetzt kommen durfte. So konnte mich Kadir gleich auf dem Weg zum Training mitnehmen.«

»Du kannst jederzeit herkommen. Schlimmer als der Giraffenanzug und der Einhorn-Pyjama wird es nicht mehr.« Er bleibt vor mir stehen und ich mustere ihn. »Du bist ja ohne deine Gehhilfen unterwegs.«

»Ja, ich hatte die ganze Woche über Physiotherapie. Und habe eine andere Bandage bekommen. Damit fühle ich mich aber ein bisschen sicherer und kann so gehen.«

»Komm doch rein!«, sage ich vollkommen aus dem Zusammenhang gerissen, als mir bewusst wird, dass wir immer noch auf der Türschwelle stehen.

Er kommt rein und für ein paar Sekunden ist es irgendwie komisch. Denn nachdem unsere Freunde am letzten Wochenende mit dabei waren, ist es, als wären wir seit Ewigkeiten nicht mehr allein gewesen. Was Quatsch ist, immerhin haben wir auch eine ganze Nacht lang nur geredet.

Aber der Moment verfliegt genauso schnell, wie er gekommen ist, denn dann greife ich einfach nach dem Kragen seines Pullovers und ziehe ihn ein Stückchen näher zu mir ran, um ihn endlich wieder zu küssen. Seine Lippen auf meinen genügen, um all dieses kribbelige Wohlgefühl hervorzukitzeln. Es ist dieses Gefühl, frisch verliebt zu sein, was ich bislang nur in meinen Büchern beschreiben konnte. Es jetzt selbst deutlich und mit voller Wucht spüren zu können, ist so magisch, dass ich keine Worte dafür finde. Aber ich genieße jede Sekunde davon.

Generell jede Sekunde mit Noah, denn diese erscheinen mir besonders kostbar.

Wir lösen uns voneinander und lächeln.

»Sicherlich zerstöre ich jetzt damit den Moment, aber was macht dein Bruder eigentlich den ganzen Tag, wenn er unterwegs ist?«

Ich zucke mit den Schultern. »Ehrlich gesagt, weiß ich das auch nicht so genau. Er verschwindet am Morgen mit seiner gesamten Kameraausrüstung und kommt dann abends total glücklich wieder zurück. Meistens redet Sascha erst über ein Projekt, wenn es fertig ist, deshalb wundere ich mich gar nicht groß und warte ab, was da kommt. Er ist eben so ein Draußen-Mensch.«

Noah lacht. »Ein bisschen vermisse ich es rauszugehen. Einfach nur spazieren. Aber das darf ich erst in ein paar Wochen wieder.«

»Wahrscheinlich solltest du mich dann regelmäßig mitnehmen, denn ich bekomme nur dann frische Luft, wenn ich die Fenster zum Lüften öffne.«

Einen Moment lang sieht er mich so an, als würde er darauf warten, dass ich anfange zu lachen, aber leider meine ich diese Worte ernst. Das scheint nun auch Noah zu kapieren, denn er wirkt regelrecht alarmiert. »Okay, daran müssen wir arbeiten. Es ist unverantwortlich, wenn du mir die Perspektive darauf gibst, wie wundervoll du bist, und dann wirst du nur deswegen keine hundert Jahre alt, weil dir frische Luft und ein paar Sonnenstrahlen fehlen.«

Lachend vergrabe ich mein Gesicht an seinem Hals, genieße es, wie er die Arme ganz selbstverständlich um mich schlingt und mich sanft näher an sich zieht.

»Tut mir leid. Ich vergesse beim Schreiben oft die Zeit und dann ist es schon dunkel. Aber wenn es dich beruhigt: Emma wohnt zehn Minuten von hier entfernt und die Strecke laufe ich meistens.«

»Das beruhigt mich nicht so sehr, wie du denkst. Aber sobald ich wieder vollkommen fit bin, können wir das vielleicht in Angriff nehmen. Zusammen spazieren gehen, kann ziemlich schön sein.«

»Na, wenn du das sagst.«

Er seufzt. »Zumindest stelle ich es mir schön vor. Bis jetzt hatte ich immer nur Kadir dabei. Das war nicht unbedingt die romantischste Erfahrung meines Lebens.«

Ich sehe zu ihm auf und schüttle den Kopf. »Dann müssen wir es nur zu einem romantischen Erlebnis machen. Aber dass das klar ist: Ich werde nicht mit dir picknicken. Die ganzen Viecher, die einem da ins Essen fliegen können, ertrag ich nicht.«

Auch Noah verzieht das Gesicht. »Ein Picknick kommt mir auch nicht unter. Ich hab in der ersten Zeit schon genug zu Hause auf dem Boden gesessen.«

Wir beide lachen, halten uns aneinander fest und obwohl wir immer noch nicht damit aufhören können, muss ich ihn einfach küssen. Wenn er solche Dinge sagt, klingt er so wunderbar spießig, dass ich direkt Feuer und Flamme für ihn bin.

Der Kuss ist unbeholfen, aber wunderschön. Es ist, als wäre jede neue Art von Küssen, die wir für uns entdecken, etwas ganz Besonderes. Und als gäbe es gar keine Variante davon, die ich nicht mögen könnte.

»Also, was ist für heute geplant?«, fragt er, während ich ihn für ewige Sekunden nur ansehe und es genieße, wie seine Finger sanft über die Haut in meinem Nacken streicheln.

»Da du schon drei Stunden zu früh hier bist, musst du mir jetzt beim Backen helfen. Ich wollte Kuchen für uns machen. Weiter habe ich leider noch nicht vorausgeplant.«

Noahs Lächeln wird noch eine Spur breiter. »Ich finde, das klingt ziemlich perfekt.«

***

Wir backen zusammen. Dabei richte ich ein schreckliches Chaos in der Küche an und wir rangeln um die Rührschüssel, weil jeder von uns unbedingt die Teigreste naschen will, nur um uns dann ganz kitschig gegenseitig damit zu füttern.

Ich bin so ekelhaft glücklich, dass ich mich selbst kaum aushalten kann.

»Wenn ich auch noch kochen könnte, wäre ich der perfekte Fang für dich«, murmle ich, dann schiebe ich mir ein weiteres Stück Kuchen in den Mund. Inzwischen habe ich mich beim Backen wirklich gemausert.

Aber Noah schüttelt den Kopf. »Ich kann kochen. Da können wir uns also ein bisschen ergänzen.«

Am liebsten würde ich mich jetzt auf ihn stürzen und so lange küssen, bis er vergisst, dass er jemals wieder gehen muss. »Wenn es möglich ist, bist du gerade noch viel interessanter für mich geworden.«

»Während der letzten Woche habe ich ein paar Pizzateige ausprobiert. Vielleicht kann ich dir dann die perfekte Pizza auch selbst machen.«

»Verdammt, hör auf, so großartig zu mir zu sein! Ich schwebe doch schon auf Wolke unzählbar.«

Noah zuckt grinsend mit den Schultern. »Du verdienst es, dass man gut und aufmerksam zu dir ist. Und das versuche ich eben zu sein.«

Mit Sicherheit hat er keine Ahnung, wie sehr er mich damit rührt. Ich spüre direkt den Kloß in meinem Hals, aber da kommt auch noch etwas anderes in mir hoch: Verstehen. Es ist, als würde in meinem Kopf plötzlich ein Schalter umgelegt werden, als würde etwas einrasten.

Von Selbstwert habe ich immer irgendwie geredet, hatte gedacht, dass das, was ich mache – vom Schreiben zu leben –, schon sehr viel Selbstwert erfordert. Und das stimmt auch zu einem großen Teil. Aber es hört eben nicht dort auf, wo ich mir selbst genug wert war, um nicht in einem langweiligen Bürojob zu hocken, nur weil der sicherer ist. Bis jetzt habe ich nie zugelassen, das auch auf Beziehungen zu übertragen. Denn ich habe es wirklich verdient, gut und aufmerksam behandelt zu werden. Das hat jeder Mensch in einer jeden Beziehung. Aber wenn es schon so schwer ist, überhaupt jemanden kennenzulernen, der für mehr als ein Date zu haben ist, verliert man das leider ein bisschen aus den Augen.

Es hat erst Noah gebraucht, um das langsam richtig zu verstehen. Sonst wäre die Sache mit Arthur weitergelaufen. Wahrscheinlich bis er mich schließlich wegen des Oktopus-Jungen abgeschoben hätte.

Aber Noah behandelt mich so liebevoll, dass ich langsam klar erkennen kann, dass ich mir das nicht nur immer gewünscht habe, sondern es auch verdiene. Denn es ist nicht zu viel verlangt. Überhaupt nicht.

»Was ist los? Ich kann die Gedanken förmlich durch deinen Kopf schwirren sehen.«

Ich zucke mit den Schultern. »Nichts. Ich glaube, dank dir habe ich nur gerade verstanden, dass ich mir bislang nicht genug wert war, um jemanden wie dich zu suchen.«

Ich lächle ihn an. Und ich hoffe, er sieht in meinen Augen, wie glücklich und angekommen ich in diesem Moment bin.

Ich lehne mich vor, um mir einen Kuss zu stehlen, doch das Piepsen meines Smartphones hält mich nur wenige Millimeter von Noahs Lippen entfernt davon ab.

Eine neue Nachricht von Arthur.

Im ersten Moment will ich sie von meinem Display wischen, aber statt Auberginen sehe ich sehr viele rote Ausrufezeichen auf dem Anzeigebild. Und dass er schon mehrmals versucht hat, anzurufen.

Ich lehne mich ein Stück zurück, öffne die Nachricht und habe das Gefühl, einfach vom Stuhl zu kippen.

Arthur*:*
Ich hoffe, ich erreiche dich noch, bevor dein Pizzakerl kommt.

Phil, vor ein paar Tagen hatte ich Kontakt zu einem Patienten, der mit einer bakteriellen Meningitis infiziert war. Das ist hochansteckend!

Du giltst jetzt als Kontaktperson und solltest dich häuslich isolieren. Ein Kollege bringt nachher noch Tabletten vorbei.

»Was ist los?«

Statt einer Antwort zeige ich Noah direkt die Nachricht.

»Scheiße, das klingt gar nicht gut.«

Nachrichten von Noah

Kadir:
Kontaktperson?
Meningitis?
Und du musst jetzt auch in Isolation?

Noah:
Dieser Arthur sagt, es ist hochansteckend. Wir wollen nichts riskieren.
Phil meint, er saß ganz dicht neben dem Kerl und wir haben uns immerhin geküsst.
Und vom selben Löffel gegessen.

Kadir:
Warum macht ihr solche Schweinereien überhaupt?
Du siehst ja, wohin dich das bringt.

Noah:
Weil wir verliebt sind?

Kadir:
Und jetzt?
Soll ich mir einen Seuchenschutzanzug besorgen und dich abholen?

Noah:
Nein. Raste jetzt nicht aus ...
Ich werde die nächsten Tage hierbleiben.

Kadir:
Bitte WAS?!
Ich dachte, dir liegt was an Phil?
Du weißt, der erste Urlaub bricht vielen Paaren das Genick.

Noah:
Das ist ja auch kein Urlaub, sondern Isolation.
Ich habe echt Schiss, dass er sich angesteckt haben könnte.

Kadir:
Und ich habe Schiss, dass DU dich angesteckt hast.
Ich habe den Scheiß gerade gegoogelt ... Das ist eine Hirnhautentzündung!
Ach, Mann. Ich reagiere wahrscheinlich gerade total über, weil ich mir Sorgen mache.
Aber ich mache mir auch Sorgen um Phil.
Meinst du, so viel Zeit miteinander zu verbringen, ist jetzt schon so eine gute Idee?

Noah:
Phil hat es unromantisch, aber auch sehr wahr ungefähr so ausgedrückt:
Entweder lernen wir uns in dieser Zeit richtig gut kennen und setzen einen Grundstein in unserer Beziehung, oder wir wissen wenigstens, dass es überhaupt nicht klappt, bevor die Gefühle so stark sind, dass es wehtut.

Ich finde, damit hat er recht.
Und zum Thema Hirnhautentzündung: Wir haben auch schon gegoogelt. Wenn einer von uns auch nur den Hauch eines Symptoms entwickeln sollte, sind wir sofort auf dem Weg ins Krankenhaus, keine Sorge. Es geht ja auch hauptsächlich darum, nicht noch andere anzustecken, sollten wir es haben.

Kadir:
Das beruhigt mich etwas.
Soll ich dir Klamotten vorbeibringen?

Noah:
Ja, bitte. Und vielleicht solche, die zwar bequem, aber nicht zu sehr nach Gammellook schreien, ja?
Und pack einfach alles ein, was von mir im Bad rumsteht.

Kadir:
Wird erledigt.
Soll ich auch noch ein paar Sachen für euch einkaufen?

Noah:
Das erledigen schon Emma und Phils Bruder.
Apropos, meinst du, du könntest Sascha bei dir aufnehmen?

Kadir:
War der nicht noch letzte Woche in Norwegen?

Noah:
Ja, jetzt ist er aber hier und kann nirgendwo anders hin.

*Emma ist keine Option, und Phil sagt, wenn er jetzt zu
ihren Eltern fährt, wird er sich bestimmt eine Schild-
kröte zulegen.*
*Ich weiß nicht genau, was das zu bedeuten hat, aber es
klang ernst.*

Kadir:
*Klar. Schick mir seine Nummer, dann klären wir das
ab.*

Noah:
Danke, du bist der Beste.

Kadir:
*Das bin ich wirklich, denn ich werde auch die Kiste mit
deinen Sextoys verstecken, bevor ich den großen Bruder deines Crushs in deinem Zimmer einquartiere.*

Noah:
Ich weiß gerade nicht, was ich sagen soll.

Kadir:
*Dann sage ich es dir jetzt: Eine Plastikkiste unter dem
Bett ist nicht so diskret und unauffällig, wie du viel-
leicht denkst.*

Noah:
O mein Gott.
Wieso sagst du nur so was?!

Kadir:

*Weil ich dein bester Freund bin und nur das Allerbeste
für dich will.*

Und weil ich es ab und zu genieße, dich zu quälen.

Noah:

Du bist ein Monster.

Stell einfach nur meine Klamotten vor Phils Tür.

*Wir sehen uns wahrscheinlich nie wieder, weil mich
die Scham zum Auswandern gebracht hat.*

Kadir:

Du übertreibst es wieder mal maßlos.

*Ich hab auch schon mitbekommen, dass du dein Spiel-
zeug in den Geschirrspüler packst, und habe ihn deswegen extra nicht ausgeräumt, damit du denkst, ich
merke das nicht.*

Noah?

Du bist echt eine Drama-Queen.

So schlimm ist das nun auch wieder nicht.

Auch heterosexuelle Menschen haben Sexspielzeug.

Ich auch.

Das ist doch normal.

Noah?

Ignorierst du mich jetzt?

Du bist gemein. Nie darf ich dich ärgern.

Ich packe deinen Kram zusammen.

*Es werden keine Instantnudeln dabei sein, nur dass du
es weißt.*

Kapitel 19

Ich öffne die Wohnungstür und weiß nicht, ob ich lachen oder es gleich verstecken soll.

Kadir sollte noch ein paar Sachen für Noah vorbeibringen. Und jetzt steht ein Karton mit der absolut riesigen Aufschrift *Dildoparadies 3000* vor meiner Tür.

Auch wenn es gemein ist, ich mag Kadirs Humor wirklich sehr. Inzwischen sind wir bei Tag vier angelangt. Wir schleichen noch ein wenig umeinander herum, das ist deutlich zu merken. Wir haben erst mal nur *angenehme* Sachen gemacht, also zusammen gezockt, *How to get away with Murder* durchgeguckt und jeden Tag Pizza bestellt, weil ich es noch nicht zulassen wollte, dass er mich bekocht.

Okay, ich habe vier Tage lang Pizza gegessen, Noah hat gestern tatsächlich einen Salat bestellt. In einer Pizzeria. Ich weiß noch nicht so genau, wie ich das bewerten soll.

Aus Angst, Noah könnte zu laut atmen, habe ich noch nicht wieder gearbeitet. Er wiederum setzt mir jedes einzelne Mal, wenn er auf die Toilette geht, meine geräuschunterdrückenden Kopfhörer auf. Jedes Mal. Ich glaube, um mich zu verwirren, macht er das auch, wenn er sich vor dem Essen nur schnell die Hände wäscht.

Es ist wirklich ziemlich süß, aber ich hoffe auch, dass wir aus diesem Sicherheitsnetz noch rauskommen, denn nur so lernen wir uns wirklich kennen.

»Brauchst du Hilfe beim Tragen?«

Noahs Stimme reißt mich aus meinen Gedanken. Noch immer stehe ich in der Tür und kann mir mein Lachen angesichts des Pakets nicht mehr verkneifen.

Ich hebe es auf und schließe die Tür hinter mir. »Schon gut, ich glaube, du solltest sitzen, wenn ich dir das hier zeige.«

»O nein, was hat er jetzt schon wieder getan?«

Ohne Umschweife gehe ich nach oben, lege ihm das Paket direkt auf den Schoß. Und kann dabei zusehen, wie Noahs Gesicht immer mehr Farbe annimmt. Dann geht diese gut sichtbare Scham auch noch auf seinen Hals über.

Wahrscheinlich sollte ich etwas sagen, aber ich kämpfe gegen einen ausgewachsenen Lachanfall.

Noah schnappt sich eines der Kissen von der Couch und presst es sich aufs Gesicht. »Das ist mir echt so wahnsinnig unangenehm«, murmelt er gedämpft in den Stoff.

Sanft löse ich das Kissen aus seiner Umklammerung, hebe das Paket von seinen Beinen, um es vorerst neben der Couch verschwinden zu lassen, und setze mich selbst auf seinen Schoß. »So schlimm ist das gar nicht. Ja, er ist gemein, aber wenn es andersherum wäre, würdest du dich doch auch darüber kaputtlachen, oder?«

Er seufzt und vergräbt sein Gesicht in meinem Pullover. »Natürlich würde ich das. Aber es würde keinen Spaß machen, weil Kadir absolut nichts peinlich ist.

Und *ich* möchte mir am liebsten eine Papiertüte übers Gesicht ziehen.«

»Das wäre aber schade, weil ich dein Gesicht sehr gern angucke. Außerdem mag ich es, dass du auch so schambehaftet bist wie ich. Okay, bei mir sind es eher zwischenmenschliche Sachen, denn bei Sexzeug bin ich eigentlich offen und locker, aber es ist doch schön, nicht allein damit zu sein.«

Noah löst sich ein Stück von mir und schenkt mir ein Lächeln, auch wenn das ein bisschen verunglückt ist. »Denk bitte nicht, dass ich verklemmt bin oder so. Bei manchen Dingen möchte ich nur nicht, dass sie von anderen gesehen werden.«

»Das ist doch verständlich. Ich würde mich bei aller Offenheit auch für so einen Karton schämen.«

»O Gooooot ... Woher soll man denn auch wissen, dass die Bestellungen in solchen Kartons verschicken?«

Gerade finde ich ihn noch ein bisschen süßer als ohnehin schon. Und ich glaube wirklich, dass es eine gute Idee war, diese Tage zusammen zu verbringen.

***

Tag sieben. Und ich glaube, wir stehen kurz vor einem gewaltigen Krach.

Das klingt dramatischer, als es ist, denn es ist nicht so, dass wir uns abgrundtief hassen und uns aus dem Weg gehen würden. Vielmehr geben wir uns wahnsinnig viel Mühe, uns keine Reibungspunkte zu liefern. Und das ist echt anstrengend.

Denn Noahs Physiotherapie findet nun online statt. Er verschanzt sich dann immer im Schlafzimmer und ignoriert geflissentlich die Bluetooth-Kopfhörer, die ich ihm jedes Mal gut sichtbar aufs Bett lege. Dies hat zur Folge, dass die Mischung aus blechernen Stimmen aus dem Laptop-Lautsprecher, irgendwelchen Geräuschen, die sich bei den Übungen ergeben, und seinen Antworten an die Lautsprecher-Stimmen, bis zu mir nach oben an den Schreibtisch schallt. Und mich wahnsinnig stören.

Aber kann ich ihm wirklich einen Vorwurf machen? Denn ich habe noch mit keiner Silbe erwähnt, dass ich beim Schreiben absolute Ruhe benötige. Ehrlich gesagt, traue ich mich das aber auch gar nicht, denn irgendwie bin ich ja mit daran schuld, dass er diese Physiotherapie überhaupt braucht.

Und dann ist da noch dieses unästhetische Hantel-Set. Nach der Physiotherapie legt er nämlich noch eine Krafteinheit für den Oberkörper ein. Diese Geräte liegen mitten im Schlafzimmer und ich habe mir schon mehr als einmal nachts den Zeh angestoßen, als ich schlaftrunken zur Toilette gestolpert bin.

Neben dem Fitnessvideo, was dann aus den Lautsprechern tönt – meistens unterlegt mit so richtig klischeebehafteter Gym-Mucke –, höre ich auch diese Hantel auf dem Boden aufkommen. Immer wieder und wieder.

Und nicht zu vergessen: das Schnaufen. Er atmet beim Sport so unfassbar laut, dass ich mir einbilde, den Luftzug zu spüren.

Ich sitze also seit Tagen mindestens zwei Stunden fluchend an meinem Schreibtisch.

Das ist der große Nachteil dabei, sich auf einen so sportlichen Menschen wie Noah einzulassen. Denn so würde unser Alltag auch weit ab von der Isolation aussehen, oder? Ja, es gibt da dieses Boxstudio, aber da bauen sein und Kadirs Vater immer noch um und niemand weiß, wann es fertig ist.

Seufzend rühre ich den Teig noch ein bisschen fester um. Seit gestern habe ich damit angefangen, in der Zeit, in der er sportlich aktiv ist, zu backen. Denn arbeiten kann ich so definitiv nicht. Statt der Küchenmaschine benutze ich zum Verrühren des Teigs auch nur einen Schneebesen und meine eigene Muskelkraft. Vielleicht kann ich so ein paar negative Gefühle abbauen.

Ich habe Noah wahnsinnig gern. Wenn er mir abends leckeres Essen kocht und wir uns Filme ansehen, über die andere nur die Augen verdrehen würden, und danach intensive Gespräche über die tiefere Deutung führen, vergesse ich den Lärm wieder und wie sehr dieser meine Arbeit stört. Oder wenn wir dann zusammen im Bett liegen, ich mich ganz dicht an ihn schmiegen kann und seine Arme mir so viel Sicherheit schenken, wie ich niemals gedacht hätte, dass ich sie überhaupt brauche.

Ich bin wirklich verliebt in ihn. Richtig und ohne Aussicht auf Rettung.

Aber ich weiß nicht, wie der Rest unserer Isolation aussehen wird. Oder die Zeit danach. Wenn er vielleicht öfter bei mir ist und vielleicht nicht immer ins Studio gehen will, wenn er Lust auf ein Work-out hat. Wir müssten Kompromisse finden, aber dafür muss ich ansprechen, was mich stört. Und vielleicht empfindet er das als zu kleinlich.

Schwer seufzend schlage ich den Teig ein bisschen fester. Damit keine Klümpchen entstehen – weder in den Cupcakes noch in meinem Kopf.

Noah kommt aus dem Schlafzimmer und steuert direkt die Küche an. Er benutzt einen Zipfel seines Oberteils, um sich den Schweiß von der Stirn zu wischen, und der Ausblick auf seinen muskulösen Bauch tröstet mich über einiges hinweg, was in den letzten zwei Stunden noch wahnsinnig laut und störend gewesen ist.

Aber dann sieht er sich um und zieht die Augenbrauen zusammen. »Wie schaffst du es eigentlich jeden Tag, die Küche in ein absolutes Schlachtfeld zu verwandeln?« Seine Stimme klingt echt angepisst und er verschließt sofort das Mehl mit einem Clip.

Ich betrachte ihn kurz, verstehe nicht, wieso er so sauer ist. »Ich mache Cupcakes, da sieht es eben ein bisschen lebendiger in der Küche aus.«

»Lebendig? Es sieht aus, als wäre jemand eingebrochen und hätte alles verwüstet!« Demonstrativ deutet er auf den großen Fleck neben dem Herd, der vom Schokoladeschmelzen übrig geblieben ist.

Ich lasse den Schneebesen in die Schüssel fallen. »Ich weiß nicht, was du hast. Bis eben ist doch noch alles sauber und ordentlich gewesen.«

»Ja, weil *ich* alles aufräume, während ich unser Abendessen koche.«

»Willst du damit etwa sagen, ich wäre unordentlich?« Ich stemme die Hände in meine Hüften. »Denn falls es dir nicht aufgefallen sein sollte, habe ich gestern die ganze Wohnung geputzt, obwohl wir uns die Arbeit auch hätten teilen können.«

Er nimmt einen Lappen aus der Spüle und putzt den Schokofleck weg. »Du hast aber auch geputzt, bevor es hier schon wieder aussah, als hätte jemand eine Bombe in eine Bäckerei geworfen. So viel hattest du also gar nicht zu tun. Mich nervt es eben, dass du sonst so ein ordentlicher, auf deine Umgebung bedachter Mensch bist, aber die Küche kannst du dabei vollkommen ausblenden.«

»Ach, das nervt dich, ja?«

»Ja! Es ist eklig, und wenn du mit Schokolade und Marmelade um dich wirfst, klebt einfach alles! Und kein Mensch muss jeden verdammten Tag backen!«

Okay, jetzt ist er echt zu weit gegangen, immerhin isst er die Cupcakes ja mit!

»Weißt du was? Du bist auch nicht der perfekte Mitbewohner. Dein Sportzeug liegt überall rum und sieht furchtbar aus.«

»Du hast mir ja nicht gesagt, wo ich die Matte und die Hanteln hinstellen soll.«

»Ich wusste nicht, dass mitten im Weg überhaupt eine Option für dich ist.«

Noah dreht sich zu mir um, den Lappen noch immer in der Hand. »Wenn es dich genauso stören würde wie mich diese Sauerei hier, dann hättest du mein Zeug auch wegräumen können.«

Entsetzt schnappe ich nach Luft. »Natürlich! Nicht jeder kann easy zwanzig Kilo hin und her räumen. Wenn ich weiterhin wütend backen muss, habe ich vielleicht in einer Woche den entsprechenden Bizeps dafür.«

»Jetzt stell dich nicht so an. Wenn ich die Marmelade aus den Fugen kratzen kann, kannst du doch auch einfach sagen, dass ich die Hanteln wegräumen soll.«

»Bei der Gelegenheit sage ich dir gleich noch ein paar ganz andere Dinge.«

Er verschränkt die Arme vor der Brust. »Ach ja? Was denn?«

»Zum Beispiel, dass ich deinetwegen nicht mehr arbeiten kann. Weil du der lauteste Mensch der Welt bist, wenn du Sport machst. Die Kopfhörer liegen nicht umsonst immer mitten auf dem Bett, verdammt noch mal! Dann müsste ich wenigstens lediglich deine lauten Atemgeräusche ertragen.«

»Ach, und ich dachte, die Kopfhörer liegen bloß so rum, weil du es ja offensichtlich nicht mal schaffst, Mehl und Zucker zurück in den Schrank zu räumen.«

Augenverdrehend knote ich die Schürze auf und nehme sie ab, nur um sie direkt vor Noah auf den Boden zu werfen. »Hier, da hast du gleich noch etwas, was du mir hinterherräumen kannst!«

»Du bist so eine Dramaqueen, Phil!«

»Das sagt ausgerechnet jemand, der so laut ausatmet, dass er das Haus von *Den drei kleinen Schweinchen* umpusten könnte, nur weil er zwanzig Kilo stemmt.«

Er schnappt sich die Schürze vom Boden und faltet sie ganz klein. »*Die drei kleinen Schweinchen* würden hier drin aber kein Lager aufschlagen, weil sie sich ekeln würden.«

Schnell drehe ich mich um und stürme aus der Küche.

»Wo willst du denn hin, Phil?«

»Das weiß ich doch selbst nicht!«

Am liebsten würde ich aus der Wohnung verschwinden und irgendwo hinlaufen. Ganz weit weglaufen, zumindest so weit, wie ich es schaffe, ohne entweder die Orientierung oder die Kondition zu verlieren.

Aber das geht nicht, weil wir immer noch in Quarantäne sind. Arthur hat gesagt, wenn wir bis jetzt keine

Symptome haben, spricht auch nichts gegen einen Spaziergang mit Abstand zu anderen Menschen, aber dafür bin ich viel zu vernünftig.

Also gehe ich ins Bad und schlage die Tür hinter mir zu, was eigentlich ziemlich peinlich und pubertär ist, aber gerade genau meine Gefühle ausdrückt.

Ich klettere in die leere Badewanne, die genau vor zwei großen Fenstern steht, welche ich weit aufreiße. So habe ich wenigstens das Gefühl, draußen zu sein.

Kalter Wind weht mir entgegen und mir wird bewusst, dass ich mein Handy in der Küche vergessen habe. Jetzt sitze ich in einer riesigen, leeren Badewanne, lasse mir Wind und Nieselregen ins Gesicht wehen und kann nicht mal durch Instagram scrollen, um zu vergessen, was gerade passiert ist.

Wir haben echt gestritten.

Für zwei introvertierte Menschen waren wir auch ganz schön laut. Und irgendwo in mir drin tut es jetzt weh. So, als würde sich irgendwas in meinem Bauch schmerzhaft verknoten. Vielleicht bekomme ich aber auch nur ein Magengeschwür, weil ich jeden verdammten Tag stark zuckerhaltiges Gebäck in mich reingestopft habe.

Noah und ich haben gestritten.

Scheiße.

Keine Ahnung, wie ich das bewerten soll. Es ist das erste Mal, dass ein Kerl mir so wichtig ist, dass mir selbst diese Art von Auseinandersetzung zusetzt.

Ja, wir hocken jetzt seit einer Woche aufeinander, aber soll das wirklich schon zeigen, dass es funktioniert? Oder eben nicht?

In Gedanken gehe ich noch einmal die Küche durch und muss feststellen, dass er nicht ganz unrecht hat. Es *war* chaotisch, klebrig und ja, auch ein wenig eklig. So gut wie ich mittlerweile im Backen bin, so schlecht bin ich bei der Organisation meiner Zutaten. Erst stelle ich alles raus, aber dann kleckere ich, räume nichts wieder ein, finde es auch eklig, wenn etwas daneben geht. Und mir geht ständig was daneben.

Aber er ist eben auch nicht unfehlbar.

Am liebsten würde ich eingeschnappt sein. So richtig. Aber ich höre Geräusche von draußen. In meinem Kopf entsteht das Bild, wie Noah übertrieben putzt, damit ich auch höre, wie schlimm es ist.

Ach, Mann. Wie gern würde ich jetzt meinem Bruder schreiben. Der könnte mir mit seiner ruhigen und besonnenen Art sicherlich einen guten Tipp geben, wie wir das wieder hinbiegen können. Denn ich will es echt nicht so belassen.

Tief in mir drin ist nämlich die Angst, dass Noah da draußen nicht so viel Lärm veranstaltet, weil er unbedingt laut putzen will, sondern weil er seine Sachen packt und die Isolation beendet. Immerhin haben wir keine Symptome. Er könnte also zurück in die WG.

Das will ich aber nicht. Nicht mehr, jetzt, wo ich in dieser blöden Badewanne hocke und schmolle. Denn vielleicht reden wir dann nicht mehr miteinander, schreiben uns nicht und er sucht sich nach seiner Schonfrist einen anderen Nebenjob, wo er mir nicht jeden Samstag meine Pizza liefern muss.

Heutzutage ist es leicht, einen Menschen aus seinem Leben zu verbannen. So richtig und nachhaltig, obwohl man theoretisch jederzeit erreichbar wäre, was das Ganze nur noch grausamer macht.

Durch das Fehlen meines Handys weiß ich nicht, wie viel Zeit vergangen ist, aber außerhalb des Badezimmers wird es ganz still.

Ich schließe die Fenster, weil ich mitbekommen will, ob er gleich die Tür hinter sich zuzieht.

Dieses Geräusch würde mir das Herz brechen, aber ich will es hören, damit ich sicher weiß, dass es vorbei ist.

Dass ich es mal wieder versaut habe.

Doch stattdessen dringt ein anderer Laut zu mir: ein Klopfen.

»Ja?«

Die Tür wird ganz sanft aufgeschoben und Noah tritt vorsichtig ein. »Ich weiß, wir haben gestritten und es ist gerade alles blöd. Aber ich muss pinkeln und du hast dir echt einen gemeinen Ort ausgesucht, um auf mich sauer zu sein.«

Fast muss ich darüber lachen. Aber nur fast. »Gehst du jetzt weg?«

»Soll ich denn?« Seine Augen weiten sich und er sieht tief betroffen aus.

Deshalb schüttle ich schnell den Kopf. »Nein, ich will nicht, dass du gehst.«

Vorsichtig, so als bestünde die Möglichkeit, dass ich ihm jede Sekunde ins Bein beißen könnte, kommt er auf die Wanne zu, schwingt schließlich elegant erst sein gesundes Bein und dann ziemlich umständlich das andere über den Rand, um sich zu mir zu setzen.

»Ehrlich gesagt, habe ich mir gewünscht, dass wir zusammen in dieser wahnsinnig großen Wanne landen.

Aber mit mehr Schaum und ... na ja, ich hatte in meiner Vorstellung auch keine verschwitzten Sportklamotten an«, plappert er einfach drauf los und schnappt sich meine Hand.

Wieder seine Haut zu fühlen, ist unfassbar schön. »Tut mir leid, wie das alles gelaufen ist. Ich weiß nicht, was mit mir los ist, wenn ich backe.«

»Und ich weiß nicht, was mit *mir* los ist, wenn ich Sport mache. Du weißt, ich bin eigentlich kein lauter Mensch.«

Um seine Aussage zu bestätigen, nicke ich, nur um im nächsten Moment den Kopf zu schütteln. »Und ich bin eigentlich kein chaotischer Mensch. Ich glaube, diese Seite an mir ist auch der Grund, warum ich nicht kochen kann. Immer, wenn ich es versucht habe, konnte ich danach die Küche renovieren.«

Noah lacht auf. »Ich hätte dir keinen Vorwurf machen sollen. Das ist immerhin deine Wohnung und ich bin nur zu Gast.«

»Nein, das war vollkommen richtig. Und im Moment bist du für mich nicht nur zu Gast, du bist mein Freund, der hier gerade eine Weile wohnt. Da hast du wohl auch das Recht, dich wohlzufühlen. Und ja, auch so Sport zu machen, wie du willst. Du kannst immerhin nichts dafür, dass ich so empfindlich bin, was meine Schreibatmosphäre betrifft.«

Er streichelt sanft über meinen Handrücken. »Alles, was ich gerade gehört habe, ist, dass du mich als deinen Freund bezeichnet hast.«

Ertappt zucke ich zusammen, lasse aber im nächsten Moment den Kopf hängen. »So würde ich dich gern bezeichnen, falls du das überhaupt noch willst, nach diesem riesigen Zerwürfnis.«

»Du bist echt süß, Phil.« Seine Mundwinkel wandern weiter nach oben. »Ich glaube nämlich nicht, dass man eine Auseinandersetzung, in der *Die drei kleinen Schweinchen* zur Sprache kommen, wirklich ein *Zerwürfnis* nennen kann.«

»Wie würdest du es denn nennen?«

Noah zuckt mit den Schultern. »Den ersten Streit? Zerwürfnis würde bedeuten, dass wir nicht mehr auf einen gemeinsamen Nenner kommen. Aber für alles, was uns gerade stört, gibt es doch eine Lösung: Kommunikation. Statt das alles in uns reinzufressen, müssen wir gleich sagen, wenn uns etwas am anderen stört. Dann finden wir bestimmt Kompromisse.«

Einen Moment lang starre ich ihn verwundert an. Denn alles, was er mir da sagt, bedeutet für mich, dass er das mit uns echt hinkriegen will. Er will das genauso sehr wie ich. Das ist ein schönes Gefühl, eine schöne Gewissheit.

»Ich sollte ein bisschen achtsamer backen, oder?«

Noah lacht. »Oder wir schauen zusammen, ob du deine Küche besser organisieren kannst. Vielleicht können wir das Chaos dann auf eine Ecke beschränken. Deine Küche ist ziemlich groß, da sieht es schnell nach mehr aus, als es eigentlich ist.«

»Das stimmt. Es überfordert mich oft, weil es so viel ist. Eine Ecke schaffe ich aber bestimmt.«

Zaghaft lächle ich ihn an und rücke ein Stückchen näher zu ihm. Es fühlt sich an, als wäre diese Wanne wie eine Seifenblase. Ein Raum ohne Anschuldigungen.

»Und ich suche mir einen anderen Ort, wo ich Sport machen kann.«

»Wo willst du denn hin?«

Er lächelt. »Na ja, ich habe mein Zeug erst mal, zusammen mit den Bluetooth-Kopfhörern, ins Gästezimmer geräumt. Das ist vielleicht schon weit genug weg. Und dann werde ich versuchen, alles, wo ich laut ausatme, morgens zu machen, während du im Bad bist. Bestimmt kann ich auch die Physio in den Zeitraum legen. Dann bekommst du vielleicht gar nicht mehr viel davon mit.«

»Aber ich dusche keine zwei Stunden«, gebe ich zu bedenken.

»Physio und ein bisschen Training dauern auch nur eine Stunde, mein Schatz.«

Geschockt reiße ich die Augen auf. In meiner Wut habe ich mich so sehr reingesteigert, dass ich vollkommen das Gefühl für die Zeit verloren habe. Für mich hat es sich wie eine Ewigkeit angefühlt.

»Es tut mir echt leid, dass wir uns gestritten haben.«

Noch immer lächelt Noah mich an. »Das wird sicherlich nicht das letzte Mal gewesen sein. Aber wir werden uns auch immer wieder vertragen.«

Die Zuversicht in seinen Worten schenkt mir Vertrauen. In ihn. In uns. Es war vielleicht nur ein unbedeutender, kleiner Streit und es könnte sein, dass wir auch noch durch Schlimmeres durch müssen. Ganz bestimmt sogar. Doch gerade fühlt es sich so an, als könnten wir das schaffen.

Weil wir *wir* sind.

Und weil wir das Glück haben, genau richtig füreinander zu sein.

»Ich hatte echt ganz schön Schiss, weil ich nicht wusste, ob du da draußen nur sehr laut putzt oder deine Sachen zusammenpackst und abhaust.«

»Keins von beidem.«

Irritiert hebe ich eine Augenbraue. »Was hast du dann gemacht?«

»Das würde ich dir gern zeigen, aber dafür müssen wir erst mal versuchen, mich aus dieser Wanne rauszubekommen.«

Lachend und ziemlich umständlich schaffen wir es gemeinsam.

Noah führt mich aus dem Bad, durch den Flur und schiebt mich sanft in die Richtung der Treppe. Noch etwas zögerlich gehe ich nach oben.

Und traue meinen Augen nicht.

Keine Ahnung, wie er es gemacht hat, denn so wie er nach oben hinkt, ist es ohne Superkräfte fast undenkbar, aber er hat die Matratzen aus dem Schlafzimmer ins Wohnzimmer gehievt. Direkt unter einem Balken, über den er mehrere Decken gespannt hat, die eine Art Baldachin bilden. Lichterketten tauchen alles in ein gemütliches Licht und mein Laptop liegt zwischen Kissen und Decken.

Noahs Arme schlingen sich von hinten um mich. »Das ist unsere Deckenburg, unser Fort. Ich dachte, vielleicht brauchen wir einfach einen kleineren Ort, etwas, was uns beiden gehört und ein bisschen aus unserem Alltag abschottet. Vielleicht können wir da ja einen gemeinsamen Rhythmus finden.«

Lächelnd drehe ich mich in seinen Armen und küsse ihn. Dabei lege ich alle Emotionen, die mich gerade durchströmen, in diesen Kuss hinein. Denn er soll es

spüren, soll merken, wie wichtig er mir ist, wie haltlos
verliebt ich bereits nach so kurzer Zeit in ihn bin. Das
hat er verdient, immerhin zeigt er mir das mit einer
wundervollen Geste wie diesem Fort auch.

Kapitel 20

»Wir leben in einem Fort.« Stolz schwenke ich mein Handy und präsentiere Sascha unsere aktuelle Behausung.

Er kann die Begeisterung nicht nachvollziehen. »Ist das nicht genau das, was wir als Kinder albern fanden?«

»Es ist vielleicht ein bisschen unkonventionell, aber ich fand es süß, dass er das für uns gebaut hat«, sage ich, um mein Fort zu verteidigen.

Sascha verdreht die Augen. »Ich finde zwar schön, dass du jemanden gefunden hast, der so was für dich baut, aber irgendwie finde ich es auch ein bisschen albern. Immerhin seid ihr noch bei dir im Wohnzimmer. Egal, wie viele Decken man aufhängt, diese Tatsache kann man nicht ausblenden.«

Skeptisch ziehe ich eine Augenbraue nach oben. »Welche Laus ist dir denn über die Leber gelaufen?«

»Gar keine.«

»Ist das Zusammenleben mit Kadir so problematisch? Du hättest auch hierbleiben können. Ich meine, die meiste Zeit bist du doch eh unterwegs oder im Gästezimmer. Das hätten wir bestimmt irgendwie timen können, damit es sicher ist. Und wir haben beide keine Symptome. So wie es aussieht, sind wir noch mal mit einem Schrecken davongekommen.«

Während ich vor mich hinplappere, spielt Sascha mit seinen Fingern. »Kadir ist nicht das Problem. Mal abgesehen davon, dass ich echt dankbar bin, hier untergekommen zu sein, ist er auch der angenehmste Mitbewohner, den man sich vorstellen kann. Dagegen bist selbst du ein lauter Poltergeist. Na ja, und er räumt immer gleich auf, wenn er gekocht hat.«

Auch wenn es fast funktioniert hätte – denn diese Aussage kratzt an meinem Ego –, bemerke ich, was er vorhat. Ganz geschickt will er mich umlenken, aber so leicht mache ich es ihm nicht.

»Sorry, das wird nicht funktionieren. Hast du Schwierigkeiten mit deinen Projekten?«

Seufzend schüttelt er den Kopf. »Nein, da ist alles ganz wunderbar. Obwohl ich es abgestritten habe, habe ich in den letzten Tagen echt viele schöne Motive vor die Linse bekommen. Gestern habe ich tolle Aufnahmen von Rehen gemacht. Soll ich dir mal eins der Testbilder schicken?«

Mein Bruder macht mich wirklich wahnsinnig, wenn er etwas auf dem Herzen hat. »Du kannst mir nachher ein Reh schicken, aber erst will ich wissen, warum du so grummelig bist.«

»Bin ich überhaupt nicht.«

»Du hast mein Fort kindisch genannt.«

Sascha seufzt. »Ist es doch auch irgendwie. Oder nicht?«

»Soll ich weiter ins Blaue raten und das am besten so lange, bis du die Beherrschung verlierst? Du kennst mich, ich kann sehr nervtötend sein.«

»Da hast du allerdings recht.« Er hebt eine Hand und massiert sich die Schläfen. Offensichtlich muss er noch abwägen, ob er es darauf ankommen lässt oder endlich mit der Wahrheit rausrückt. »Okay ... aber versprich mir, dass du dich nicht einmischen wirst.«

Ich habe eine Ahnung, aber ich brauche seine Bestätigung. »Bei was genau?«

»Phil, versprich es!«

»Ist ja gut. Ich verspreche, dass ich mich nicht einmischen werde.«

Mein Bruder atmet tief durch. »Ich habe Emma gefragt, ob wir etwas zusammen unternehmen wollen, und sie hat seit zwei Tagen nicht geantwortet.«

Oje. Mir wird bewusst, warum er mir dieses Versprechen abgerungen hat. Denn in meinen Fingern kribbelt es ganz gewaltig, FaceTime für einen Moment zu schließen und Emma direkt anzuschreiben.

Ich weiß nicht, was ich sagen soll. »Das ist echt scheiße.«

Sascha nickt. »Ist es. Ich meine, sie hat diese Gedanken überhaupt erst in Gang gesetzt, warum zeigt sie mir dann jetzt die kalte Schulter?«

»Vielleicht hat sie Angst?« Damit begebe ich mich aufs Terrain der Spekulation. »Keine Ahnung, Sascha. Sie redet mit mir nicht wirklich viel darüber. Und das könnte auch das Problem sein. Guck mal, all deine Sorgen und Ängste haben wir letztens bei einem Gespräch geklärt. Aber so, wie ich Emma kenne, macht sie das wieder nur mit sich selbst aus und das endet leider nie gut.«

Nickend sieht er kurz in die Ferne, dann wieder in die Kamera. »Sicher hast du recht. Also muss ich wohl beharrlich bleiben.«

Zum Glück kennt Sascha sie fast genauso lange wie ich, denn so weiß er, wie sie manchmal tickt. Einmischen muss ich mich somit nicht.

Also kann er mir jetzt auch getrost die Fotos von den Rehen schicken und wir reden noch ein bisschen darüber, dass wir vielleicht in ein paar Wochen gemeinsam unsere Eltern besuchen könnten. Und dass ich eventuell Noah mitbringen würde.

Ebendieser kommt gerade die Treppe nach oben. Sein Haar ist noch nass und verstrubbelt vom Duschen; damit sieht er ganz verwegen aus. Heute musste er die Physiotherapie und seinen Sport auf den Nachmittag verlegen, weshalb ich Sascha überhaupt angerufen habe. Denn so störe ich mich nicht daran, ihn beim Sport zu hören.

Jetzt, wo er wieder hier bei mir ist, kann ich mich gar nicht schnell genug von meinem Bruder verabschieden.

Ein paar Sekunden lang herrscht Stille in unserem Fort, ehe ich sie mit meiner Überlegung durchbreche. »Sag mal, wie seltsam würdest du es eigentlich finden, wenn ich dich in drei bis fünf Wochen gern meinen Eltern vorstellen würde?«

Überrascht sieht er mich an. »Gar nicht mal so seltsam. Ich fühle mich echt geschmeichelt. Und vielleicht gibt mir das den nötigen Tritt, um dich mit zu meinem Vater zu nehmen.«

»Das musst du nicht, wenn es unangenehm für dich ist.«

»Unangenehm ist das falsche Wort.« Noah greift nach meiner Hand und sieht auf unsere verschlungenen Finger hinab. »Weißt du, Emma hat mich bei dem Frühstück nach dem Spieleabend wirklich zum Nachdenken gebracht. Ich muss die Anerkennung meines Vaters einfordern und vielleicht sollte ich ihn direkt vor vollendete Tatsachen stellen. Homophob ist er nicht, daher weiß ich, dass er mich nicht verstoßen wird. Dieser Abend wird auch nicht in einer riesengroßen Szene enden. Er soll einfach nicht mehr die Chance haben, es zu ignorieren.«

Er sieht von unseren Händen auf und schenkt mir ein Lächeln. Eins von der Sorte, die ich erwidern muss.

»Einfordern ist nicht immer leicht, das musste ich in meiner Zeit mit Emma lernen. Aber ich denke, zusammen kriegen wir das schon irgendwie hin.«

So wie er mich gerade anlächelt, habe ich das Gefühl, wir kriegen alles hin.

Alles.

Keine Ahnung, wann mir ein anderer Mensch jemals auf so selbstverständliche Art Sicherheit vermittelt hat. Es ist genau das, was ich in Beziehungen immer vermisst habe. Sie summiert sich mit jedem weiteren Tag, der vergeht. Und ich glaube, dass es irgendwann egal ist, ob wir streiten, diskutieren oder uns unangenehmen Situationen stellen müssen. Irgendwie würde alles wieder gut werden.

»Was hat dein Bruder eigentlich zum Fort gesagt?«

Seufzend schmiege ich mich fester an ihn. »Er findet es kindisch.«

Empört schnappt Noah nach Luft. »Nein!«

»Doch.« Ich betrachte ihn, die feinen Linien unter seinen Augen, die sich erst zeigen, wenn er lächelt, seine vollen Lippen und die kleinen Einbuchtungen, die sich in seine Mundwinkel graben, wenn er lacht. Und die

Sprenkel in seinen Augen, die mir schon bei den Pizza-Lieferungen aufgefallen sind. »Ich glaube, ich möchte mit niemandem lieber kindisch sein als mit dir.«

»Das ist gut zu wissen. Denn es gibt da noch eine kindische Sache, die ich gern mal ausprobieren würde.«

Bevor ich nachfragen kann, worum es sich handelt, landet ein Kissen in meinem Gesicht. Sprachlos schnappe ich nach Luft, doch als es erneut geschieht, greife ich ebenfalls nach meinem Kopfkissen. »Na warte! Im Gegensatz zu dir habe ich schon einige Kissenschlachten hinter mir!«

Lachend schlagen wir mit unseren Kissen aufeinander ein, bis mir der Bauch vom Lachen so sehr wehtut, dass ich kaum Luft bekomme.

Auch Noah ringt nach Atem. »Versprich mir, dass wir von jetzt an jeden Streit mit einer Kissenschlacht beenden.«

»Aber nur, wenn du mir versprichst, dass wir in schweren Zeiten immer wieder ins Fort zurückkehren.«

Nachrichten von Noah

Kadir:
Habt ihr euch bereits die Köpfe eingeschlagen? Oder ist es so schön in eurer Höhle, dass du vergessen hast, mit wem du sonst dein Nest teilst?

Noah:
Du bist echt dramatisch.
Ich habe dir doch gestern geschrieben.

Kadir:
Du hast mir ein Foto und ein Emoji geschickt.
Ich weiß nicht, wann unsere Beziehung so kalt geworden ist.

Noah:
>.<

Kadir:
Ist ja gut. Ich wollte eigentlich nur wissen, ob bei euch alles okay ist.

Noah:
Ehrlich gesagt, hoffe ich ja, dass Phil nicht merkt, dass morgen unsere Isolation vorbei ist und ich noch ein paar Tage bleiben kann.

Es ist echt schön mit ihm.
Und ich glaube, wir kriegen es jetzt auch außerhalb des
Forts zusammen hin.
Wie läuft es mit Sascha?

Kadir:
Er ist der perfekte Mitbewohner, und ich hoffe auch,
dass du noch eine Weile in deinem Liebesnest bleiben
kannst.
Er hat echt Ahnung davon, wie man Bilder verkaufen
kann, und bastelt mit mir gerade einen kleinen Online-
Shop.
Na ja, wenn er mal da ist. Der Kerl geht so viel wandern.
Vielleicht begleite ich ihn heute mal.

Noah:
Ich stelle mir das so vor, dass er ständig stehen bleibt
und Tausende Bilder macht.

Kadir:
Schau dir mal seine Insta-Seite an, wo er sich so rum-
treibt.

Noah:
Wow ... Du hast Glück, dass es hier nirgendwo Vulkane
oder so hohe Berge gibt.
Eigentlich müsstest du eine Wanderung bei deinem Fit-
nesslevel locker schaffen.

Kadir:
Keine Ahnung, Wandern ist bestimmt noch mal was
anderes.

Aber vielleicht ist es ja inspirierend.
Jetzt, wo ich Kleinunternehmer werde, muss ich ja neue Ware nachlegen.

Noah:
Ich freue mich auf jedes neue Bild von dir.
Aber gib es vielleicht noch nicht ganz auf, Lehrer zu werden.

Kadir:
Ich sehe ja bei dir, wie gut man einen Referendariatsplatz bekommt, Mister Pizza.

Noah:
Das war fies.
Mann, ich darf gar nicht daran denken, dass ich wieder ausliefern muss.
Theoretisch könnte ich in drei Wochen wieder anfangen.
Umso mehr hoffe ich, dass Phil das Fort und mich noch etwas länger ertragen kann.

Kadir:
Wird es nicht langsam langweilig, den ganzen Tag nur zu vögeln?
Ich meine, die Möglichkeiten für Varianz sind in so einem Ding ja eher begrenzt.
Soll ich dir vielleicht mal deine Spielzeugkiste vorbeibringen?

Noah:
...

Kadir:
Ist das ein ja?

Noah:
Ehrlich gesagt, haben wir noch gar nicht ...

Kadir:
Noah, ich bin dein bester Freund.
Ich habe mitbekommen, wie das ein oder andere Date
hier war.
Mir ist also klar, dass du Sex hast, und ich fände es
schön, wenn unsere Beziehung zueinander so offen
wäre, dass ich nicht nur peinliche Pakete für dich ab-
holen muss.
Was solltet ihr denn sonst in einem Berg aus Decken
und Kissen eine Woche lang machen?

Noah:
Nach dieser Ansprache ist es irgendwie nur noch pein-
licher ...
Aber wir haben wirklich noch nichts gemacht.
Phil schreibt, ich zocke. Abends kuscheln wir und
schauen Filme.
Und wir reden ziemlich viel, was unheimlich schön ist.

Kadir:
Nicht mal irgendwas über der Hose?

Noah:
Gar nichts.
Es hat sich eben nicht ergeben.

Kadir:
Ihr seid frisch zusammen und lebt praktisch in einem Bett.

Noah:
Es läuft gerade so gut zwischen uns.
Ich bin wahnsinnig in ihn verliebt und ich weiß, dass er es auch in mich ist.
Wir verstehen uns gut, lernen gerade, wie wir miteinander kommunizieren können, damit wir es nicht zu einem Streit kommen lassen.
Ich bin echt verdammt glücklich mit ihm.

Kadir:
Bis jetzt spricht hier noch nichts gegen Sex.

Noah:
Aber was ist, wenn wir überall harmonieren, nur da nicht?
Wenn der Sex furchtbar ist?

Kadir:
Du machst dir echt immer viel zu viele Gedanken.

Noah:
Aber er doch sicherlich auch, oder?
Immerhin unternimmt er genauso wenig etwas in diese Richtung.
Ist ja nicht so, als wäre es nicht möglich.
Wir knutschen und es passiert auch bei uns beiden was, aber wir ignorieren es irgendwie.

Vielleicht ahnt er ja schon, dass der Sex furchtbar ist.

Kadir:
*Okay, okay ... Was bei euch beiden wirklich furchtbar
ist, ist dieses Überdenken.
Aber wenn ihr schon lernt, miteinander zu reden, um
Streit zu vermeiden, dann versucht doch auch mal dar-
über zu reden.*

Noah:
Meinst du wirklich?

Kadir:
Ich glaube nicht, dass er keinen Sex will.

Noah:
Und wenn wir da nicht miteinander klarkommen?

Kadir:
*Das erste Mal wird vielleicht eine Katastrophe werden.
Aber das ist doch oft so, bevor es wirklich gut wird.
Irgendwie werdet ihr euch bestimmt miteinander ein-
grooven.
Ich komme mir hier übrigens gerade vor, als würde ich
in einem Forum für Teenager beraten.*

Noah:
*Na ja, vorher hatte er drei Jahre lang eine Sexbeziehung
mit diesem Arthur von nebenan.*

Kadir:
Und?

Noah:
*Wenn sie es so lange miteinander ausgehalten haben,
muss es ja hervorragend gelaufen sein.
Sicherlich kann ich da nur verlieren.*

Kadir:
*Hörst du mich seufzen?
Guck mal, ihr habt Gefühle füreinander, das macht
doch alles noch mal viel schöner.
Mal ganz abgesehen davon, müsst ihr langfristig ir-
gendwann darüber reden.
Oder soll das so erfolgreich subtil ablaufen wie deine
Flirtversuche?
Denn ganz ehrlich? Ich halte es bei deiner Vorgehens-
weise für ein Wunder, dass du jetzt mit dem Menschen,
in den du dich verknallt hast, in einer Kuschelhöhle
liegst.*

Noah:
Ich bin eben ein Feigling.

Kadir:
*Aber einer, der scharf auf seinen Freund ist.
Also mach mal ein bisschen Tempo, Mann.
Oder willst du damit auch wieder drei Jahre warten?
Eigentlich dachte ich, ihr gebt endlich mal ein bisschen
Gas.*

Noah:
*Ist ja gut.
Und danke.*

Kapitel 21

Die Isolation ist um und irgendwie haben wir es vermieden, darüber zu reden, wie es jetzt weitergeht. Stattdessen gab es so etwas wie die stille Einigung, dass Noah einfach noch hierbleibt. Wir haben das Fort abgebaut, zusammen die Wohnung geputzt und beim Backen hat Noah nebenher alles aufgeräumt, was ich achtlos stehen gelassen habe. Und dann haben wir Cupcakes gegessen.

Ich mag das an ihm. Keiner von uns muss sich trauen, zu fragen, wie es weitergeht. Wir wissen beide, dass wir die Nähe des jeweils anderen genießen. Nach all den letzten Jahren und Erfahrungen mit Online-Dates tut mir diese Art der Selbstverständlichkeit wahnsinnig gut.

Nur an einer Sache sollten wir arbeiten. Denn irgendwie machen wir keine Anstalten mehr, uns einander körperlich näherzukommen. Ja, wir haben anfangs schon Anstalten gemacht, miteinander zu schlafen, aber dann ist uns immer wieder etwas dazwischengekommen, und mittlerweile denke ich, dass das auch einen Grund hatte. Vielleicht müssen wir noch warten, bis sich unsere Beziehung weiter gefestigt hat und sich die Erwartungen an ein erstes Mal ein wenig gelegt haben, weil alles andere so gut passt, dass es darauf nicht mehr ankommt. Haben wir überhaupt Erwartungen?

Also ich irgendwie schon, denn mal abgesehen davon, dass wir menschlich gesehen gut zusammenpassen, finde ich Noah wahnsinnig heiß. Das hört sich oberflächlich an, aber gegenseitige Anziehung ist genauso wichtig. Und weil ich ihn so heiß finde, stelle ich mir eben auch heiße Dinge vor, die wir miteinander anstellen könnten. Meinen Cupcake-Teig würde ich ihm nämlich am liebsten direkt von seinem angeberischen Sixpack lecken. Okay, das *ist* oberflächlich, aber was ich an Noah so anziehend finde, geht über seinen Körper hinaus. Der ist nur die Kirsche auf dem Eis.

Egal, wie ich es drehe und wende, auf den Punkt gebracht kann ich sagen: Ich will Sex mit Noah. Aber wir vermeiden es beide, in diese Richtung zu gehen. Wirklich seltsam, zumal wir schon offen über dieses Thema geredet haben. Also vor drei Wochen. Aktuell umgehen wir es körperlich wie auch sprachlich. Dabei könnte ich ein bisschen Inspiration für mein Manuskript gebrauchen.

Wenn ich so darüber nachdenke, merke ich erst, dass ich damit nur irgendeine Rechtfertigung finden will, damit es in meinem Kopf nicht so klingt, als ginge es mir nur ums Vögeln.

Aber verdammt, ich *will* vögeln.

Mit Noah.

Oft und in allen möglichen und unmöglichen Stellungen und Konstellationen, weil ich glaube, dass wir uns dann noch näher sind. Und neben dem reinen Körperlichen geht es mir wohl auch darum. Denn ich bin ihm gern nah und will mehr von seiner Nähe.

Deshalb werde ich es heute Abend darauf anlegen. Ganz genau genommen habe ich das schon heute Morgen versucht, aber das hat Noah gar nicht registriert, befürchte ich. Ich weiß zwar noch nicht, inwieweit Noahs Knie rehabilitiert ist und was dahingehend alles möglich ist, aber ich denke, wir werden schon unseren Weg finden.

Heute schlafen wir zum ersten Mal seit über einer Woche nicht mehr im Fort, sondern in meinem Schlafzimmer.

Ich tue so, als würde ich noch lesen, als Noah vom Zähneputzen reinkommt, aber in Wahrheit beobachte ich ihn unauffällig. Verfolge genau, wie er sich vor der Bettkante noch einmal ausgiebig streckt, sodass sein Shirt ein bisschen hochrutscht und einen winzigen Streifen Haut freigibt. Auch das sehe ich mir ganz genau an.

»Du weißt, dass ich es mitkriege, wenn du mich anstarrst?«

Betont lässig erwidere ich seinen Blick. »Ich weiß nicht, wie du darauf kommst, dass ich dich anstarren würde. Ist das diese Arroganz, vor der mich alle gewarnt haben, als ich gesagt habe, ich date einen Sportler?«

Er kriecht unter die Decke, rutscht ganz nah zu mir und haucht mir einen Kuss auf die Stirn. »Du hältst das Buch falsch herum.«

Okay, das ist peinlich. Solche Szenen streiche ich für gewöhnlich aus meinen Manuskripten, weil ich denke, dass sie zu unrealistisch sind, und dann verhalte ich mich selbst so.

Möglichst unauffällig lege ich das Buch auf dem Nachttischchen ab und drehe mich zu Noah, der seine Arme um mich schlingt. Schön, dass wir dieses kleine

Ritual auch außerhalb unseres Forts fortsetzen können.

»Du starrst mich sogar noch viel weniger subtil an«, werfe ich ihm vor. »Heute Morgen zum Beispiel.«

»Heute Morgen? Echt?« Er sieht mich streng an, hebt eine Augenbraue. »Du bist einfach ins Bad gekommen, als ich meine Zähne geputzt habe, hast den Morgenmantel filmreif auf den Boden geworfen und bist in die Dusche gestiegen.«

»Vielleicht wollte ich ja was provozieren?« So offensiv war ich bei Noah noch nie. Damit er auch weiß, in welche Richtung meine Gedanken gehen, streichle ich sanft über seine Brust.

Sein Lächeln verändert sich ein bisschen. »Für ausgefallene Praktiken unter der Dusche bin ich noch nicht fit genug. Leider.«

»Mh ... Was meinst du, was dein Physiotherapeut von ausgefallenen Praktiken im Liegen halten würde? Ich habe da ja mal was angedeutet und vielleicht würde ich gern darauf zurückkommen.«

Noah vergräbt sein Gesicht an meiner Halsbeuge, sein warmer Atem streift meine Haut und ich bekomme sofort am ganzen Körper Gänsehaut. »Mir ist eigentlich ziemlich egal, was mein Physiotherapeut dazu sagt. Ich hatte viel mehr Angst davor, dass du das gar nicht mehr willst.«

Seine Worte schockieren mich ein wenig und ich bringe etwas Abstand zwischen uns, um ihn richtig ansehen zu können. Darüber sollten wir reden, selbst wenn es die Stimmung gleich wieder killt.

»Wie kommst du denn darauf? Natürlich will ich! Aber nachdem wir am Anfang so oft unterbrochen wurden, habe ich irgendwie gedacht, dass wir vielleicht noch ein bisschen damit warten sollten. Wir haben ständig den Vergleich zu Grindr-Dates gezogen, aber du bist so viel mehr als das. Deshalb habe ich zumindest nichts mehr unternommen. Irgendwie wollte ich wohl aus diesem Rad der Oberflächlichkeiten aussteigen.«

Noah sieht kurz zu mir auf, wirkt dabei verlegen, doch dann schaut er wieder auf die Bettdecke zwischen uns. »Und ich hab Angst gehabt, was passiert, wenn wir in allen Lebensbereichen gut zusammenpassen, aber der Sex miserabel ist.«

Im ersten Moment will ich lachen, doch dann wird mir bewusst, dass diese Angst von ihm absolut real ist. Eine Angst, die valide ist und die ich ernst nehmen sollte.

Deshalb lehne ich meinen Kopf sanft gegen seinen, hauche einen Kuss auf seine Wange. »Mal angenommen, der Sex ist miserabel ...«

»Also denkst du das auch.«

»Ich habe *mal angenommen* gesagt. Das ist eine rein hypothetische Aussage. Mal angenommen, der Sex ist miserabel: Dann reden wir darüber und verbessern uns. Ganz einfach. Das wäre für mich jedenfalls kein Grund, Schluss zu machen oder so.«

Skeptisch sieht er mich an. »Meinst du das ernst?«

»Wie du schon gesagt hast, passen wir perfekt zueinander. Wir haben Spaß miteinander, verstehen uns gut, finden mittlerweile Kompromisse. Wieso sollte es da auf diese eine Sache ankommen? Im Sport fängt man doch auch irgendwann an und arbeitet dann daran, besser zu werden. Ich bin fest davon überzeugt, dass das auch beim Sex geht. Und es muss ja auch keine

Jury bewerten, ob es gut oder schlecht ist, sondern nur wir beide. Für uns muss es gut sein.«

Jetzt endlich schleicht sich wieder ein Lächeln auf Noahs Lippen. Eines von der Sorte, die so warm wie eine Umarmung ist.

Sanft lege ich eine Hand an seine Wange. »Ich fühle mich so sicher mit dir, dass ich gar nicht weiß, wie es schlecht werden könnte. Ich bin immerhin randvoll mit Hormonen, Endorphinen und keine Ahnung, was mein Körper noch alles ausspuckt.«

Er lehnt seinen Kopf leicht in meine Hand, aber dann zieht er wieder eine Augenbraue nach oben. »Aber weißt du, nach all den Dingen, die du in deinen Büchern beschreibst …«

Ich unterbreche ihn mit einem Kuss. »Das hier ist *unsere* Liebesgeschichte. Was ich da beschreibe, hat doch keinen Einfluss auf die Realität. Außer, du willst ein paar Sachen ausprobieren.«

Noah lacht, hebt den Kopf endlich so weit, dass ich ihn richtig küssen kann.

Und das tue ich. Mit allem, was ich in diesem Moment für ihn empfinde.

Noah hat mir etwas beigebracht, was er sicherlich niemals so ahnen würde: Es kann verdammt sexy sein, über die eigenen Unsicherheiten zu reden. Besonders, wenn es um Sex geht.

Ich schmiege mich so nah wie möglich an Noahs Körper, lasse eine meiner Hände vorsichtig unter sein Shirt wandern. »Ist das okay?«

»Sehr okay«, murmelt er gegen meine Lippen, bevor er sie wieder mit seinen verschließt.

Seine Zunge schiebt sich vorsichtig in meinen Mund und ich komme ihm sofort entgegen, weil ich mehr will. Mehr von ihm, mehr von diesem Gefühl, was er in mir auslöst. Als auch seine Hand unter mein Oberteil wandert, ist in meinem Bauch dieses Gefühl von Achterbahnfahren. Dieser kurze Moment des Fallens. Es ist wunderschön und aufregend zugleich.

Wir lassen uns Zeit, auch wenn unsere Küsse langsam immer intensiver werden. Deutlich spüre ich, dass er hart wird. Und ich stehe so sehr darauf, dass ich keinen klaren Gedanken mehr fassen kann.

Er stöhnt in unseren Kuss, als ich mein Becken gegen seins presse, mich leicht an ihm reibe. Und verdammt, ich hatte schon fast vergessen, wie gut diese kleinen, rauen Laute von ihm klingen.

Weil ich davon unbedingt mehr hören will, lasse ich meine Hand von seinem Bauch aus tiefer und unter den Bund seiner Hose wandern. Seine Hüfte zuckt, als sich meine Finger um seine Erregung schließen. Er fühlt sich so gut an. Und das Stöhnen, was jetzt seine Lippen verlässt, macht mich unheimlich an. Zu sehen, zu hören, wie er die Beherrschung verliert. Wenn ich aus der Ruhe, die er immer ausstrahlt, ein bisschen Zügellosigkeit herauskitzeln kann. Er soll sich in diesen Gefühlen verlieren, genauso wie ich mich gerade in ihm verliere.

Am liebsten würde ich Stunden damit verbringen, ihn gerade so viel anzufassen, dass er vor Lust vergeht, aber nicht genug, um ihn zu erlösen. Denn er sieht wunderschön aus, mit den leicht geöffneten, vom Küssen feuchten Lippen und den sanft geschlossenen Augen.

Noahs Hand legt sich in meinen Nacken, zieht mich näher zu ihm, bis sein Mund auf meinen prallt.

Und dann spüre ich seine andere Hand, die über meinen Rücken gleitet, hinab zu meinem Hintern. Jetzt bin ich derjenige, der in den Kuss stöhnt.

»Kleine Verfahrensfrage: Wie weit willst du heute gehen?«, murmelt er zwischen zwei Küssen und ich weiß wirklich nicht, woher er noch Kapazitäten nimmt, um sich über so was Gedanken zu machen.

Meine Hand umschließt ihn fester. »Da ich vorhatte, heute das Sexgespräch mit dir zu führen, habe ich mich uneigennützig und in Erwartung auf Erfolg darauf vorbereitet, wenn du das meinst.«

Noah stöhnt heiser auf, seine Finger tasten sich weiter vor und ich keuche erregt gegen seine Lippen.

Verdammt, wie konnte er nur einen einzigen Gedanken daran verschwenden, dass es nicht gut werden könnte?

»Phil?«

»Mh?«

»Ich würde jetzt gern etwas super Romantisches sagen, aber den Teil, wo ich jeden Zentimeter deines Körpers küssen werde, würde ich mir lieber fürs nächste Mal aufheben. Ich will dich gerade so sehr.«

Statt etwas darauf zu erwidern, nehme ich lieber meine Hände von seinem Körper und bringe ein paar Zentimeter Abstand zwischen uns, um mich aus meinen Klamotten zu schälen.

Noah lacht, aber er tut es mir gleich. Wie er da komplett nackt vor mir liegt und mich mit so viel Gier ansieht, dass ich sie regelrecht greifen kann.

Ich zögere nicht und klettere auf seinen Schoß. Keine Ahnung, was wir mit seiner Verletzung theoretisch für Möglichkeiten hätten, aber so erscheint es mir gerade am einfachsten.

»Bist du damit einverstanden? Ich will dir nicht noch mehr wehtun.«

Noah antwortet mir nicht mit Worten, stattdessen hebt er sein Becken leicht an, sodass unsere Glieder aneinanderreiben.

Stöhnend lege ich den Kopf in den Nacken.

Er umfasst uns beide mit seiner Rechten, um den Druck zu verstärken.

Instinktiv komme ich ihm entgegen. Bekomme nicht genug.

Aber wenn er so weitermacht, halte ich das nicht mehr lange durch. Deshalb lehne ich mich vor, um ihn zu küssen, und fische nebenbei das Gleitgel und die Kondome aus der Nachttischschublade.

Noah schnappt sich eines davon und zieht es sich über. Es ist wirklich unglaublich, was Verliebtsein alles mit einem macht, denn ich glaube, in diesem Moment kann ich mir nichts vorstellen, was heißer ist als die Art und Weise, wie er das Kondom über seinem Schwanz abrollt. Um ihn nicht weiter tatenlos anzustarren und womöglich vollzusabbern, greife ich nach dem Gleitgel und benetze großzügig meine Finger damit.

»Hey, das wollte ich machen!« Noah beobachtet mich kritisch, aber auch unheimlich erregt dabei, wie ich zwei Finger in mich gleiten lasse.

Keuchend betrachte ich ihn, lasse meine freie Hand über seine Haut streicheln. »Beim nächsten Mal. Aber ich will dich jetzt endlich spüren, da wäre ich zu ungeduldig, wenn du vorsichtig bist.«

»Okay, dann werde ich dich einfach ungeniert anstarren.«

Kurz lächeln wir uns an, aber dann beißt er sich auf die Unterlippe, keucht leise auf. »Verdammt, Phil ... du bist gerade so unfassbar schön.«

Zum Glück kenne ich meinen Körper mittlerweile ziemlich gut und kann mich schnell und effektiv auf ihn vorbereiten, denn gerade kann es mir nicht schnell genug gehen. Ich werfe Noah die Flasche mit dem Gleitgel auf die Brust, was er zum Glück richtig versteht und sich eine große Menge von dem Zeug auf seine Erregung schmiert.

»Ich bin nicht immer so ungeduldig«, keuche ich gegen seine Lippen, bevor ich ein Stück nach oben rutsche, um ihn nebenbei besser küssen zu können.

Seine Hände legen sich auf meinen Hintern, ziehen mich fordernd an ihn heran. »Gerade kann ich mir nichts Besseres als deine Ungeduld vorstellen.«

Und irgendwie zwischen weiteren Küssen, Stöhnen und unserem Lachen, weil wir zweimal abrutschen, stellen wir fest, dass der Sex alles andere als miserabel ist.

Kapitel 22

Es ist Samstag, es gibt Pizza und unsere Freunde sind alle bei mir. Emma, Anna, Kadir – und mein Bruder ist dieses Mal sogar live dabei. Es ist schön, sie alle so versammelt auf dem Sofa sitzen zu sehen, während ich mich an Noah schmiege und meinen Pizzakarton öffne.

»Wow, ich vergesse immer dieses Strahlen in Phils Gesicht, wenn er Pizza sieht. Wirst du da nicht eifersüchtig, Noah?«, fragt mein Bruder.

Aber noch bevor ich mich darüber empören kann, lacht Noah auf. »Oh, glaub mir, es gibt Situationen, da sieht er mich hungriger an als seine Pizza.«

Ein bisschen erschrocken über so viel Sex-Positivität seinerseits drehe ich mich zu ihm um, während unsere Freunde nur lachen. Er grinst schelmisch, und ich glaube, dass mein Status an Glückseligkeit gerade ein alarmierend kitschiges Ausmaß angenommen hat. Es ist toll, zu sehen, wie er auftaut. In unserem Freundeskreis, aber auch in unserer Beziehung.

»Wow … kaum zu glauben, dass dieser Mensch hier«, bedeutend zeige ich mit einer großen Geste auf Noah, »drei Jahre gebraucht hat, um mit mir zu flirten. Also *richtig* zu flirten.«

Er sieht mich wieder so glücklich und liebevoll an, dass ich mich unglaublich bedeutend fühle. »Ich finde es generell krass, dass wir uns in Menschen verlieben, obwohl wir nur einen winzigen Ausschnitt ihres Lebens sehen. Und dann versucht man es eben und hofft, dass es passt.«

»Ja, dieses Prinzip *Liebe* ist wirklich überholungsbedürftig«, seufzt Anna.

Emma verdreht die Augen. »Du bist seit so vielen Jahren mit jemandem zusammen, Mäuschen. Ich weiß nicht, was bei dir überholungsbedürftig sein sollte.«

»Nicht auf mich bezogen. Ich hatte ja genauso wie du das Glück, denjenigen schon seit Ewigkeiten zu kennen. Aber ich sehe es bei vielen Freundinnen. Tinder, Grindr, Bumble und keine Ahnung, was es da noch alles gibt. Da hatten Phil und Noah regelrecht viele Anhaltspunkte im Gegensatz zu den wenigen Infos, die auf so einem App-Profil zu finden sind.«

»Ja, ich bin so gesehen auch ganz dankbar, dass ich da vorerst nicht mehr durch muss. Aber es kamen wenigstens immer gute Geschichten zustande.«

Sascha sieht entsetzt zu Emma. »Was bedeutet denn bitte *vorerst?* Ich dachte, wir sind Pinguine.«

Emma verdreht die Augen, lächelt ihn aber sanft an. »Du und deine Vorliebe für Tierdokus. Vorerst bedeutet, dass man ja nie wissen kann.«

Irgendwann zwischen unserer Isolation und der Woche danach, als wir uns bei niemandem gemeldet haben, weil wir dringend ein paar Wochen verpassten Sex aufholen mussten, hat sich etwas bei Emma und Sascha ergeben.

Sie sagen mir aber nicht wirklich etwas, sondern schweigen und genießen. Sie reden generell mit niemandem darüber, denn als ich Anna ausquetschen wollte, hat sie auch nur ganz hilflos mit den Schultern gezuckt.

Aber egal, was sich wie bei den beiden ergeben hat, sie wirken glücklich. Auf eine sehr unaufgeregte Art. Und irgendwie macht mich genau das auch ziemlich glücklich, denn Emma und Sascha sind immer in Bewegung, aber seitdem sich bei den beiden etwas geändert hat, über das sie mir nichts erzählen, sind sie zusammen ruhig.

Kadir sieht sich um und seufzt schließlich schwer. »Heißt das eigentlich, dass ich in dieser illustren Runde die einzige arme Seele bin, die noch auf Dating angewiesen ist?«

»Vorerst ja«, sagt Sascha grinsend, was ihm aber sofort einen sanften Hieb gegen den Oberarm einbrockt.

»Nicht nur, dass du auf Dating angewiesen bist, wir brauchen jetzt auch deine Dating-Geschichten«, sagt Noah.

Nickend stimme ich ihm zu. »Und es wäre nett, wenn du ab und an mit Absicht ein Risiko-Date eingehst. Ich brauche ein bisschen Inspiration.«

Kadir schüttelt bestimmt den Kopf. »Das ist mir zu viel Verantwortung. Vielleicht sollten wir deinen Nachbarn hin und wieder zu unseren Spieleabenden einladen. Der erlebt genug für fünfzig Bücher.«

Nun ist es an mir, den Kopf zu schütteln. »Ich schreibe Liebesgeschichten, bei Arthur kommen höchstens ein paar saftige Erotik-Bücher zustande. Und dafür brauche ich nun wirklich nicht die Inspiration von anderen Leuten.«

Unsere Freunde lachen und ich greife endlich nach meinem wohlverdienten Stück Pizza.

»Bist du schon aufgeregt, morgen Noahs Vater zu treffen?«, fragt Emma und erinnert mich damit wieder daran, dass Noah morgen ein für alle Mal für seine Sichtbarkeit kämpfen will. Und ich werde praktischerweise gleich mit zwischen die Fronten geworfen.

Aber eigentlich bin ich recht optimistisch, was dieses Abendessen morgen angeht, deshalb zucke ich nur mit den Schultern. »Noah und ich sind jetzt schon in den wenigen Wochen so stark zusammengewachsen, dass ich denke, dass auch ein skeptisches Familienmitglied das merken wird. Also auch, dass wir einander wirklich guttun.«

Ich beiße glücklich von meiner Pizza ab und sehe wieder zu Noah, der mich kurz verliebt ansieht und sich dann direkt wieder an Emma wendet.

»Ich glaube, du hast wirklich recht damit, dass man Anerkennung manchmal einfordern muss. Ich denke nämlich nicht, dass mein Vater das böse meint. Irgendetwas stört ihn und deshalb ignoriert er mein Liebesleben komplett.«

»Das war in den letzten Jahren ja auch so kümmerlich, dass es da nicht so viel zum Ignorieren gab«, fügt Kadir hinzu.

Noah und ich haben in den letzten Tagen viel über das geredet, was unsere Beziehung für uns, *in* uns verändert hat. Und ich glaube, dass ich mich ohne ihn nicht so schnell entwickelt hätte.

Wir alle wachsen. An Widrigkeiten, bestimmten Situationen, neuen Gegebenheiten, aber auch an den Menschen, mit denen wir uns umgeben. Noah hat mir mit seiner Ruhe, die meiner eigenen so ähnlich und doch ganz anders ist, seiner liebevollen Art und damit, dass er mir nach seinem Unfall ganz unverhohlen zeigen konnte, was ich ihm bedeute, die Augen geöffnet.

Im Gegenzug habe ich Menschen in sein Leben gebracht, die zwar das komplette Gegenteil von ihm sind, aber ihm dadurch auch Mut schenken konnten.

Na ja, und er ist jetzt mit seinem Lieblingsautor zusammen. Wer kann das schon von sich behaupten?

Lächelnd sehe ich ihn an, kann mich für ein paar Sekunden gar nicht mehr richtig auf meine Pizza konzentrieren.

Manchmal reicht es aus, nur einen einzelnen Ausschnitt aus dem Leben eines anderen Menschen zu sehen. Es muss nur der Richtige sein.

***

Ganz so cool, wie ich gestern Abend vor unseren Freunden getan habe, bin ich heute nicht mehr. Zum einen sind meine sozialen Akkus noch vom Spieleabend relativ ausgeschöpft und ich hatte bisher keine Allein-Zeit, um sie wieder aufzuladen. Und zum anderen habe ich erst eine Stunde vor Abfahrt so richtig realisiert, was heute eigentlich passiert: Ich lerne den Vater meines festen Freundes kennen.

Das sind schon mehrere krasse Fakten in einem. Denn zunächst einmal habe ich überhaupt einen festen Freund, der dann auch noch will, dass ich einen Elternteil kennenlerne. Das ist nicht unbedingt selbstverständlich. Es könnte genauso gut sein, dass mein Freund in spe nicht out ist, oder dass solche Zusammenkünfte in der Familie nicht üblich sind.

Jetzt, wo ich vor der Tür von Noahs Vater stehe, ist mir vor Aufregung so übel, dass ich ein bisschen Angst habe, ihm direkt vor die Füße zu brechen.

»Bist du nervös?«

»Jetzt klingel doch endlich!«

Noah schenkt mir einen erschrockenen Blick und erst da wird mir bewusst, was für ein Nervenbündel ich heute bin. »Tut mir leid. Ich bin echt nervös. Was ist, wenn er mich nicht mag? Du hast nur deinen Vater, ich habe also nur die eine Chance zu gefallen ... Oje, jetzt, wo ich es ausspreche, wird es nur noch schlimmer.«

Noah schnappt sich meine Hand. »Es wird sicherlich alles nur halb so schlimm, wie du es dir ausmalst. Glaub mir, ich habe mir drei Jahre lang Dinge ausgemalt, aber an dem Punkt, wo ich mit dir vor Papas Tür stehe, habe ich mich nie gesehen.«

»Das ist jetzt etwas ernüchternd. Denn ich habe mir bereits vorgestellt, wie ich gemeinsam mit deinem Vater Socken stricke.«

Noah verzieht das Gesicht. »Okay, da bist du jetzt ein bisschen kreativ geworden. Denn nicht mal ich kann mir vorstellen, wie mein Vater strickt.«

Ein Lächeln später drückt er den Klingelknopf.

Die Nervosität lässt mein Herz so schnell und hart gegen meinen Brustkorb schlagen, dass es sich anfühlt, es bestünde die Möglichkeit, dass es gleich durch meine Rippen bricht.

Die Tür wird geöffnet ... und ich weiß nicht genau, was ich erwartet habe, aber meine Vorstellung von Noahs Vater sah definitiv anders aus.

Er ist genauso groß und breit gebaut wie ich mir jemanden, der ein Boxstudio besitzt, vorgestellt habe.

Was mit diesem, in meinem Kopf geformten Bild aber überhaupt nicht übereinstimmt, sind die senfgelbe Strickjacke, die er trägt, die Lesebrille, die ihm fast von der Nase rutscht und besonders nicht die Pantoffeln. Es sind nämlich welche mit Emojis drauf.

»Kommt rein Jungs.«

Auf den ersten Blick wirkt der Mann hier vor mir nicht wie jemand, der andere ins Gesicht schlägt, aber das tut Noah auch nicht. Vielleicht gleicht Boxen so sehr aus, dass man außerhalb dieser Aktivität ein absolut geerdeter Mensch ist?

»Also Papa, das ist Philip, mein fester Freund.«

Ich höre an Noahs Stimme, wie er gerade die Augenbrauen zusammenkneift und hofft, dass alles gut geht.

Ich strecke ihm die Hand entgegen. »Phil reicht. Das letzte Mal, als mich jemand Philip genannt hat, musste ich den Erlkönig aufsagen.«

Sein Vater lacht und ergreift meine Hand. »Ich bin Adrian. Legt erst mal eure Jacken ab und kommt dann ruhig in die Küche. Es ist das erste Mal, dass ich vegan koche, und ich will das Essen nicht zu lange allein lassen.«

Er dreht sich um und verschwindet durch eine Tür.

Den Moment nutze ich, um Noah anzusehen.

Der reibt sich allerdings die Schläfen. »Siehst du das? Er flüchtet regelrecht.«

Tue ich nicht, aber ich glaube, ich muss hier feinfühliger ran. »Also ich will deine Gefühle jetzt nicht abtun oder sagen, du bildest dir alles ein, doch das war eine echt nette und herzliche Begrüßung. Und er kocht extra für mich vegan.«

Er murmelt irgendwas Unverständliches, während er mir die Jacke abnimmt und sie aufhängt.

Neugierig schaue ich mich in der Wohnung um. Sie liegt direkt über dem Boxstudio und ist dementsprechend weitläufig. Woher Noah seine Liebe für Bücher hat, ist auch direkt erkennbar, denn so gut wie alle Wände im Wohnzimmer stehen voller Bücherregale. Ich bin wirklich sehr beeindruckt.

Aber irgendwo muss der Haken sein.

Wir gehen in die Küche, wo ein massiver Holztisch geschmackvoll eingedeckt ist. Es brennen sogar Kerzen darauf. Adrian steht am Herd und rührt in einem großen Topf.

»Als mir Noah gesagt hat, dass du vegan lebst, war ich erst ein bisschen überfordert, aber dann habe ich mich belesen. Ziemlich gute Proteinquellen, die ich bislang gar nicht auf dem Schirm hatte. Und die Auswahl an Rezepten ist ja riesig. Ich konnte mich gar nicht so richtig entscheiden.«

Ich sehe zwischen den vielen Töpfen hin und her. Zusätzlich steckt irgendwas ziemlich gut Duftendes im Ofen. »Also haben Sie Noah das Kochen beigebracht?«

»Na ja, *beigebracht* würde ich nicht sagen. Als das Studio richtig gut lief, haben wir weniger Zeit miteinander gehabt und haben dafür am Wochenende immer zusammen gekocht. Und je älter Noah wurde, desto mehr habe ich ihn mit eingebunden.« Er sieht von dem Topf auf und lächelt seinen Sohn an. »Die eckigen Kartoffeln werde ich wahrscheinlich nie vergessen. Da warst du acht und hast gemeint, du wüsstest, wie man Kartoffeln schält.«

»Du hast den Mythos, dass das richtig wäre, danach noch eine ganze Weile aufrechterhalten.«

Es ist nahezu greifbar, wie angespannt Noah ist. Er presst die Lippen so fest zusammen, dass sie nur noch eine dünne Linie ergeben, und spielt mit den Fingern immer wieder abwechselnd an seinem Gürtel oder dem Zipfel seines Hemdes.

Deshalb nehme ich seine Hand in meine, streichle sanft mit dem Daumen über seinen Handrücken. Und da sehe ich es auch: Sein Vater schaut so urplötzlich und angestrengt in den Topf voller Soße, dass es unmöglich ein Zufall sein kann. Aber ich habe nicht das Gefühl, dass diese Geste abfällig war. Es wirkt vielmehr unsicher.

Bevor ich allerdings versuchen kann, das Gespräch wieder aufzunehmen, geht Noah direkt in den Konfrontationsmodus über. »Papa, was ist los mit dir? Ist es wirklich so schlimm, dass ich einen Mann mit nach Hause bringe?«

Sein Vater seufzt. »Natürlich nicht. Noah, du weißt doch, so bin ich nicht.«

»Wie? Homophob? Zu ignorieren, was ich bin, ist nämlich auch keine große Unterstützung.«

Keine Ahnung, was hier gerade passiert, aber ich finde es nicht gut, dass es direkt vor dem Essen geschieht. Wenn sich die beiden jetzt so verkrachen, dass wir gehen müssen, hätte ich lieber erst das probiert, was da im Ofen auf mich wartet.

Wieder seufzt sein Vater und legt den Deckel auf den Topf. »Ich gebe mir hier gerade wirklich Mühe, es eben nicht zu ignorieren.«

»Papa, ich weiß, dass Kadir heute Morgen hier war. Ich kenne seine Harmoniesucht gut genug, um zu wissen, dass er die Wogen vorher glätten wollte.«

»Ich hätte mir auch ohne Kadir Mühe gegeben. Du hast in den letzten Wochen ja oft genug mit dem Zaunpfahl gewunken, dass ich mich nicht angemessen verhalte.« Er tritt vom Herd zurück, nimmt die Brille ab und massiert sich die Nasenwurzel. »Noah, ich bin überfordert und weiß manchmal nicht, wie ich damit umgehen soll.«

Noah verschränkt die Arme abwehrend vor der Brust. »Womit denn? Meinem Schwulsein? Denn weißt du, Papa, dann –«

»Damit, dass du dich verliebst. Es ist mir egal, wen du mit nach Hause bringst. Aber ich weiß nicht, ob ich die Kraft habe, für dich da zu sein, wenn derjenige nicht mehr mitkommt.«

Noah atmet hörbar aus und seine Schultern sinken ein bisschen nach unten. Auch seine Gesichtszüge entspannen sich wieder. Seine gesamte Körperhaltung wirkt jetzt zum ersten Mal, seit wir hier angekommen sind, nicht mehr komplett verkrampft.

Ich habe das Gefühl, dass der Streit, und diese Emotionen gerade nur die beiden etwas angehen, deshalb schleiche ich aus der Küche und schließe leise die Glastür hinter mir.

Damit es nicht so wirkt, als würde ich mir ihre Familienangelegenheiten wie einen Stummfilm ansehen, verschwinde ich ins Wohnzimmer und weiß nicht, was mich mehr anzieht. Die Buchrücken oder der Blick aus den Fenstern, der mir praktisch die Stadt zu Füßen legt.

Jetzt gerade kann ich nur warten. Und hoffen, dass sie sich aussprechen können, denn diese ganzen Emotionen haben sich schon eine Weile angestaut. Ich glaube, dass im Laufe der Zeit viele Missverständnisse und Interpretationen entstanden sind.

Es fühlt sich blöd an, der Auslöser zu sein, wenn sich diese aufgestauten Gefühle entladen, aber vielleicht ist es auch gut so.

***

Auch wenn uns Adrian nach dem großartigen Essen und dem leckeren Nachtisch eigentlich mit dem Auto nach Hause fahren wollte, haben wir uns dafür entschieden, zu laufen.

Ich weiß nicht, wie lange ich im Wohnzimmer die Bücher gezählt habe, aber irgendwann haben mich die beiden zu Tisch gerufen und es hat so gewirkt, als wäre alles gut.

Die Neugier bringt mich fast um, doch ich will warten, bis Noah von sich aus mit dem Thema anfängt.

Zum Glück muss ich mich nicht zu lange gedulden. »Hast du dich schon oft mit deinen Eltern gestritten?«

Ich nicke. »Früher ständig. Sie haben sich viele Sorgen gemacht. Wir haben oft unangenehme Gespräche über Safer Sex geführt und so. Ich habe damals nicht verstanden, dass es nur Sorgen waren, sondern dachte, sie verurteilen mich. Irgendwann konnten wir über alles reden.«

»Ja ... das hätten wir wohl auch machen sollen.«

Noah schweigt wieder, aber ich muss mich der Neugier jetzt wohl doch ergeben. »Ist bei euch wieder alles gut?«

Er nickt und ein Lächeln schleicht sich auf seine Lippen. Eins, was ein wenig traurig wirkt. »Ich habe immer vermutet, dass Papa nicht gut mit der Trennung klarkam. Aber ich wusste nicht, wie schlecht es ihm ging. Er war immer so stark, so tough, weißt du? Aber seitdem uns meine Mutter verlassen hat, ist er in Therapie, weil er unter Depressionen leidet. Er hat gesagt, er sei zuerst nur für mich zur Therapie gegangen, damit er nicht seinen Ballast zu meinem macht. Aber als ich mich dann vor ihm geoutet habe, sei für ihn erst richtig real geworden, dass ich Beziehungen haben werde und mir vielleicht genauso das Herz gebrochen werden kann.« Einen Moment lang bleibt er ruhig, holt dann aber tief Luft, um weiterzureden. »Einer der Trainer im Studio ist schwul und mit dem hat er sich damals unterhalten. Der hat ihm leider auch einen Einblick darauf gegeben, wie schwer es sein kann. Diskriminierung, Dating ... und er dachte, weil ich so ruhig und gern allein bin, würde es mich noch schlimmer treffen, wenn mir jemand oder eine diskriminierende Situation das Herz bricht. Aber weil er nicht wusste, wie er mich davor beschützen kann ...«

»... hat er lieber weggesehen.«

Noah nickt, nimmt meine Hand noch ein bisschen fester in seine. »Er wollte nicht, dass ich voller Angst durchs Leben gehe, nur weil er Angst hat. Deshalb war er auch so dagegen, als ich Lehrer werden wollte. In seinem Kopf waren da sehr viele Schranken. Wenn ich das Studio übernehmen würde, könnte ich jeden, der mich diskriminiert, rauswerfen. Er dachte, in einem anderen Job könnte es schwerer für mich werden.«

»Es ist wie mit dem veganen Essen, oder? Ich habe den Eindruck, dass er sehr viel recherchiert, wenn er unsicher ist.«

»Ganz genau. Das ist wohl seine Art, mit Ängsten umzugehen, weil er wissen will, welche Situationen möglich sind und wie er darauf reagieren könnte. Dabei hat er sich jedoch nur auf die negativen Dinge gestürzt und überall Probleme gesehen.« Noah sieht in die Ferne und dann wieder zu mir. »Es ist eigentlich egal, wie er in der Vergangenheit damit umgegangen ist. Dass wir dieses Gespräch geführt haben, war, glaube ich, für uns beide sehr wichtig. Er war auch wütend und erleichtert zugleich, als ich ihm gesagt habe, dass meine Introvertiertheit öfter ein Problem war als meine Sexualität. Da waren es bislang nur ein paar blöde Bemerkungen, mehr nicht.«

Zwischen uns kehrt Ruhe ein. Die Art Ruhe, in der jeder in den eigenen Gedanken hängen bleibt, aber durch unsere ineinander verschränkten Hände sind wir weiterhin miteinander verbunden.

»Ich habe Papa gesagt, wie dein Verhältnis zu Pizza aussieht«, durchbricht Noah das Schweigen. »Wahrscheinlich wird es ab jetzt immer, wenn wir vorbeikommen, Pizza geben. Er tut sich ein bisschen schwer damit, Gefühle auszudrücken, deshalb wird er dir sicherlich erst einmal nur durch Pizza zeigen, dass er dich mag.«

Ich bleibe stehen und lächle meinen Freund überglücklich an. »Pizza ist die beste Art, Gefühle zu zeigen. Du weißt ja: *Pizza ist Leben, Pizza ist Liebe.*«

Nachrichten von Noah

- Drei Monate später -

Kadir:
Noah?! Absoluter Notfall!

Noah:
Absoluter Notfall? Echt?
Ich dachte, du bist heute im Studio.
Wenn das jetzt wieder so ein missglücktes Tinder-Date ist und ich dich von einer Fetisch-Party abholen muss, weil du nicht nachgefragt hast, wo ihr hingeht, muss ich dich enttäuschen.
Ich packe gerade mein Zeug zusammen und mache mich fertig, um zu Phil zu fahren.
Bin spät dran, aber der Trockner ist so langsam und ich brauchte frische Unterwäsche.
Sorry, too much information.

Kadir:
Mann, es ist echt anstrengend, dass du alle fünf Tage mit deinem ganzen Kram ans andere Ende der Stadt musst.
Warum zieht ihr nicht einfach zusammen?
Das wäre doch auch viel näher an der Schule.

Noah:
Ich weiß.
Wenn ich ehrlich bin, habe ich mich da auch nur be-
worben, weil es so nah an Phils Wohnung ist. Und ich
hatte echt verdammtes Glück, den Job auch bekommen
zu haben.
Aber es ist sicherlich noch zu früh, um zusammenzu-
ziehen.

Kadir:
Ihr hängt doch eh jeden Tag aufeinander.
Wann hast du das letzte Mal in deinem Zimmer über-
nachtet?
Ich sehe dich immer nur, wenn ich bei Phil oder unse-
ren Eltern bin, aber in deinem Zimmer spukt es wahr-
scheinlich schon.

Noah:
Ich weiß, aber ich will es auch nicht überstürzen.

Kadir:
Und warum wäschst du dann deine Klamotten nicht
wenigstens bei Phil?

Noah:
Weil ich nicht dort wohne.

Kadir:
Liege ich richtig mit der Annahme, dass du noch nicht
mit ihm übers Zusammenziehen geredet hast?

Noah:
Ich habe Andeutungen gemacht ...

Kadir:
*Super, wir wissen ja alle, wie effektiv du darin bist.
Darf ich dann in den nächsten sechs Jahren trotzdem
dein Zimmer als Atelier nutzen? Du bist ja eh nicht da,
um dich an den Farbdämpfen zu stören.*

Noah:
*Wenn du sehen könntest, wie sehr ich gerade die Au-
gen verdrehe.*

Kadir:
Ich spüre es regelrecht.

Noah:
Hattest du nicht eigentlich einen absoluten Notfall?

Kadir:
*Okay, also der Notfall: Ich glaube, ich habe gerade mit
einem Kerl geflirtet.*

Noah:
*Im Boxstudio?
Und wie kommst du darauf?*

Kadir:
*Ja, genau.
Und ich weiß es nicht. Wir haben uns nett unterhalten,
er war ziemlich witzig und wir haben also viel gelacht.*

Bevor er gegangen ist, hat er mir seine Nummer gegeben.

Noah:
Oh, là, là! Muss ich dir jetzt bei einer Identitätskrise helfen?

Kadir:
Nein, denn mehr als geschmeichelt fühle ich mich nicht.
Aber der Grund, warum es ein Notfall ist: Es war der Typ, der letztens bei Sex-Nachbar Arthur zu Besuch war.
Der, den Phil Oktopus-Junge nennt. Er hatte ihn mir auf Grindr gezeigt und ich habe ihn sofort wiedererkannt.

Noah:
Und das schreibst du mir, weil?

Kadir:
Weil Phil doch solche Geschichten als Treibstoff für seinen Lebensunterhalt braucht.

Noah:
Warum schreibst du das dann nicht direkt Phil?
Ich kann das sicherlich nicht halb so euphorisch wiedergeben wie du.

Kadir:
Ich habs auch schon Phil geschrieben, aber bei meinen Nachrichten an ihn erscheint nur ein einziges Häkchen.

Wenn du ihn also siehst, sag ihm bitte, er soll mich anrufen, wenn er sein Handy wieder angeschaltet hat.
Codewort: Oktopus

Noah*:*
Ich finde es nicht gut, wenn ihr über Sex-Nachbar Arthur tratscht.
Oder seine Bekanntschaften.
Warte, ich kümmere mich gleich wieder um dich und deine angeblichen Notfälle.
Es hat gerade geklingelt.

Epilog

In der Vergangenheit habe ich viel bereut. Wenn ich eine Entscheidung getroffen habe, die sich dann als Fehler entpuppt hat, hätte ich gern schon viele Male die Möglichkeit gehabt, in der Zeit zurückzureisen, um Vergangenheits-Phil daran zu hindern, diese Dummheit zu begehen.

Aber Gegenwarts-Phil ist gerade sehr dankbar.

All diese Erfahrungen haben den Weg hierher geebnet. Den Weg zu Noah.

Und jetzt stehe ich in seinem Hausflur, mit schnell schlagendem Herzen und einer Pizzaschachtel in der Hand, die leicht und beinahe leer, zur gleichen Zeit aber schwer und voll zugleich ist.

Voller Freude, voller Mut. Angst ist ebenfalls ein bisschen drin, aber nur eine Prise. Für mehr war gar kein Platz, denn die Hauptzutat dieser Geste ist ein Herz voller Liebe und Kitsch, welches sich durch Noahs ruhige Sicherheit entfalten und alte Wunden heilen konnte.

Die Tür wird geöffnet und Noah scheint im ersten Moment überrascht, mich zu sehen, aber dann breitet sich ein Lächeln auf seinen Lippen aus. »Was machst du denn hier? Ich wollte doch in einer halben Stunde zu dir kommen.«

Ich lächle ihn an, löse eine Hand von dem Karton und deute auf das Shirt, was ich von seinem Vater geschenkt bekommen habe und was für den heutigen Tag nicht besser passen könnte. *Pizza ist Leben, Pizza ist Liebe* steht darauf.

»Ich bin nur der Bote.«

Irritiert, aber noch immer lächelnd, nimmt er mir den Pizzakarton ab und öffnet ihn.

Das Licht der darin liegenden Lichterkette strahlt auf sein Gesicht. Ansonsten sind nur ein Schlüsselbund und ein Zettel darin enthalten.

Willst du bei mir einziehen?

Mit der Auswahl *Ja*, *Nein* und *Vielleicht später* zum Ankreuzen.

Nie ist es mir so schwergefallen, so wenige Worte zu schreiben. Denn in den Liebesgeschichten, die ich sonst schreibe, läge die Antwort auf diese Frage ganz allein in meiner Hand.

Bei meiner eigenen Liebesgeschichte aber muss ich sie abgeben. Und kann nur hoffen, dass uns die Alltäglichkeiten, Konflikte, das Lachen und seine schrecklich subtilen Andeutungen der letzten Monate an den Punkt gebracht haben, an dem wir die Antwort beide kennen.

Sein Lächeln bekommt eine neue, für mich noch unbekannte Nuance. Dann nimmt er den Stift aus dem Karton, kreuzt etwas an und reicht mir den Zettel.

Auch auf meine Lippen schleicht sich ein Lächeln.

»Meinst du, es ist okay, wenn ich den Boten jetzt küsse?«

Ich tue so, als müsste ich darüber nachdenken. »Denke schon. Habe ich ja immerhin auch gemacht und das war sogar noch besser als die Pizza.«